해리

§ 해리 2 §

2015년 7월 27일 초판 1쇄 인쇄
2015년 7월 30일 초판 1쇄 발행

지은이 § 장소영
발행인 § 곽중열
기획&편집디자인 § 신연제, 이윤아
발행처 § (주)조은세상

등록 § 2002-23호(1998년 01월 20일)
주소 § 경기도 연천군 미산면 청정로 1355
Tel § (02)587-2977
e-mail romance@comics21c.co.kr
블로그 http://goodworld24.blog.me

값 9,000원

ISBN 979-11-5832-194-9 / ISBN 979-11-5832-192-5(set)

장 소 영 장 편 소 설

애
리
2

GOOD WORLD ROMANCE NOVEL

(주)조은세상

CONTENTS

어둡고 무거운 정적이 흐르고 있었다. 안나는 유리창 너머로 보이는 보스의 모습을 보았다. 일주일 사이에 눈에 띄게 초췌해진 모습이다. 안나는 한숨을 쉬며 이번에는 맞은편에 앉아 있는 진호를 보았다. 이놈도 별다를 것 없다. 며칠째 철야를 하며 눈이 빠지게 CCTV 화면을 노려보고 있는 진호도 곧 체력적 한계를 이기지 못하고 쓰러질 게 뻔했다.

모든 것이 정지되었다. 일주일 전 그날 이후로.

'3번 출구, 검은 야구모자에 하늘색 점퍼. 20분 전 영상입니다.'

그 순간에는 모두들 제정신이 아니었다. 해리가 사라진 후 곧바로 추적에 들어갔지만 20년간 도망에 익숙한 그녀는 이 시대 최고의 추적 팀이라고 자부하는 그들마저 따돌렸다.

'서울남부터미널, 진주 방면 오후 8시에 출발하는 버스에 탑승했습니다. 첫 번째 휴게소에서 하차했고 다시 버스에 탑승하지 않았어요. 버스가 출발하고 한 시간 후에 휴게소 주차장에서 택시에 탑승했군요. 택시, 차적 조회해보겠습니다.'

'택시 차적 조회 결과 나왔습니다. 당시 운행을 했던 기사가 휴게실에서 해리를 태워서 경기도 이천에 내려줬답니다.'

안나가 준 택시 번호판으로 진호가 빠르게 조사를 해왔지만 거기까지였다. 물론 의도적이었을 것이 뻔하다. 해리는 추적을 피하기 위해 빙빙 돌았다. 그것도 CCTV가 설치되어 있는 장소만 골라서. 마치 그들을 비웃는 것 같았다. 아니, 분명히 비웃고 있었다. 광화문광장에서 벗어나 첫 번째 지하철 입구로 들어갈 때 CCTV 카메라를 향해 고개를 똑바로 쳐들고 바라보던 그 눈빛은 '어디 한 번 해보실까요?'라고 하는 것 같았다. 그게 시작이었다. 긴박했던 24시간은 해리의 의도적인 농간으로 안나와 진호, 그리고 보스를 우롱했다. 24시간 이후로는 어디에서도 그녀를 찾을 수 없었다.

안나의 눈길이 다시 보스가 보이는 창 너머로 향했다. 우리는 평상심을 잃었다. 어쩌면, 성공했을지도 모른다. 그녀가 사라진 직후 좀 더 빠르게, 좀 더 정확하게, 체계적으로 움직였어야 했다. 하지만 보스를 비롯한 안나와 진호는 모두 너무 긴장했었다. 세 사람 모두 그녀를 잃지 않겠다는 일념이 너무 강했다. 그녀에 대한 죄책감과 미안함이 너무 커서 일처리가 너무 감정적이었다. 특히…… 철의 인간 같았던 보스도 자신의 심장을 가지고 사라진 여자 앞에선 흔들리고 말았다. 그토록 냉철했던 이성을 가장 중요한 순간에 날려버리고 보통의 남자처럼 굴었다.

그녀는 알까? 자신을 찾는 우리의 심정이 어떤지, 보스의 지금 상태가 어떤지…… 모를 것이다.

안나는 또다시 한숨을 지었다. 그때 알았어야 했다. 갑자기 사라져 진호를 당황하게 했을 때, 또 갑자기 나타나 낯선 사람처럼 진호를 보았다고 했을 때, 그리고…… 아프다는 핑계로 보스를 피했을 때. 그 모든 것이 힌트였다. 그런데 그들은 바로 눈앞에 다가온 윤주철과의 만남에만 흥분해서 해리의 변화를 눈치채지 못했다.

그녀는 다시 도망치고 있다. 이젠 도망쳐야 할 상대가 더 늘었다.

한숨이 길어진다. 그녀의 도망을 끝내주고 평범한 삶을 누리며 살게 해주고 싶었던 건데…… 사태를 제대로 파악하지 못한 그들 모두의 잘못이었다.

해리가 도망치는 상대가 윤주철이었다니. 아버지를 피해 그 오랜 세월을 도망쳤다니…… 누가 감히 짐작이나 했겠는가.

달칵, 안나는 퍼뜩 고개를 돌렸다. 보스가 나오고 있었다. 재킷을 입고 나온 그가 안나를 향해 말한다.

"오늘 내로 사무실과 내 아파트, 모두 철수합니다."

"네?"

안나가 놀라서 되물었다.

"벌써 포기하는 겁니까?"

진호가 벌떡 일어나 물었다. 보스는 진호에게 대꾸하지 않고 안나에게 이어서 지시했다.

"가평 가옥으로 작전 본부를 옮깁니다."

보스가 손목시계를 확인하더니 말했다.

"15시간 후에 가평에서 봅시다."

"네, 알겠습니다."

안나가 대답했다 그리고 멀어지는 보스에게 누구도 말을 건넬 수가 없었다. 보스가 나가고 정적만 남은 공간에서 진호가 중얼 거렸다.

"해리, 찾을 수 있을까요?"

마찬가지로 안나가 조용하게 대꾸한다.

"아니."

진호가 절망적인 눈빛으로 돌아보자 안나가 다시 덧붙였다.

"스스로 나타나준다면 모를까."

"어서 오세요."

인주는 문이 열리는 소리에 자동으로 밝은 미소를 띠며 인사를 했다. 그러다가 가게 안으로 들어오는 젊은 남자를 보고 살짝 놀랐다. 떡집을 운영한 지 오래됐지만 이렇게 키 크고 잘생긴 남자가 온 건 처음이다. 영화배운가? 영화 본 지도 오래됐고 요즘은 바빠서 드라마 볼 시간도 없는 탓에 연예인 얼굴도 잘 모른다.

"뭐로 드릴까요?"

간사한 게 여자 마음이라고 잘생긴 남자를 보니 목소리도 부드러워진다. 애들 아빠가 없어서 망정이지, 이 꼴을 봤으면 눈을 세모꼴로 치떴을 것이다.

"안인주 씨."

순간 인주는 놀라서 얼굴을 굳혔다. 저도 모르게 긴장을 했다. 모르는 사람이 자신을 찾아올 때는 머릿속으로 서연의 이름이 떠오르면서 늘 이렇게 긴장을 한다. 남자를 뚫어지게 자세히 쳐다보았다. 그러자 어디선가 본 기억이 난다. 어디서 봤더라? 어디서……? 갑자기 인주의 머릿속으로 화면 하나가 떠올랐다.

'혹시 이 사람 알아?'

서연이 휴대폰에 저장된 사진을 내밀며 묻던 것도 떠오른다. 인주의 눈이 커졌다.

그 사람이다!

놀라서 저도 모르게 뒷걸음질 쳤다.

'그 사람이 날 속였어. 모든 게 의도적이었고 계획적이었어!'

또다시 떠날 거라며, 이젠 정말 언제 볼 수 없다며, 마지막으로 서연이 찾아왔었다. 그리고 울었다. 절망적으로 흐느꼈었다. 처음으로, 비루한 삶을 끝내고 싶게 만든 사람이 있었다고 했다. 죽을 용기까지 내어서 평범한 삶을 꿈꾸게 한 남자가 있었다고 했었다. 그런데 그 남자의 모든 것이 거짓이었다고 말했다.

그놈이다. 가여운 서연의 삶을 더 비참하게 만든 그 죽일 놈!

인주가 알아차린 걸 느낀 남자의 눈이 가늘게 좁혀진다.

"윤서연, 그녀가 있는 곳을 아십니까?"

너무 뻔한 질문에 인주는 실소를 머금었다.

"알면요? 내가 대답할 것 같아요?"

"날…… 아는군요."

피식, 웃음이 나왔다. 하지만 참을 수 없는 분노가 치밀어 목 끝까지 다다른 상태다. 조심해야 하고 경계해야 한다는 것마저 잊게 할 만큼 화가 치민다.

"알죠. 불쌍한 그 아이에게 두 번 대못을 박은 남자."

"……"

"그 아이가 처음으로 마음을 주게 만들어놓고 지독한 배신을 맛보게 한 남자죠. 당신은 그 아일 두 번 죽인 거나 다름없어요. 안 그래도 삶의 의미 따위 모르고 그냥 의미 없이 사는 게 진부었던 애한테…… 무슨 짓을 한 건지나 알아요? 목적이 뭐예요? 뭘 바라고 그 앨 찾아다니는 거죠? 대체 무슨 대단한 걸 얻으려고 그 아이를 또다시 도망자로 만든 거냐고요!"

버럭, 소리를 질러놓고 갑자기 너무 이쪽을 드러냈다는 후회가 들었다. 인주는 자신의 입을 꼬집고 싶었다. 심호흡을 하고 놈을 다시 노려보았다. 그러자 이상한 느낌이 든다. 이성을 찾고 다시 보니 남자의 얼굴은 어두워 보였다. 자세히 보니 몹시 초췌하게까지 보인다. 눈빛도 어두웠다. 문득, 서연이 보여주었던 사진 속 남자의 얼굴이 떠올랐다. 카메라 쪽을 보며 웃는 남자의 얼굴. 그땐 그 남자가 사랑에 빠진 거라고 확신했었는데…….

잠깐! 뭐지? 그럼 저 남자는 서연을 보며 그렇게 웃었던 건가? 사진을 찍은 건 서연이었을 테니까 당연히 저 남자가 보고 웃던 상대는…….

"그녀와…… 연락할 수 있습니까?"

무겁고 낮은 목소리가 묻는다. 언뜻 들으면 그저 무미건조하게만 들리지만 아니었다. 왠지 슬픔과 고뇌가 느껴진다. 남자의 어두운 눈빛은 간절한 무언가를 머금고 있는 것 같았다.

"지금, 어디 있습니까?"

조급하게 다시 물어오는 남자를 보며 인주는 의심할 수밖에 없었다. 이 남자…… 서연이에 대한 마음은 진심이었을지도 모른다. 그 아이가 이 사람에 대해 오해한 거면? 그럴 수도 있다.

인주는 천천히 입을 열었다.

"아뇨. 걔가 어디에 있는지 모르고, 연락할 방법도 없어요. 걔가 찾아오지 않는 한, 난 그 애를 만날 수도 없어요."

남자의 얼굴에 더욱더 어두운 그림자가 드리워졌다. 굳게 다문 입매는 돌처럼 딱딱하게 보였고 눈빛은 흔들린다. 마치 한줄기 희망을 안고 왔다가 그 희망마저 놓쳐버린 사람처럼. 이상하다. 이 남자의 얼굴에서 서연의 좌절했던 얼굴이 떠오른다. 왜 두 사람이 비슷하게 느껴지는 거지?

'나는…… 얼마나 견딜 수 있을지 모르겠어.'

떠나던 서연의 처연했던 뒷모습이 떠오른다. 그렇게 말하는 그 아이를 보는 순간 가슴이 철렁 내려앉았었다. 잡아 앉히고 보듬어줄 수도 없어서 결국 보내야 했던 심정은 갈기갈기 찢어지는 것 같았다. 여기서 뭐가 더 나빠질까? 그냥 살던 대로 살아주는 것만을 바라는 게 맞는 걸까? 아니면…… 모험을 걸어보는 게 좋을까?

인주는 저도 모르게 말하고 있었다.

"차, 한 잔 하실래요?"

"그 애한테 접근한 이유가 뭐죠?"

외출에서 돌아온 남편한테 잠깐 가게를 맡겨놓고 근처 커피숍으로 온 인주는 커피를 한 모금 마시기도 전에 취조하듯 묻고 말았다. 안 그럴 수가 없었다.

"댁이 왜 그 애한테 접근한 건지 이유를 알아야 나도 그 애에 대해 말해줄 수 있어요."

남자가 서연이에 대해 말해달라고 한 것도 아니다. 하지만 인주는 남자가 궁금해할 거라고, 서연이에 대해 모든 걸 알고 싶어 할 거라고 확신했다.

침묵하던 남자가 천천히 입을 열었다.

"그녀의 아버지, 윤주철을 만나기 위해서."

인주는 인상을 썼다.

"그 사람은 왜 만나려고 했는데요? 아, 그건 됐어요. 알고 싶지도 않아요. 그 인간 얘기라면 듣고 싶지도 않네요."

치가 떨린다는 듯 인주는 고개를 저었다.

"이유가 뭡니까?"

커피 한 모금을 들이켜려던 인주에게 그가 물었다. 인주는 잔을 내려놓고 한숨을 내쉬었다.

"모르는 게 당연하죠. 아버지와 딸이니까 그냥 평범하게 생각했겠죠. 아무도 몰랐다고 하더군요. 알려고 하는 사람도 없었고.

아줌마…… 그러니까 서연이 엄마요. 아빠가 아줌마와 서연일 발견했을 때 두 사람은 정말 처참했어요. 며칠을 굶었는지 서연인 뼈만 앙상했고 아줌만 눈에 초점이 없었죠. 나중에 안 사실이지만 밀항선을 타는 것도 여의치 않으면 아줌만 서연일 데리고 죽을 생각이었대요."

인주는 보았다. 남자의 얼굴이 흙빛으로 변하는 것을. 확신이 굳어진다. 저 남잔 정말로 서연이에게 흔들렸다. 처음 의도가 무엇이었든, 그 마음만은 진심이었던 게 분명했다.

어쩌면 나도 속고 있는지도 모른다. 그런데 여기서 뭐가 더 나빠지겠는가. 사실이든, 아니든 나빠질 게 뭐가 있냔 말이다.

"아줌마가 처음으로 마음을 연 건 우리랑 살게 된 후로 딱 1년이 되던 날이었대요. 우리도 아니죠. 아빠한테 마음을 연 거죠. 난 아줌마가 돌아가신 후에 아빠한테 들은 얘기고. 어쨌든 아줌만 서연이 아빠와의 결혼생활이 지옥이었다고 했어요. 겉으로는 잘나가는 박사에 사회적 지위도 있고 명예도 가진 남편 덕에 호의호식하는 사모님이었지만 속은 처절했었다고 하더군요. 잘나가는 박사 남편은 이중인격자였어요. 밖에선 더없이 부드럽고 똑똑한 박사고 집 안에선 악마였죠. 나중엔 망상증까지 보였대요. 그런데 아무도 몰랐대요. 아줌마가 도움을 요청하려고 했지만 누구도 믿어주지 않았대요. 도리어 아줌마가 정신병자로 몰려서 병원에 끌려들어가기도 했다더군요. 나중에 포기할 수밖에 없어서 그냥 자포자기 상태로 살았는데…… 그 사람이 딸한테 이상한 짓을 하는 걸 본 후로는……."

이 남자가 진실을 안다고 해서 더 위험해질 것은 없다. 한 사람이라도 더 그 미친놈의 실체를 아는 게 더 좋은 거 아닌가? 변하는 게 없다고 해도 말이다.

"이상한 짓?"

남자의 눈이 아예 검은빛을 띤다. 인주는 입에 올리는 것조차 더럽다는 듯 재빨리 뱉어냈다.

"애를 만졌대요. 도저히 아버지가 딸을 만지는 그런 수준이 아니었대요."

남자의 눈이 거칠어졌다. 인주도 처음 그 말을 들었을 때 욕지기가 나오던 것이 떠오른다. 남자의 눈에 의구심이 비친다. 인주는 고개를 저었다.

"친아버지 맞아요."

남자의 얼굴이 일그러졌다.

"천사의 탈을 쓴 악마였죠. 아줌만 도망칠 수밖에 없었대요. 망상증이 깊어져 나라를 구하느니, 부패한 놈들을 막아야 한다느니, 이상한 말을 하면서 같이 어디론가 피해야 한다고 할 때 기회를 잡고 서연일 데리고 도망쳤다더군요. 그 사람한테 잡히지 않으려고 아줌만 기를 쓰고 도망쳤어요. 나중에 듣기론 그 미친인간이 뭔가 일을 저질러서 다른 사람들한테도 쫓겼다는데 그 와중에도 아줌마랑 서연일 끊임없이 쫓아왔대요. 우릴 만나기 전에 한 번 붙잡혔는데 구사일생으로 다시 도망쳤고 그 후에 우릴 만나서 그럭저럭 편안하게 살았는데……."

"김은혜 씨 죽음에 윤주철이 관련되어 있는 겁니까?"

남자의 물음에 인주는 고개를 끄덕였다.

"우린 그렇게 생각했어요. 아줌만 그날 장을 보러 갔어요. 아빠랑 같이. 근데 갑자기 아줌마가 사라졌대요. 아니, 갑자기 사라진 건 아니고 시장 안을 걷다가 누군가를 봤는지 사시나무처럼 떨더래요. 그러더니 아빠한테 서연일 부탁한다는 말을 남기고 뛰어가더래요. 아빠는 놀라서 아줌말 쫓아갔지만 금방 놓쳤고…… 아빠는 시장 안을 열심히 찾아다녔지만 아줌말 찾을 수가 없었대요. 넋을 잃고 서 있는데 어떤 꼬마가 다가와서 말을 하더래요. 어떤 아줌마가 전해달라고 했다면서…… 그 사람이 나타났다고, 빨리 아이를 떠나보내라고."

침묵이 흘렀다. 인주는 한참이 지난 후에 다시 입을 열었다.

"아줌마는 그게 마지막이었어요. 아빠는 그 길로 집에 돌아와서 서연일 떠나보냈어요. 아직 어린 그 애한테 도망치라고 말하는 게 얼마나 고통스러웠는지…… 그 애가 작은 가방 하나를 들고 가면서 자꾸 뒤돌아보던 모습이 아직도 선해요. 엄마가 죽었다는 소식에 말도 잃고 그냥 넋을 빼고 앉아 있던 애였는데 그날 이후로 그 아인 혼자가 됐어요. 예전엔 엄마와 같이 도망쳤지만 그때 이후론 철저하게 혼자였어요. 그 아이 고통이 어땠을지, 짐작이 되세요?"

"……."

더 이상 몰아붙일 필요는 없을 듯했다. 남자는 충분히 고통스러워하고 있었다.

"당신이죠?"

인주의 물음에 남자가 쳐다본다.

"우리 아빠가 돌아가시던 날에 우리 집 마당에 서 있던 사람."

남자는 대답하지 않았지만 표정만으로도 알 수 있었다. 문득 그런 생각이 든다.

"서연일 이용해서 윤주철, 그 인간을 낚을 작정을 그때부터 한 거죠?"

부정하지 않는다. 이 사람은 지금 심장이 쓰릴 것이다. 누군가 벌을 주지 않아도 이 사람은 충분히 벌을 받고 있는 중인 것 같았다. 인주는 커피를 마셨다. 창밖 날씨가 참 좋았다. 이제 정말 봄이 오는 것 같았다. 이 화창한 날씨에 서연인 어디를 떠돌아다니고 있을까?

"그녀가…… 어떻게 알았습니까?"

문득 남자가 물어왔다. 인주는 창에서 시선을 돌려 그를 보았다. 그리고 대답해주었다.

"책이요."

남자의 굵은 눈썹이 치켜 올라간다.

"서연이가 아버지한테 보낸 책이요. 아버지 집에서 당신이 그 책을 가져갔죠."

그의 미간이 좁혀진다.

"어떻게……?"

"훗. 출판된 책이라 똑같은 책이 수없이 많은데 어떻게 그게 서연이가 아버지한테 보낸 책인 줄 알았냐고요? 둘 사이엔 다른 사람은 모르는 암호와 표식 같은 게 있었대요. 저도 이번에 알았어요. 서연인 작가가 됐고 아빠한테 그 사실을 알리고 싶었을 거예요. 우리가 걱정하고 있다는 걸 아니까. 그런데 그냥 알리면 그 미친놈한테 들킬 수도 있으니까 두 사람만 알 수 있는 표식을 해서 책을 보낸 거죠. 아빠는 그 책들을 보며 서연이의 안부를 알 수 있었고 저한테도 그 애가 잘 있다고 말해줬었죠. 그런데 그 책이 댁의 집에 있었으니 그 애가 의심하지 않았겠어요? 위험을 무릅쓰고 나한테 찾아와서 댁 사진을 보여주더군요. 본 적 있냐고. 난 없다고 대답했고 대신 그다음 사진을 보고 놀랐죠. 놀이공원에서 찍은 사진이었는데 젊은 남자 얼굴을 본 적이 있었거든요. 언젠가 날 찾아와서 서연이에 대해 묻고 간 남자였으니까요."

남자는 더 이상 설명하지 않아도 아는 눈치였다.

"같이 일하는 사람이죠?"

"……."

또다시 침묵이 흘렀다. 인주는 남자의 어두운 얼굴을 보며 묻지 않을 수 없었다.

"그 앤 진심이었어요. 댁은 어땠어요?"

"……."

"내 느낌엔 댁도 진심이었던 것 같은데…… 내 느낌이 다른 건가요?"

"……."

"대답 못하는 거, 긍정인 거죠? 그렇게 알아들을게요. 그럼 질문 하나 더 할게요? 이제 다시 그 앨 찾는 이유는 뭔가요?"

그의 눈이 번뜩인다.

"도망…… 끝을 내줄 생각입니다."

인주는 희망이 넘실거리는 것 같았다. 하지만 과한 기대는 아픈 상처만 남길 뿐이다. 하지만 왠지 자꾸만 기대를 하고 싶어진다.

"가능해요?"

그가 쓰게 웃는다.

"난 불가능에 대해 생각해본 적이 없는 사람입니다."

정말인 것 같았다. 왠지 이 사람의 삶 또한 평범하지는 않았을 것 같은 기분이 든다. 그렇다면 기대해도 될까? 불쌍한 서연이의 삶을 바꿔줄 왕자님이라고 믿어봐도 될까?

인주는 다른 방법이 없다고 생각했다. 얼마 전 마지막으로 만났던 서연의 얼굴은 죽은 사람의 그것 같았다. 그 애의 삶은 의미가 없다. 전보다 더 고통스러울 것이다. 누군가를 의지하고 마음을 주었던 경험이, 그 아픈 상처가 외로움으로 범벅이 되어 그녀의 목을 죄고 있을 것이다.

인주는 이 남자를 믿고 싶었다. 너무 늦기 전에 서연일 구해줄 수 있는 사람이기를 간절히 바랐다. 더 안전한 다른 선택이 있다면 모르지만 지금은 이 사람밖에 없다.

"펜 있으세요?"

남자가 잠시 쳐다보더니 안쪽 주머니에서 펜을 꺼내준다. 인주는 냅킨에 번호를 써서 그에게 내밀었다.

"내가 그 아이에게 연락할 수 있는 유일한 방법이었어요. 난

할 말이 있으면 삐삐에 녹음을 했고 그 애가 확인을 하는지, 안 하는지는 몰라요. 얼마 전까진 해지가 안 됐었는데 지금은 어떤지 모르겠어요. 만약, 그래도 해보고 싶다면 이 번호를 눌러서 녹음을 해보세요. 그 애가 듣게 된다면…… 결정도 그 애의 선택이겠죠."

인주는 자리에서 일어섰다. 남자가 번호가 적힌 냅킨을 뚫어져라 응시하는가 싶더니 이내 주머니에 넣고 일어서서 인사를 한다.

"감사합니다."

"내가 감사할 일을 좀 만들어주세요. 무슨 말인지 아시죠?"

남자의 얼굴에 희미한 미소가 떠올랐다.

"언젠가 그녀와 같이 찾아뵙겠습니다."

인주는 저도 모르게 마주 미소를 지었다.

"그렇게만 된다면……."

목이 메었다. 상상만으로도 즐겁고 행복해서 울컥, 눈물이 솟는다.

"그럼."

인주는 서둘러 눈가의 물기를 닦아내고 인사를 하는 둥 마는 둥, 돌아서서 커피숍을 나왔다. 햇살이 눈부시게 화창한 오후였다.

"아직까지 별다른 보고가 없습니다."

마태용의 보고에 황 원장은 인상을 썼다.

"나 말고도 이번 일에 신경을 쓰고 있는 분들이 있다고 했었던 거 기억하나?"

"예."

"그분들이 신경이 꽤 날카로워져 있어. 나나 자네나 지금 현재에 만족하고 살 사람들은 아니잖나. 이번 기회에 줄 확실히 잡아서 길 좀 잘 닦아야지. 안 그래?"

"……."

명백한 압력이었다. 조만간 성과를 못 내면 좌천도 각오하라는 뜻이겠지.

"생각보다 더디군. 프리랜서, 실력이 죽은 건가?"

황 원장이 혼잣말처럼 중얼거렸지만 그건 들으라는 소리였다.

"곧 성과가 있을 겁니다. 그 친구, 실력이야 어느 누구하고도 견줄 수 없다는 건 아시잖습니까."

"알지. 그런데 이번 일은 왜 이리 더뎌? 실력이 죽지 않았다면 벌써 딸이든 윤주철이든 찾아냈을 텐데."

"외부 잡음도 있는 모양입니다."

"뭐?"

황 원장이 인상을 쓴다. 마태용은 슬며시 미끼를 던졌다.

"잘돼 가고 있는 밥에 재를 뿌리는 바람에 작전이 틀어진 것 같습니다."

"잡음? 무슨 잡음?"

정말 모른다는 투다. 그런데 믿을 수는 없다. 워낙 속을 알 수 없는 사람이니까. 속에 능구렁이를 수천 마리 키우고 있는 사람이다. 물론 국정원에서 원장 자리까지 오르려면 능구렁이를 안 키울 수는 없지만.

"혹시라도 이번 일에 신경을 쓰고 계시는 윗분들이 조급한 마음에 실수를 하는 일은 없어야 할 것 같습니다."

"그럴 리가 있나? 그런 일은 없어."

"혹시나 하는 마음에 드리는 말씀입니다."

"내가 보장하지. 그런 일 없어."

단호했다.

"알겠습니다. 그럼 잡음을 일으키는 쪽은 제가 알아보도록 하겠습니다."

"시간이 없어. 그놈이 언제 무슨 사고를 저지를지 모르는 상황이야. 사태 파악은 파일을 회수한 후에 해도 늦지 않아."

마태용은 속으로 혀를 찼다. 현장근무에서 오래 벗어나 있어서 그런지 황 원장이 실수를 한 것이다. 잡음 일으킨 쪽을 파다가 뒤쪽 실체가 드러날까 봐 파일 회수를 서두르라는 지시를 한 것이나 다름없었다.

"명심해. 우린 그 파일 회수가 아주 중요해. 이젠 자네한테도 중요해졌지. 이미 우린 한 배를 탔으니까."

그래, 한 배는 탔지. 그런데 난 너희들한테 이용당한 후에 어찌 될지 모르는 하수인일 뿐이잖아.

"물론입니다. 좀 더 속도를 내보라고 하겠습니다. 그럼."

마태용은 속을 감추고 황 원장에게 말한 후 자리에서 일어나서 방을 나왔다.

이제 명확해졌다. 난 내가 살길을 마련해둬야 한다. 황 원장이 나를 함부로 배에서 밀어버릴 수 없도록 만들 카드가 필요한 것이다!

"이것 좀 보세요."

CCTV를 반복해서 돌려보며 해리의 행적을 추적해보고 있던 안나는 갑작스러운 진호의 목소리에 고개를 들었다.

"왜?"

"여기요. 아, 빨리 와 봐요."

급한 목소리에 안나도 어쩔 수 없이 일어나 진호 자리로 갔다.

"뭔데? 별거 아니기만 해봐. 안 그래도 피곤해 죽겠는데……."

"이 사람 좀 봐요."

진호가 모니터 화면의 각도를 틀어주며 말한다.

"누구?"

사람이 많은 지하철 안이었다. 조금 전 안나가 보던 그 화면이었다. 해리가 있던 그 지하철 개찰구 쪽.

"이 사람이요. 아, 좀 자세히 봐요."

볼펜 끝으로 툭, 가리키며 말하는 진호를 슬쩍 노려봐준 안나는 허리를 숙여 자세히 들여다보았다. 중절모를 쓴 할아버지였다. 머리가 하얗게 세고 허리도 좀 구부정했다. 중절모 아래로 검은색 선글라스가 보인다.

"누군데?"

안나는 전혀 누군지 알 수가 없었다.

"이다음 장면을 보면 알 거예요."

키보드를 눌러 장면을 재생시키자 멈춰 있던 사람들이 움직이기 시작했다. 그리고 진호가 주목하라던 할아버지도 움직인다. 급하게 사방을 두리번거린다. 누군가를 찾는 것 같았다. 그러다가 급기야는 선글라스를 벗었다. 순간, 안나의 눈이 가늘게 좁혀졌다.

"이 얼굴은……."

변장은 했지만 분명히 낯이 익다.

"누구 같아요?"

진호가 흥분한 목소리로 묻는다. 그러더니 화면을 정지시키고 선글라스를 벗은 할아버지 얼굴을 확대시킨다. 이제 더 확실하게 알 것 같았다. 안나는 진호를 돌아보았다. 진호가 눈을 번뜩이며 말했다.

"그 사람, 맞죠?"

"……그래, 맞는 것 같다."

안나의 놀랍다는 중얼거림에 진호가 재차 묻는다.

"그죠? 윤주철, 그 사람 맞죠?"

진호가 흥분된 목소리가 고요한 방 안을 진동시키고 있었다.

"해리를 쫓아서 1번 출구에 모습을 보였다가 그다음엔 3번 출구 쪽에서도 모습이 보입니다. 20분 후에 지상에서 조선일보 건물 앞쪽 신호등 앞에서 노인 분장을 벗고 중년 신사의 모습이 포착됐습니다. 택시를 잡아타고 움직인 곳은 앙카라공원입니다."

안나의 보고에 동준은 눈썹을 치켜 올렸다.

"앙카라? 여의도군."

"바로 옆에 인도네시아 대사관이 있죠."

동준은 윤주철, 여의도, 인도네시아 대사관. 뭔가 연관 관계가 있을 거라는 걸 직감적으로 느꼈다. 그런 동준의 느낌을 눈치챈 안나가 말한다.

"국정원에서 우리에게 숨기는 게 많은 것 같은데요?"

"아마도."

"대체 국정원에서 회수하려는 그 파일 안에 뭐가 들었기에……."

처음엔 단순했다. 20년 전 사라진 파일은 국가안보를 위해危害할 수 있는 내용이라 그 오랜 세월이 지났음에도 불구하고 국정원에서 적극적으로 회수하려고 한다고 생각했었다. 그런데 그 단순한 일 이면에는 뭔가 커다란 음모가 도사리고 있을 거라는 느낌이 든다. 같은 편이라고 생각했던 국정원조차 더 이상 믿을 수가 없다. 윤서연이 사라진 지금은 그녀의 안위조차 보장할 수가 없다.

"앙카라공원에서 약 30분의 시간 동안 머물다가 다시 택시를 타고 근처에 있는 운중모텔에 체크인 했습니다. 이후로 별다른 움직임은 없고 진호가 애들을 데리고 가서 감시 중입니다."

동준은 자신이 치명적인 실책을 저질렀다는 걸 인정 안 할 수가 없었다. 어쩌면 국정원, 어떤 놈의 꼭두각시 역할을 한 것일지도 모른다. 윤주철을 찾겠답시고 윤서연을 찾아내어 국정원의 그 놈 코앞에 갖다 바친 것도 모자라 서연이 그토록 피하고 싶었던 윤주철까지 수면 위로 끌어올렸다. 서연은 이제 국정원과 윤주철, 모두에게 쫓기고 있다. 그들이 진짜 원하는 게 뭔지는 모른다. 하지만 확실한 건, 윤서연이 위험하다는 것이다.

저들보다, 그 누구보다 내가 먼저 윤서연을 찾아야 한다!

동준은 이를 사리물었다. 20년 동안 묻혀 있던 사건을 내 손으로 파헤쳤으니 해결도 내가 해야 했다. 그러기 위해서는 서연이 필요했고 그녀를 찾아야 한다. 그런데 어떻게? 대체 무슨 수로!

전화벨이 울렸다. 동준은 휴대폰 액정에 떠오른 숫자의 나열을 보고 눈을 번뜩였다. 동준은 안나에게 말했다.

"윤주철을 절대 놓치지 않도록 하고 놈에게 추적장치 붙이세요."

"네, 진호한테 지시하겠습니다."

동준은 전화기의 귀로 가져가며 밖으로 나갔다.

"말씀하십시오."

[우리, 좀 만나지.]

마태용의 목소리가 전화기 너머에서 들려왔다.

"어디서요?"

[한 시간 후에 제2 장소에서.]

"알겠습니다."

동준은 방 안으로 다시 들어가 안나가 진호에게 지시를 내리는 것을 잠시 지켜보았다. 그녀가 전화기를 내려놓고 그를 돌아본다. 동준은 조용히 입을 열었다.

"그녀에 대한 실마리는……."

안나의 얼굴도 설핏, 굳어진다.

"찾고는 있는데…… 작정하고 숨은 거라 가능성이 적습니다."

동준의 눈빛은 어두웠다. 그는 주머니 안쪽에서 뭔가를 꺼내어 안나에게 내밀었다.

"이 번호에 대해 조사해봐요."

그가 내민 건 냅킨이었다. 거기에 써진 번호를 본 안나가 중얼거렸다.

"015? 이건 삐삐 번혼데……."

"누구 이름으로 등록되어 있는지, 지금도 유지되고 있는 건지, 그리고 사서함에 저장된 메시지까지 전부 확인해요."

지시를 끝낸 동준이 돌아서자 뒤에서 안나가 혼잣말을 속삭였다.

"해리 거군요."

동준은 그 말을 무시하고 방을 나갔다. 거실을 가로질러 집 현관을 나간 그는 마당에 세워둔 자동차에 올라탔다. 시동을 걸고 차를 출발시킨 그의 얼굴은 어둡지만 침착했다.

포기하지 않을 것이다. 윤서연. 널 찾을 때까지, 널 다시 내 눈앞에 세울 때까지, 내 손이 뻗어가 닿을 수 있는 곳에 데려다 놓을 때까지 절대 포기하지 않는다!

15. 처음부터 잘못 끼워진 단추

　햇살이 따뜻한 한강변에는 산책이나 운동을 하러 나온 사람들이 꽤 많았다. 사람이 많은 장소를 피해 아래쪽으로 쭉 내려오다 보면 서울시에서 보수공사 중인 곳이 나온다. 사람들의 통행을 막기 위해 바리게이트를 쳐놓았지만 그것마저 치우고 굳이 공사장 안으로 진입하는 은색 승용차가 있었다. 그리고 얼마 후에 검은색 RV차량 한 대가 은색 승용차가 지나간 길을 똑같이 지나갔다.

　마태용은 운전석에 앉아 검은색 RV가 다가오는 것을 보고 차에서 내렸다. 먼지바람을 일으키며 가까운 곳에 정차한 RV에서 프리랜서가 내리는 걸 확인한 마태용은 그에게로 가까이 다가가 황색 봉투를 내밀었다.

　"부탁한 자료야."

　엄밀히 말하면 '요구'였지만 마태용은 '부탁'이라는 용어를 썼다. 현재 누가 '같은 편'이 될지 '적'이 될지 알 수 없는 상황이다. 한 명의 조력자라도 잘 챙겨둬야 앞일이 쉬워진다. 프리랜서 같은 조력자는 웬만한 1개 중대보다 효율적인 면에선 낫다.

동준이 황색 봉투를 열어 안에 든 종이를 꺼내서 읽기 시작했다. 프린터로 출력한 세 명의 이름 리스트를 보는 동준의 눈썹이 휘었다. 마태용은 희미하게 웃으며 말했다.

"굵직한 인물들이지."

"그렇군요."

"뭐, 아주 이상할 것도 없어. 거기 석힌 국회의원 둘과 장관 하나. 그들 모두 국정원 출신이니까. 당시 그 파일에 대해 조사한 사람들이야. 이상한 건 그때 그 사건이 일어난 후로 거기 적인 사람들 모두가 꽤나 승승장구했다는 거지. 이례적인 고속 승진에 정계 진출까지, 완전히 막힘없는 고속도로였더군. 황 원장도 포함돼. 내가 조사하면서 느낀 바로는 당시 황 원장은 심부름꾼에 가까웠어. 자네가 말한 악어새라는 작전에서 돌아온 요원인 차대훈을 직접 심문하고 조사하진 않았으니까. 그리고 그 작전에서 돌아온 요원이 한 명 더 있는 것 같던데……."

동준의 눈빛이 번뜩였다.

"누군지 알아냈습니까?"

"아니. 그런 기록조차 남아 있지 않아. 국정원 데이터 파일에는 악어새라는 작전에 대해 단 세 줄 정도로만 기록이 되어 있었어. 알고 있나?"

동준은 고개를 끄덕였다. 아버지 친구, 한경식에게서 악어새라는 잔전명을 전해 들었을 때 이미 국정원 데이터베이스를 해킹해 알아보았었다.

작전명, 악어새.

북한의 무기밀매 거래 추적 및 방해 작전.

작전 실패. 작전에 참여했던 요원 대부분 사망.

몇 명이 돌아왔는지에 대한 기록도 없었다. 다만, 그 작전에 참여했던 요원수와 사망통지를 받았던 요원수를 추적해 얻어낸 것이 바로 살아 돌아온 요원이 둘이라는 것이었다. 한 명은 동준의 아버지, 차대훈이다.

"살아 돌아온 차대훈은 블랙 요원이었어. 이상한 건 어째서 차대훈만 그 사건의 집중 조명을 받았느냐, 하는 거지. 같이 살아 돌아왔는데 차대훈만 조사를 받았고 결국 죽기까지 했는데 나머지 한 사람은 안개처럼 사라져버린 거지. 어쩌면 살아 돌아온 건 차대훈, 한 명일지도……."

"아니면 배신이거나."

동준의 중얼거림에 마태용이 눈을 가늘게 좁혔다.

"배신? 음…… 그럴 수도 있겠군. 살아 돌아온 나머지 한 명은 국정원 측에 협조했을 수도 있지. 같이 살아 돌아온 차대훈을 배신하고 말이야. 조사하다 보니 여러 가지 의문이 생기더군. 차대훈은 파일의 존재를 알린 유일한 인물이었어. 결국 국정원에서 색출해야 할 대상이 된 이유이기도 했지. 어쨌든 이 모든 의문은 그 파일을 찾아야 풀릴 수 있는 거야."

동준은 종이를 몇 번 접어 안주머니에 넣으며 말했다.

"살아 돌아온 다른 요원에 대해 알아보십시오."

"이봐. 난 황 원장의 코앞에서 움직여야 돼. 섣불리 움직였다가는 의심 받을 위치라고."

동준은 마태용을 쳐다보며 희미하게 웃었다.

"차장님의 위치는 뭘 해도 의심 받는 위칩니다. 발걸음 한 번 잘못 움직이면 목 날아가는 게 다반사인 위친데 뭘 그렇게 떠십니까? 이왕 간당거리는 목, 제대로 붙이려는 노력이라도 하는 게 낫지 않습니까?"

"말이야 쉽지."

"가족들을 위해서라도 직장을 오래 유지하기 위한 능력 발휘를 하는 거라고 생각하십시오."

말을 끝낸 동준은 차로 돌아갔다. 뒤에서 마태용이 중얼거리는 소리가 들려왔다.

"젠장."

걸어가던 동준이 갑자기 멈춰 서서 마태용을 돌아보았다.

"그 의문의 요원 말입니다."

마태용은 동준이 무슨 말을 하나, 쳐다보았다. 동준이 천천히 입을 열었다.

"고스트였을 가능성에 대해서도 생각해보십시오."

순간, 마태용의 얼굴은 뭔가, 단단한 걸로 뒤통수를 맞은 듯한 표정을 지었다. 동준이 차를 타고 떠나는 걸 보며 마태용이 중얼거렸다.

"고스트…… 그렇다면 얘기가 되는군."

"삐삐에 대해 알아봤는데요."

주방에서 나오던 안나는 현관으로 들어서는 동준을 발견하고 곧바로 보고를 시작했다. 동준은 멈춰 서서 안나를 돌아보았다. 가까이 다가온 안나가 보고를 잇는다.

"14년 전에 처음 개통됐는데 개통자는 유성자라는 당시 52세 중년 여성입니다. 현재도 살아 있는 걸로 나와서 직접 확인해봤는데 충남 서산에 있는 작은 시골마을에서 홀로 사는 할머니더라고요. 친인척 등등 다 조사해봐도 김은혜 씨나, 윤주철, 해리하고는 연관성을 찾을 수 없었습니다. 해리가 연고가 없는 할머니의 명의를 도용했을 확률이 큽니다. 삐삐는 아직 해지되지 않고 유지가 되고 있습니다."

동준은 고개를 끄덕였다. 어차피 처음부터 그녀를 추적할 수 있는 단서가 될 거라고는 생각하지 않았었다. 그래도 한 가지는 건졌다. 들을지 안 들을지는 모르지만 어쨌든 그녀에게 메시지를 남길 길이 생겼다는 것.

"윤주철 쪽은?"

"감시 중입니다. 진호가 한시도 안 떨어지고 바짝 붙어 있습니다."

슬쩍 고개를 끄덕인 동준은 이층 계단이 있는 곳으로 걸어가기 시작했다.

"식사는요?"

안나가 묻는다.

"됐습니다."

그가 계단을 올라가는 뒷모습을 바라보는 안나의 얼굴은 어두웠다. 그는 메시지를 남길 것이다. 해리가 과연 그 메시지를 듣고 나타나 줄까? 지금으로선 희망이 없어 보인다. 지독한 배신감에 치를 떨며 숨어버렸는데 어떤 절절한 메시지를 남긴다 한들 그녀의 상처받은 마음이 풀릴 수가 있겠는가.

"시간이 좀 지나면……."

안나의 입술 사이를 비집고 중얼거림이 새어나왔다. 그런데 그 혼잣말도 이내 부정적인 한숨과 함께 흐려진다. 시간이 있어야 말이지. 이젠 그녀가 너무 위험하잖아. 윤주철까지 나타났고 국정원도 꼬리를 물고 덤비고 있으니…… 이게 전부 우리가 한 짓이지.

안나는 다시 계단 위쪽을 바라보았다.

보스가 가장 괴로울 것이다. 스스로 함정을 파고 그곳이 무덤인지도 모르고 걸어 들어갔으니…… 처음부터 잘못 끼워진 단추였다. 그래도 어쩌겠는가, 이제라도 모든 걸 바로 잡아야지.

안나는 다시 주방에 임시로 차려놓은 상황실로 향했다.

동준은 창문으로 들어오는 햇살을 등지고 선 채 침대 위에 던져져 있는 전화기를 노려보고 있었다. 삐삐 번호는 이미 머릿속에 각인이 되어 있었다. 전화기를 집어 번호를 누르고 메시지를 남기면 된다. 하지만 그는 한 시간째 꼼짝도 하지 않고 있었다.

그녀를 불러낼 가장 효율적인 방법을 찾을 수가 없다. 어설픈 사과나, 너에 대한 마음만은 진심이었다는 어쭙잖은 변명은 씨도 먹히지 않을 것이다. 어쩌면 비웃음을 사고 말지도 모르지.

동준은 이성적으로 생각해야 했다. 만약 그녀에게 개인적인 감정으로서가 아니라 작전 대상으로만 대할 수 있는 상황이라면 어땠을까? 그렇다면 이렇게 고민도 하지 않았을 것이다.

이익. 상대에게 간절한 것이 무엇인지, 그걸 알아낸 후 합리적인 제안을 해야 한다. 상대가 도저히 거부할 수 없는 제안으로 스스로 찾아오도록 만들 방법을 쓰는 것이다.

그는 드디어 벽에 기댔던 몸을 일으켰다. 천천히 침대가로 걸어간 동준은 허리를 굽혀 전화기를 집어 올렸다. 잠시 생각하던 그는 손가락을 움직여 번호를 누르기 시작했다.

좁은 골목길을 통과해 아래로 끝없이 뻗어 있는 계단을 내려가자 여러 개의 불투명 현관문이 일렬로 나열되어 있는 골목이 나타났다. 거기서 맨 끝 집까지 걸어간 여자는 모자챙 아래로 다시 주변을 훑어본 후 아무도 없음을 확인하고 주머니에서 열쇠를 꺼내 문을 열었다.

덜컹, 아귀가 맞지 않는 문은 열고 닫을 때마다 소리를 낸다. 여자는 안에서 문을 꼭 닫고 세 개의 잠금장치를 모두 봉인했다. 외출하면서 설치해둔 장치들을 다시 둘러보고 침입자가 없음을 확인한 여자는 그제야 신을 벗고 방으로 올라가 바닥에 앉았다.

작은 창문으로 들어오는 햇살 한 줌이 전부인 골방이었다. 방하나에 주방 하나가 전부인 협소한 공간에서 그녀는 작게 몸을 웅크리며 누웠다. 바닥은 차가웠다. 이제 곧 4월이지만 지대가 한참 낮은 이 어두운 골방은 아직도 겨울이었다. 그녀는 참을 수 없는 한기를 느끼며 아무렇게나 개어놓았던 이불 끄트머리를 잡아당겨 웅크린 자신의 몸을 감쌌다.

눈을 감았다. 고요한 머릿속으로 기다렸다는 듯이 여러 가지 생각들이 복잡하게 엉켜든다. 과거의 추억들과 함께 떠오르는 건 지독한 배신감, 그리고 철저히 이용당했다는 처절한 좌절감이 목을 죄어온다. 언제나 그랬듯이 분노가 그 뒤를 따르고 불같은 화가 머리끝까지 치밀어 이성을 마비시키는 것 같았다.

다른 생각을 해야 했다. 이성을 잃고 무슨 짓을 저지르기 전에 다른 생각을 하는 게 나았다.

돌아가신 목사님을 떠올렸다. 끝까지 자신을 위해 애써주시고 마음을 써주셨던 고마운 분. 그리고 인주 언니…… 마지막으로 만났을 때 그 선한 눈에 물기가 글썽이던 것이 떠오른다.

'연락…… 아니, 그건 위험하니까 그냥 잘 있다는 신호만이라도 보내줄래? 잘 있는 거, 안 되겠지만 그냥 살아 있다는 소식이라도…….'

울먹이며 보내주던 언니의 슬픔이 머릿속을 휘돈다. 잘 있다는 거…… 그래, 지금의 내겐 그 말 자체가 성립될 수가 없다. 나는 잘 있지 못하다. 엄마가 돌아가시고 혼자 살아오면서 그럭저럭 잘 살고 있다고 생각했었다. 그런데 아니었다. 그건 잘 사는 게 아니었다. 그냥 사는 거였다. 죽지 못해서…… 지금은?

서연은 눈을 떴다. 태양이 밀리는 오후 햇살이 조금은 풀이 죽어 있었다.

나는 지금 어떤가? 살만한가? 아니다. 죽을 것 같다. 그렇다면 죽을까? 그래, 좋은 생각이다. 이런 의미 없는 삶, 그만 끝내고 싶다. 그런데…… 젠장, 그런데 미련이 남는다. 억울하다. 제대로 살아보지도 못하고 죽는다는 게, 뭘 한 번 해보지도 못하고 끝낸다는 거, 너무 억울하잖아.

생각이 발전한다. 한 번 억울함을 토해낸 머릿속은 죽더라도 어디 한 번 발악이나 해보라고 부추긴다.

발악…… 그래, 지렁이도 밟으면 꿈틀한다는데 난 그보다도 못한 존재잖아. 한때 사랑이라고 믿었던 그 남자를 위해서 모든 걸 끝낼 용기도 냈었다. 이젠 누구를 위해서가 아니라 나 자신을 위해서 이 모든 걸 끝내면 되잖아.

서연은 자리에서 벌떡 일어났다. 도저히 가만히 있을 수가 없어서 일어나 좁은 방 안을 서성거리기 시작했다.

계획이 필요해. 어디서부터 뭘 해야 할지 계획을 세워야 해.

그런데 젠장. 감도 잡히지 않는다. 그녀는 아는 게 너무 없었다. 어린 시절 엄마 손에 이끌려서 도망치기 시작했고 아버지라는 사람에게 붙잡혔을 때 공포를 느낀 후 도망은 당연한 삶이었다. 엄마가 돌아가신 후에도 아버지라는 사람에게서 도망치는 건 당연한 일이었다. 그 사람이 왜 자신을 쫓는 건지, 아니 왜 엄마를 그토록 오랫동안 쫓는 건지에 대한 타당한 이유도 잘 모른다.

'그 사람은 망상증환자에 집착증환자야. 너와 날 붙잡을 때까지 절대 멈추지 않을 거야. 그 사람의 달콤한 말에 속지 마라. 부드럽게 내미는 손을 잡아선 안 돼. 그건 모두 악마의 농간이야.'

엄마에게 귀에 못이 박히도록 들은 말들이 전부였다. 그냥 정신병에 걸린 사람으로부터 도망치는 거라고만 생각했었다. 경찰도 소용없다는 건 오래전에 이미 겪었다. 엄마에게 반항하고 경찰에 도움을 청했다가 그 악마에게 붙잡혔었다. 그때의 일을 생각하면 지금도 치가 떨린다.

'네 엄마 어디에 있니?'

'몰라요.'

'아가. 엄마하고 아빠하고 다 같이 살자꾸나. 우린 행복하게 살 수 있어.'

번지르르한 악마의 눈에 떠오른 것은 사악한 욕망이었다. 열일곱 살의 딸을 쳐다보던 그 눈빛은 정상적인 아버지의 그것이 아니었다. 만약 그때 도망치지 못했다면…….

서연은 질끈 눈을 감았다. 생각하기도 싫은 추악한 상상 앞에서 치가 떨린다. 그 남자를 다시 본다는 생각만으로도 공포로 입 안이 말랐다. 숨이 잘 쉬어지지 않는다. 하지만 부딪치지 않고서는 해답이 없다는 것도 안다. 그 남자가 진정으로 원하는 것이 뭔지 알아내야 했다.

단순히 그 삐뚤어지고 더러운 욕망 때문에 엄마와 날 그토록 오랜 시간 동안 뒤쫓지는 않았을 것이다.

서연은 조금 전 들어왔던 현관 쪽으로 다시 움직였다. 빠르게 안전장치를 설치하고 밖으로 나간 그녀는 골목길을 단숨에 내달리고 계단을 올라서 대로변 길가에 세워져 있는 공중전화부스를 향해 달렸다.

　[첫 번째 메시지입니다.]
　서연은 귀를 쫑긋 세웠다. 인주 언니가 무슨 말을 남겼을지 궁금했다. 그때였다.
　[윤서연.]
　굵직한 남자의 목소리가 귓속으로 파고들었을 때 그녀는 착각이라고 생각했다. 이건 환청이라고 생각했다.
　[나야. 이 메시지를 들을지는 모르겠지만⋯⋯.]
　윙윙윙윙. 남자의 낮은 목소리가 바로 차동준의 그것이라는 걸 인식한 후부터 말이 귀에 들어오지 않았다. 전화가 끊어질 때까지 서연은 멍하니 서 있었다. 수화기를 걸어놓고 돌아서서 공중전화부스를 나왔다. 길바닥에 멍청하게 서 있으려니 오가는 사람들에게 어깨를 부딪치고 팔을 부딪쳤다.
　"뭐야? 사람 다니는 길 한복판에 서서."
　욕설이 들려왔다. 그런데도 그녀는 움직일 수가 없었다. 그렇게 멍한 시간이 흐른 후 서연은 다시 공중전화부스로 뛰어들었다. 삐삐 번호를 누르고 음성메시지 청취를 누르는 손끝이 떨려왔다. 다시 그의 목소리가 들려올 때까지 그녀는 온몸에 잔뜩 힘을 주고 있었다.

[이 메시지를 들을지는 모르겠지만 연락할 다른 방법이 없으니까. 혹시 통화를 요구한다면 비웃겠지?]

쓸쓸한 웃음소리가 잠시 나왔다가 사라졌다. 서연은 입술을 깨물었다. 화가 부글거리며 치밀어 가슴을 죄는 것 같았다.

[제안할 게 있어. 서로에게 이익이 되는 일이야. 내가 누구인지, 누구의 편인지 알고 싶지 않나? 우선 말해둘 건, 난 누구의 편도 아니지만 윤주철의 편은 절대 아니라는 것. 물론 적도 아니야. 그런데 난 윤주철을 만나서 회수해야 할 물건이 있어. 만약 네가 날 도와준다면 너의 오랜 도망자 생활을 끝내게 해주지. 새로운 신분을 얻고 해외로 나갈 수도 있고 한국에서 새 삶을 살 수도 있어. 그게 무엇이든 네가 원하는 삶을 살 수 있도록 해주지. 난 충분히 그럴 능력이 되는 사람이니까. 단, 너도 날 도와준다는 조건 하에. 내 제안이 마음에 들면, 또는 좀 더 자세히 알고 싶은 마음이 있다면 지금 말하는 주소로 찾아와.]

그의 목소리가 가평의 어느 곳 주소를 불렀다. 그리고 잠시 침묵하더니 이내 말한다.

[내 제안을 받아들이면 절대 후회하지 않을 거라고 장담해. 지금보다는 훨씬 나은 삶이 될 테니까.]

담담한 목소리의 메시지가 끝났다. 서연은 수화기를 제자리에 걸었다.

미친놈.

실소가 새어나온다. 뻔뻔한 놈…… 양심조차 버린 것 같은 그 남자의 행동에 치가 떨린다.

"제안…… 훗."

공중전화부스를 나와 걸어가는 서연의 입술 사이를 비집고 비릿한 미소가 흘러나왔다.

자기가 누군지 궁금하냐고? 그래, 궁금하다. 궁금해서 미칠 것 같다. 대체 왜? 누구를 위해서, 무슨 목적을 가지고 내게 접근했는지. 얼마나 대단한 걸 얻으려고 한 여자의 심장에 칼을 꽂았는지, 묻고 싶고 변명이라도 듣고 싶었다. 그러고 싶은 욕망으로 몸이 떨릴 지경이다. 하지만 의미가 있나? 그런다고 해서 그가 내게 했던 모든 거짓들이 진실이 되는 건 아니잖아.

'난 윤주철을 만나서 회수해야 할 물건이 있어.'

물건…… 엄마에게 들었었다. 아버지라는 그 작자가 국가의 중요한 물건을 훔쳐 달아났다고. 대체 뭔지 궁금하다. 20년이 지난 지금까지도 찾고 있는 그 물건이 뭔지 정말로 궁금했다. 어쩌면 그 물건을 찾으면 내 비루한 도망자의 삶도 끝나게 되는 건 아닐까?

갑자기 서연의 입가에 비릿한 웃음이 걸렸다.

뭐야? 윤서연. 너, 지금 핑계거리를 찾는 거야? 차동준, 그 인간을 만나기 위한 변명거리를 찾는 거야? 제안이니, 물건이니, 그런 것들이 궁금하다는 핑계로 그 나쁜 놈을 다시 만나려고 하는 거냐고!

스스로에게 환멸이 인다. 배신의 상처로 심장이 너덜거리는 지금까지도 그 사람을 만나려고 하는 자신이 우스웠다. 불쌍한 인생에, 한심스러운 미련까지…….

서연은 사나운 눈빛을 머금은 채 길을 걷기 시작했다. 왔던 길을 되짚어가는 그녀의 걸음이 점점 빨라지고 있었다.

그는 초조했다. 다른 방법이 없어서 기다리고는 있지만 이대로 또 허송세월을 보내게 될까 봐 신경이 곤두섰다.

"망할."

저도 모르게 욕설이 씹혔다. 그는 좁고 갑갑한 모텔 방 안을 둘러보았다. 그동안 거쳐 온 허름하고 초라했던 숙소들에 비하면 궁궐이다. 그래도 자신의 처지가 한심하다는 생각이 나아지지 않는다.

그는 티슈 세 장을 뽑아 책상 위에 한 장씩 펼쳤다. 한 귀퉁이라도 엇갈리지 않도록 집중해서 세 장을 모두 포갰다. 길쭉한 종이박스에서 새 연필 열두 자루를 꺼낸 그는 반듯하게 포개놓은 티슈 옆에 연필을 가지런히 내려놓았다. 길이와 간격이 자로 잰 듯 똑같았다. 그 완벽하게 정렬된 모습을 잠시 쳐다보던 남자는 연필 한 자루를 들어 칼로 깎기 시작했다. 사악, 사악, 연필이 규칙적인 박자로 동그랗게 깎여 나갔다. 연필에서 떨어져 나간 타원형 나뭇조각들의 형태가 마치 기계로 깎은 것처럼 똑같았다. 완벽하게 일치된 티슈 위로 툭툭, 떨어져 쌓이는 나무 파편들이 작은 언덕을 이루며 쌓여갈 때마다 연필의 길이도 줄어들었다. 더 이상 손에 쥘 수도 없을 만큼 줄어들자 남자는 몽당연필을 내려놓고 옆에 놓아뒀던 새 연필 한 자루를 또 들어 칼질을 시작했다.

똑같은 행동, 똑같은 패턴의 반복이 이루어지고 있었지만 남자의 얼굴에는 지루한 기색은커녕 도리어 만족스러운 희열감이 번지고 있었다.

띠링. 나무를 자르는 소리만 존재하는 고요함을 뚫고 휴대폰에서 메일이 도착했다는 알림소리가 울렸다. 남자의 칼질이 멈췄다. 연필과 칼을 내려놓고 휴대폰을 들어 올린 남자는 새로 도착한 메일을 열었다. 그 순간, 남자의 눈이 번쩍 빛을 발했다.

'내일 저녁 8시, 앙카라공원.'

남자의 입술이 희미한 미소를 머금기 시작했다. 기다리던 소식이 온 것이다. 왠지 이번엔 감이 좋더라니. 포기하지 않고 기다린 보람이 있었다. 하지만 남자는 섣불리 치밀어 오르는 희열을 지그시 눌렀다. 또 지난번처럼 불발될 수 있다. 약속한 장소에서 달아나는 그 아이의 뒤꽁무니를 쫓는 일은 두 번 다시 일어나지 않아야 한다. 첫 번째 장소에 이어 두 번째로 접선하기로 했던 앙카라공원에도 그 아이는 나타나지 않았었다. 이번에도 속임수일지도 모른다. 아니다. 그 아인 나올 것이다. 이젠 그 지긋지긋한 도망자 생활을 끝내고 싶을 때도 됐을 테니까. 평범한 아이였다면 이미 예전에 포기했었을 텐데…….

"역시 내 딸이야."

맞은편 거울에 비친 남자의 입가에 미소가 다시 떠올랐다.

내 딸, 서연이…… 지독하게 끈질기고 도를 넘어선 인내심을 가진 것조차 나를 닮았어. 아니, 독한 걸로 따지면 제 어미를 닮기도 했지. 죽은 아내를 떠오르자 남자는 인상을 썼다.

"모진 년……."

배 위에서 뛰어내리던 그 여자의 얼굴에는 차라리 죽으며 죽었지, 잡히지는 않겠다는 의지가 역력했었다.

남자는 그때의 기억을 떨쳐내려고 고개를 흔들었다. 지금은 죽은 아내를 추억할 때가 아니다. 딸이 연락을 해왔다. 잘 회유해서 잃어버렸던 부녀간의 정을 다시 되찾는 것이 중요하다.

남자는 다시 연필과 칼을 들어 올렸다.

이번엔 놓치지 않을 것이다. 반드시 그 아이를 잡아서…….

비릿한 미소가 떠오르고 고요했던 남자의 눈빛은 곧 다가올 흥분에 대한 기대로 춤을 추고 있었다.

서연은 상대가 메일을 읽은 걸 확인하고 창밖으로 시선을 던졌다. 내일…… 그 사람을 다시 본다. 직접 만나 상대할 생각이다. 그 생각만으로도 두려움으로 인한 심장이 뛴다. 겁이 난다. 죽을 각오를 했다지만 그 잔인한 사람을 상대하는 건 용기가 필요했다.

'인간이 아니야. 미친 짐승이야.'

엄마의 말이 맞다는 건 이미 오래전의 경험으로 깨달았다. 그 사람은 짐승이다. 짐승과 맞서 싸울 힘이 그녀에게는 없었다. 그러니 도망가는 게 상책이다. 하지만 언제까지? 도대체 얼마나 더 오래?

이젠 도망칠 기운도 없다. 도대체 왜 그래야 하는지 이유도 모른 채 무작정 도망치는 건 이제 그만할 것이다.

어쩌면 그들이 올 수도 있다.

서연은 블랙홀 사람들을 떠올렸다. 그 사람과 연락할 수 있는 다른 메일 주소를 이용했지만 이번에도 그들이 알아낼지도 모른다.

그들은 프로였다. 이순신 동상 앞에서 날 쫓을 때도 그랬고 그 짐승을 쫓아 앙카라공원까지 갔던 것도 보통 솜씨가 아니었다. 이순신 동상에서 벗어나 그들을 시험하기 위해 윤주철에게 앙카라공원에서 만나자고 했던 건 잘한 짓이었다. 어쨌든 그들이 허술한 조직의 사람들이 아니라는 건 알았으니까.

메일을 확인하지 못한다 하더라도 윤주철을 미행해서 앙카라공원에 나타나겠지. 윤주철을 감시하고 있다면 말이다. 물론 그들이 윤주철을 감시하고 있다고 확신한다.

서연은 그들이 윤주철, 그 짐승으로부터 자신을 지켜줄 거라고 생각했다. 그들이 나타나면 윤주철은 도망칠 테니까. 부디, 아버지라는 그 짐승에게서 어떤 정보라도 알아낸 후에 그들이 제때 나타나주기를 바랄 뿐이다.

너무 허술한 작전인 걸 알지만 지금의 서연에겐 다른 방법이 없었다. 그 짐승과 마주치면 또다시 호흡곤란이 올지도 모른다. 하지만 이겨내야 했다. 그러고 보니 차동준, 그 사람으로부터 얻어낸 것도 있네. 맨얼굴로 사람들의 시선 앞에 섰을 때 나타나는 호흡곤란 증상이 거의 없어졌잖아. 덕분에 그 짐승을 만나도 이겨낼 자신감이 생겼다. 어쩌면, 시간이 흐른 후엔 그 짐승과 맞장뜰 수 있는 힘까지 길러질지도 모른다.

서연은 창가에서 일어나 작은 싱크대로 가서 컵라면을 들어올렸다. 편의점에서 구입해 바로 전자레인지에 데워온 햇반도 열었다. 밥은 차가워져 있었다. 상관없었다. 찬밥을 먹는 건 이미 익숙해져 있으니까.

물이 끓자 그녀는 기계적으로 라면을 넣고 식사 준비를 시작했다.

"호오, 이것 봐라."

모니터를 들여다보고 있던 안나가 흥분된 목소리를 냈다. 물을 마시러 내려왔던 동준은 안나를 쳐다보았다. 그러자 그녀가 고개를 들고 보고한다.

"윤주철 말이에요."

동준이 눈을 빛내자 안나가 말했다.

"컴퓨터 좀 다룰 줄 아는데요? 윤주철의 은둔처 말입니다. 거기 IP주소로 들어가고 나가는 데이터를 전부 감시 중이었는데 조금 전에 방어막이 생겼어요."

"방어막?"

"뭔가, 메일 같은 게 하나 들어갔는데 순간석으로 방어시스템이 가동됐네요."

"우리가 감시하고 있다는 걸 알고 있다는 건가?"

"그건 아닌 것 같고요. 그냥 혹시라도 모를 상황에 대한 대비 차원인 것 같아요."

동준이 다음 말을 기다렸다. 안나는 손바닥을 비볐다.

"컴퓨터 좀 다루시는 모양인데 나한테 걸린 이상은 어림도 없죠. 자, 그럼 방어막 한 번 뚫어볼까요?"

"저쪽에서 눈치채지 못하게."

"물론이죠. 윤주철은 방어막이 뚫렸다는 것도 모를 겁니다. 그럼, 시작합니다."

안나가 모니터로 눈길을 줌과 동시에 키보드 위에서 손가락이 춤을 추기 시작했다. 그리고 정확히 3분 후, 안나의 입에서 뿌듯해 하는 목소리가 흘러나왔다.

"뚫렸다."

동준은 안나의 옆으로 다가갔다.

"메일 한 통 도착했네요. 윤주철이 읽었고요."

안나는 의문의 메일을 열었다. 순간 그녀의 눈이 커졌다. 안나가 동준을 쳐다보았다. 그의 얼굴도 얼어 있었다.

"이거…… 해리 같은데요?"

"……."

"보스."

동준의 얼굴은 심각했다. 안나는 다시 말했다.

"직접 부딪칠 결심인가 봐요. 위험할 텐데……."

그의 입가에 비릿한 미소가 떠올랐다.

"우리가 그런 말할 자격이 있나?"

조소어린 그 말투에 안나도 동감했다. 아무것도 모르고 부녀 간의 상봉을 이루어주려고 했던 사람들이 바로 자신들이지 않은가.

이제 어떻게 할까?

안나는 동준을 쳐다보았다. 잠시 후, 동준이 지시했다.

"진호에게 알리고 준비시켜요."

물론 그전에 작전회의도 있을 것이다. 이번에 주목적은 지난번과 다를 것이다.

안전. 해리의 안전이 최우선이다!

"네."

안나가 대답하자 동준이 휙 돌아서 주방을 나가는 것이 보였다. 몹시 언짢은 모습이었다. 안나는 이 메일이 그의 계획 범위 안에는 전혀 없었던 것임을 직감했다.

"하긴. 이번 작전에서 계획대로 되는 게 있기는 한가?"

혼잣말을 중얼거리던 안나는 순간 비릿한 미소를 머금었다.

"하나 있네."

윤서연에게 접근한 것, 그녀의 마음을 열도록 만든 것. 그건 계획한 그대로 됐다. 아니, 계획했던 것보다 훨씬 잘됐지. 그런데…….

안나의 눈길이 창밖으로 향했다. 마당을 가로질러 걸어가는 보스의 뒷모습이 보였다.

"계획이 틀어진 건 그때부터였지. 그녀의 마음만 열었어야 했는데 보스의 마음도 흔들려버렸다는 거. 그때부터 완벽하다고 생각했던 작전은 모두 어그러지기 시작했던 거지."

서연은 마지막으로 작은 잭나이프를 집어 올렸다. 이건 쓸 일

48 해리 2

이 없을 것이다. 쓸 줄도 모르고. 하지만 최악의 상황을 고려해서 준비했다. 그녀의 눈길이 크로스로 멘 가방으로 향했다. 이미 호신용 스프레이도 챙겼다. 위험한 상황에선 그게 더 쓸모가 있을 것이다.

모든 준비를 마친 그녀는 거울 앞에 섰다. 생각보다 침착해 보이는 자신의 얼굴에 안심이 된다. 스스로 겁을 먹고 있다는 것조차 잊기 위해, 오직 잠시 후 일어날 상황에 대해서만 집중했다. 계획했던 동선을 반드시 지켜야 한다. 아버지라는 그 짐승과 얼굴을 맞대고 있을 수 있는 시간은 단 10분. 그 안에 알아낼 수 있는 모든 정보를 알아내야 한다. 뭘 알아내기에는 말도 안 되게 짧은 시간이다. 하지만 그 이상 길어지면 위험해진다. 두 사람을 쫓아올 블랙홀 사람들 때문에라도 더 이상은 무리다.

서연은 아버지를 따돌리기 위해 이용할 블랙홀 사람들을 떠올렸다. 안나, 껄렁이 진호, 그리고…… 그 남자, 차동준. 쉽지 않을 것이다. 아버지를 피해야 하고 그들도 따돌려야 한다. 수십 번 점검했던 계획을 다시 떠올렸다. 힘들겠지만 계획대로 움직여야 한다. 한 치의 오차도 없이.

그녀는 다시 한 번 결연한 의지를 다지고 거울 앞에서 돌아섰다. 그리고 머릿속에서 감정이라는 것을 지우고 계획과 상황에 대한 것에만 집중하기 시작했다.

16. 추격

 서연은 검은색 야구모자를 깊게 눌러썼다. 공원 뒤쪽 입구를 통해 들어와 나무가 우거진 곳으로 움직였다. 어둠이 내려앉은 공원은 군데군데 조명들이 서 있었지만 그보다는 주변에 있는 커다란 건물과 지하철 역사에서 흘러나오는 조명들이 더 밝았다. 작은 공원이라 숨을 곳도 마땅치 않았다. 누군가에게 쫓기고 있다면 아주 부적합한 공간이다. 하지만 장점도 있다. 이쪽이 숨을 곳이 없다면 이쪽을 감시하는 다른 쪽도 숨을 곳이 없다는 것이다.

 서연은 커다란 나무 뒤에 몸을 숨기고 저 앞에 보이는 동상 주변을 둘러보았다. 아직 아무런 인기척도 없었다. 그녀는 숨죽인 채 기다렸다. 숨통을 조여 오는 긴장감은 여전했지만 저도 모르게 사방에 있는 벚꽃나무들이 눈에 들어왔다. 지하철을 타고 오는 길은 복잡했다. 오늘부터 여의도 벚꽃축제가 시작된다고 많은 사람들이 모여들고 있었다. 단순히 사람들이 많음을 예상해서 이곳으로 장소를 정했지만 정작 꽃에 대해서는 생각하지 않았었다.

지하철 안은 행복한 미소를 지은 사람들이 가득했었다. 어린 아이의 손을 잡은 가족들, 커플들, 친구들, 모두가 꽃을 감상하기 위해 나들이를 나선 사람들이었다. 하지만 그 어느 부류에도 서연은 끼지 못했다. 다른 사람들의 여유로움과는 정반대로 긴장으로 굳어져 있었다.

훗, 뭐야? 이제 살만한 건가? 꽃 감상 따위나 하다니…….

서연은 퍼뜩, 정신을 차리고 실소를 머금었다. 그리고 다시 동상 주변을 살폈다. 그렇게 시간이 흐르고 있을 때 어둠 속 저편에서 움직이는 그림자가 보였다. 언뜻, 언뜻, 조명 아래에 드러난 사람은 중절모를 썼고 허리 아래로 내려오는 트렌치 재킷을 입었다. 직감적으로 알아차렸다. 그 짐승이 나타났다는 걸. 아니, 몸이 먼저 반응한다. 경직된 몸에서 식은땀이 흘렀다. 두려움으로 인한 정신적 공황상태가 시작되려는 듯했다.

그녀는 이를 악물었다. 크게 심호흡을 했다. 되도록 침착하게 호흡하려고 애썼다. 주머니에 있는 검은 봉지를 만지작거리면서도 꺼낼 생각은 하지 않았다. 이겨내야 하니까. 호흡곤란 따위로 이번 일을 망칠 수는 없으니까.

아직 시작도 안 했어. 이제 난 저 괴물과 대면해야 돼. 그러니까 정신 차려. 겁을 먹고 도망치는 건 뭔가를 알아낸 후에 해도 늦지 않아!

서연은 다시 한 번 주변을 살폈다. 보이진 않지만 느껴진다. 어딘가에 '그들'이 있다. 그녀는 '블랙홀의 그들'이 가까이에 있음을 느꼈다. 이상하다. 같은 편이 아닌데 '그들'이 주변에 있다는 사실만으로도 조금은 위안이 된다.

이 무슨 우습지도 않은 감상이란 말인가. '그들'도 내게는 적敵일 뿐인데.

중절모를 쓴 남자가 동상 주변을 기웃거린다. 서연은 크게 심호흡을 한 번 한 뒤 나무 뒤에서 나와 동상이 있는 곳으로 움직이기 시작했다.

[왔습니다.]

진호의 목소리가 귓속으로 파고들었다. 동준은 대꾸하지 않았다. 이미 눈으로 보고 있었다. 어두운 나무 뒤에서 걸어 나와 윤주철이 있는 동상 쪽으로 향하고 있는 작은 움직임. 심장 한쪽에 진한 전율이 느껴진다. 쓰리고 아픈 상처를 넘어 다시 보는 그녀의 인영에 과도한 반가움이 흘러 넘쳤다.

당장이라도 달려가 끌어안고 싶었다. 무사하다는 걸 온몸으로 느끼고 싶고 가까이에서 직접 확인하고 싶었다. 그러나 그럴 수가 없는 현재의 상황에 그는 지그시 주먹을 그러쥐었다.

진호와 안나, 그리고 공원 근처에서 부르면 언제든 달려올 수 있는 위치에 포진되어 있는 부하들. 그들 모두가 동준의 명령이 떨어지기를 기다리고 있었다.

동준은 어둠 속에서 저도 모르게 한 발을 내딛었다. 조금이라도 더 그녀와 가까운 곳에 있고 싶은 본능이 먼저 앞서 나갔다. 그러나 다시 자제했다. 지금은 본능보다 이성이 절실할 때이니까.

"많이 컸구나."

서연은 저 목소리가 싫었다. 아니, 싫다는 한 마디로는 표현이 안 된다. 치 떨리게 소름이 끼친다. 엄마가 살아 있을 때 몇 번이고 물었었다. 윤주철이 자신의 진짜 아버지가 맞냐고, 정말로 생물학적 아버지가 맞냐고. 엄마는 늘 슬픈 얼굴로 대답했었다.

'그래, 맞아. 말 그대로 생물학적 아버지야. 고귀한 아버지라는 명칭을 붙일 수 없는 괴물이지만 너를 만든 사람임에는 틀림없다.'

죄의식 가득했던 엄마의 얼굴, 하필이면 그런 남자를 아버지로 만들어줘서 미안해하던 그 표정이 떠오른다. 그런데 이 사람에게는 어떤 미안함이나 죄의식도 없다.

"묻고 싶은 게 있어요."

다른 사족은 필요 없었다. 같이 얼굴을 맞대고 있는 지금도 무릎이 떨릴 만큼 두렵다. 이 사람을 보고 있는 이 순간을 어서 벗어나고 싶을 뿐이었다. 그런데 이상하게 침착해진다. 호흡곤란도 일어나지 않았다. 너무 간절하고 절박해서일까?

"오랜만에 만난 인사가 겨우 그거냐? 난 오랫동안 널 찾으러 다녔어. 그토록 오랫동안 딸을 찾아다닌 아비한테 안녕하셨냐는 인사 한 마디를 못해? 서운하구나."

뻔뻔하다. 정상이 아니다. 엄마를 그렇게 죽음으로 몰아놓고, 나를 외로운 도망자로 만들어놓은 사람은 너무나 당당했다.

'정상이 아닌 사람에게는 어떤 상식도 통하지 않아. 피하는 게 상책이야. 어떤 합의점이나 이해도 해당되지 않아. 그 괴물과 는!'

엄마가 하던 말이 떠오른다. 그래, 정상이 아닌 사람과 상식적인 대화를 나눌 필요 없다.

"왜 그렇게 절 찾아다녔어요?"

"뭐?"

서연은 가만히 목을 가다듬고 다시 차갑게 물었다.

"왜 그토록 끈질기게 우릴 찾아다녔어요?"

"그야 우린……."

"진실을 말해주세요. 전 이제 알아야겠어요."

말도 안 되는 가족이니 아버지니, 하는 말 따위는 듣고 싶지 않았다. 잠시 그녀를 쳐다보던 괴물이 씨익, 웃는다.

"이젠 제법 상황을 따질 줄도 알게 됐구나. 마지막으로 만났을 땐 그저 겁만 잔뜩 먹은 어린애였는데."

마지막으로 만났던 때는 기억하고 싶지도 않다. 자신의 팔을 쓰다듬던 저 괴물의 손길을 떠올리는 것만으로도 소름이 돋는다.

"말해주세요."

서연은 다시 굳은 목소리로 말했다. 그러자 괴물의 얼굴이 갑자기 변했다. 화가 난 것처럼 울그락불그락 해진다. 정말 한순간이었다.

"네 엄마가 날 배신했어. 감히 날 속이고 널 데리고 달아났지. 감히 그년이 날……."

코를 씰룩거리고 입술 끝이 경련하는 것 같이 보였다. 그러다가 갑자기 또 부드럽게 미소를 짓는다.

"그래도 죽음으로 죗값을 치렀으니 용서를 해줘야겠지."

악마. 엄마의 죽음을 그런 어림도 없는 '죗값'에 비유하다니. 서연은 치밀어 오르는 화를 누르기 위해 주먹을 꽉 움켜쥐었다. 손톱이 살갗을 파고드는 것 같았다.

"네 엄마는 너만 훔쳐서 달아난 게 아니었어."

뭐?

서연은 인상을 썼다. 괴물이 다시 말한다.

"내 걸 가지고 달아났지. 난 그걸 찾아야 돼. 그게 내 인생을 바꿔줄 거니까. 내가 계획했던 것들을 이루고 이 사회에 존재하는 쓰레기들을 모두 쓸어내 버릴 수 있는, 중요한 거니까. 난 영웅이 될 거야."

이 사람은 미쳤다. 그깟 영웅 따위가 되자고 20년을 그 물건에 집착하며 살아왔다니…… 정상적인 사고를 가진 사람이라면 절대 상상할 수도 없는 일이었다.

"진즉에 다 쓸어내 버렸어야 할 쓰레기들이 지금 얼마나 떵떵거리며 잘 살고 있는 줄 알아? 그 자손들까지 나라를 주물럭거리고 살고 있지. 이 나라는 뒤집혀야 돼. 더러운 것들을 싹 씻어내고 다시 시작해야 돼. 내가 그렇게 만들 거야. 그러니까 아가……."

갑자기 괴물이 한 발 다가선다. 서연은 흠칫, 놀라 뒤로 물러섰다. 괴물이 한 손을 내밀었다.

"그걸 내게 다오."

"뭘요? 뭘 말하는 거예요?"

서연은 그저 미친놈이 의미 없는 소리를 하는 것처럼 들렸다.

"네 엄마가 가져간 것. 그 물건을 내게 줘."

"대체 무슨……."

서연은 무슨 소리를 하는 건지 알 수가 없었다. 엄마에게 그런 게 있다는 소리는 들은 적도 없었다.

'그 괴불은 망상증환자야.'

망상…… 이 사람은 엄마와 내가 자신이 중요하게 여기는 뭔가를 가져갔다고 생각하는 걸까?

'윤주철을 만나서 회수해야 할 물건이 있어.'

차동준의 제안이 떠오른다. 그 물건을 찾기 위해 나를 이용하기까지 했었다. 혹시……?

"그 물건이라는 게…… 20년 전에 훔쳤다던……?"

"훔치다니!"

괴물이 버럭, 소리를 질렀다. 고요한 공원 안에 순간적으로 고함소리가 울렸다. 다시 목소리를 낮춘 괴물이 말한다.

"난 아무것도 훔치지 않았어. 그건 처음부터 그놈들의 것이 아니었으니까."

혼란스럽다. 대체 그게 뭐기에…….

"애야."

잠시 방심한 틈에 괴물이 빠르게 다가왔다. 서연은 놀라서 뒷걸음질 쳤지만 이미 늦었다. 괴물에게 팔을 붙잡혔다. 서연은 날카로운 숨을 들이켰다. 호흡이 거칠어진다.

　"나하고 같이 가자. 네가 살고 있는 곳으로 가서 그걸 찾고 새롭게 살자꾸나. 넌 내 딸이니까 내가 지켜주마. 곧 끝날 거야. 세상이 뒤집히고 나면 난 영웅이 되어 있을 거고 넌 내 옆에서 행복한 웃음만 지으면 되는 거야."

　팔을 잡은 손에 힘이 가해진다. 서연은 그 손을 떨치려고 했지만 힘을 이길 수가 없었다. 괴물이 그녀의 팔을 잡고 당겼다. 서연은 거친 숨을 들이켜며 괴물을 쳐다보았다. 괴물의 미소를 마주하는 순간 소름이 돋는다.

　"이제 내가 널 보살펴주마. 아가야."

　눈빛이 흐렸다. 안개처럼 흐린 막이 씌워져 있는 것처럼 또렷하지가 않았다. 현실에 있지만 현실에서 살고 있지 않은 사람처럼 느껴졌다.

　"아주……."

　탁한 목소리가 말한다.

　"아주…… 예쁘게 컸구나."

　등줄기로 식은땀이 흘렀다. 이 말투, 이 눈빛을 기억하고 있었다. 도망쳐온 이후 처음으로 아버지라는 사람을 만났을 땐 어쩌면 엄마가 한 말이 전부 다 진실이진 않을 거라고 생각했다. 철이 들고 처음 마주한 아버지는 따스했고 부드러웠다. 하지만 기대와 희망은 가면을 벗고 괴물의 본색을 드러내는 순간

잔인하게 짓밟혔었다. 그때도 지금처럼 비릿한 눈빛과 탁한 목소리였다.

그리고 나를 만졌지.

서연은 그때의 끔찍한 느낌이 떠오르자 저도 모르게 괴물의 손을 힘껏 뿌리쳤다. 순간적으로 가한 힘에 괴물의 손이 떨어져 나가자 그녀는 재빨리 뒤로 물러서며 가방 속으로 손을 집어넣었다. 떨리는 손에 제일 처음 잡히는 것을 꺼내들었을 때에야 비로소 서연은 그것이 잭나이프라는 것을 깨달았다. 호신용 스프레이였다면 좋았을 걸…… 하고 후회했을 때는 이미 늦었다.

서연은 자신을 향해 덮쳐오는 괴물을 향해 나이프를 휘둘렀다. 뒤로 물러서는 괴물의 입에서 거친 욕설이 튀어나온다. 나이프를 본 괴물이 으르렁거리는가 싶더니 다시 달려들었다. 서연은 있는 힘껏 칼을 앞으로 찔러 넣었다.

동준은 전속력으로 달리고 있었다. 두 사람의 거리가 좁혀지는 순간 이미 지시를 내렸다. 진호가 반대쪽에서 달려오고 있었고 이미 매복해있던 무하들이 달려오고 있었다. 하지만 그 누구보다 동준이 빨랐다. 이제 두 사람이 몸싸움을 벌이는 것이 가깝게 보인다. 그리고 날카로운 칼날이 조명에 빛나는 것도 보였다.

동준의 턱은 돌처럼 굳어졌고 숨은 거칠었다. 칼끝이 바람을 가르는 것과 동시에 그녀가 휘청거리는 것을 본 순간 그는 이미 이성을 잃었다.

서연은 빼앗긴 잭나이프의 칼날이 옆구리를 스치고 지나가는 걸 느꼈다. 그 날카로운 고통에 숨을 쉴 수가 없었다.

"빌어먹을!"

괴물이 욕설을 내뱉더니 그녀의 팔을 잡아끌기 시작했다.

"저놈들, 누구야? 너, 대체 누굴 달고 온 거야!"

서연의 고개가 돌려졌다. 오른쪽에서 누군가 빠르게 달려오고 있었다.

"씨팔!"

힘없이 무너지는 그녀를 끌고 도망칠 수 없다는 걸 깨달은 괴물이 손을 놓았다. 그리고 뒤돌아서서 혼자 달아나기 시작했다. 서연은 숨을 몰아쉬며 동준이 다가오는 것을 보았다. 그녀는 뒤돌아섰다. 그리고 화단 안으로 달리기 시작했다. 옆구리를 감싸쥐며 있는 힘껏, 죽을힘을 다해 달리기 시작했다.

"진호, 윤주철을 맡아!"

서연이 도망치고 있었다. 동준은 진호에게 지시를 내리고 그녀를 쫓기 시작했다. 비틀거리며 화단을 넘어 생태공원 쪽으로 달리는 그녀가 보였다.

서연을 쫓는 그의 이마에서 힘줄이 터질 듯 불거져 나왔다. 그때였다. 갑자기 그녀가 차도로 뛰어들었다.

"안 돼!"

동준은 저도 모르게 고함을 쳤다. 그리고 자신도 차도로 뛰어들었다.

빠아아앙!

커다란 트럭이 달려든다. 동준은 바람처럼 달려 트럭을 피하고 곧바로 달려오는 RV차량을 피해 몸을 틀었다. 하지만 눈길은 샛강 아래쪽으로 사라지고 있는 서연의 뒷모습에 박혀 있었다.

차들을 피해 뛰었다. 도로를 건너 그녀가 사라진 방향으로 전속력을 다해 달리기 시작했다.

서연은 물가를 첨벙거리며 지나서 버드나무가 우거진 수풀 속으로 몸을 숨겼다.

"헉헉."

사나운 호흡이 입술을 비집고 새어나온다. 고개를 숙여 타는 것 같은 고통이 느껴지는 옆구리를 내려다보았다. 새빨간 피가 비어져 나오고 있었다. 그녀는 목에 감고 있던 스카프를 풀어 상처에 댔다. 쓰라린 고통이 밀려왔다.

가쁜 숨을 숨기기 위해 손으로 입술을 막았다. 소리 내지 않고 수풀을 밟으며 앞으로 나아갔다. 정신이 아득해지는 것 같았다. 스카프 아래에서 배어나오는 피가 손에 흥건하게 모이는가 싶더니 이내 아래로 뚝뚝, 떨어지는 것을 느꼈다. 그래도 그녀는 멈추지 않았다. 조금만 더 가면 된다. 몇 미터만 더 가면 미리 숨겨둔 가방에서 변장 용품들을 꺼낼 수 있다.

조금만 더, 조금만 더!

동준의 거친 눈길이 수풀이 우거진 샛강 주변을 미친 듯이 훑고 있었다.

[윤주철 확보했습니다. 계속 따라붙겠습니다.]

진호는 성공했다. 하지만 동준은 그녀를 놓치기 직전이었다.

'도망에는 이골이 난 사람입니다. 어릴 때부터 배운 거라곤 달아나는 것밖에 없었을 텐데…… 쉽지 않을 겁니다. 단단히 긴장하지 않으면 놓치기 십상이에요.'

안나가 했던 말이 떠오른다. 그래도 동준은 자신이 있었다. 아무리 도망치는 데 뛰어난 능력이 있는 여자라 하더라도 자신은 그녀를 놓치지 않을 거라고 자만했었다. 스스로의 능력이 출중해서가 아니다. 절박하니까. 그녀를 놓치고 싶지 않다는 간절함이 도를 지나쳐 그의 이성을 뒤덮고 있으니 절대로 놓치지 않을 거라고 생각했었다. 그런데…….

그는 이성을 되찾아야 했다. 그녀를 다시 잃을지도 모른다는 두려움을 밀어놓고 이성적인 판단을 해야 했다. 천천히 주변을 살피기 시작했다. 매의 눈으로, 바람을 느끼며 모든 감각을 곤두세웠다. 그러던 순간, 갑자기 눈 끝에 뭔가가 잡혔다. 동준은 재빨리 그쪽으로 향했다.

그는 손을 뻗었다. 버드나무 이파리에 묻어 있는 붉은 빛깔의 액체. 손에 묻은 그것을 손가락으로 비벼보았다.

피!

응고되지 않은 피였다. 동준의 눈은 사납게 일렁이기 시작했다. 두려움이 또다시 이성을 잡아먹고 머릿속을 아득하게 만들었다.

냉철한 그의 이성은 흐려지기 시작했다. 하지만 동준은 이를 악물고 자신의 모든 능력을 동원해내기 시작했다. 그는 피가 묻은 방향을 추적해 움직이기 시작했다.

그녀가 다쳤다. 피를 흘리고 있다. 그녀가 다쳤다…… 빌어먹을! 그녀가 다쳤다!

[보스!]

핏자국을 따라 움직이던 동준은 자신을 부르는 안나의 목소리를 들었다. 하지만 멈출 수가 없었다.

[보스!]

다시 한 번 부르는 목소리가 나더니 이어 다급한 보고가 이어진다.

[정체불명의 무리들이 나타났어요. 지금 보스가 있는 방향으로 몰려갔습니다. 대략 열댓 명 되는 덩치들이에요. 카메라에서는 사라졌습니다.]

안나는 CCTV가 보여주는 곳만 감시할 수 있었다. 동준은 뒤를 돌아보았다. 그녀가 말한 대로 조폭 같은 무리들이 빠르게 이쪽으로 달려오고 있었다. 제길. 동준은 핏자국이 이어지는 방향을 노려보았다. 이대로 그녀를 쫓아가면 놈들도 같이 데려가는 꼴이 될 것이다.

"안나."

[네.]

"그녀가 다쳤어."

[네?]

"수풀 사이로 숨어든 것 같은데 오래 버티진 못할 겁니다. 조만간 이쪽을 벗어나 사람들이 많은 곳으로 갈 겁니다."

동준이 말하는 의도를 재빨리 알아차린 안나가 말한다.

[변장을 했다면 찾기 힘들 겁니다. 운중로 쪽은 이미 사람들로 가득 차서……]

"찾아내야 됩니다."

그의 목소리는 결연했다. 어떤 변명도 필요 없었다. 반드시 찾아야 했다. 그녀를 반드시 찾아내야 한다!

동준은 쇠파이프와 몽둥이를 들고 다가오는 무리들을 향해 옷에 미리 설치해뒀던 소형카메라 렌즈의 방향을 틀었다.

"부상을 입었으니 티가 날 겁니다. 그리고 이놈들, 어느 쪽 패거린지 알아보고."

[예, 알겠습니다…… 그리고 애들 몇 명 지금 그리로 보내겠습니다.]

안나의 말이 채 끝나기도 전에 동준은 의문의 무리들에게 둘러싸였다. 하나같이 모르는 얼굴들이다. 몽둥이를 쥔 폼이나 덤비기 직전의 행동들을 볼 때 프로들은 아니었다. 어디서 덩칫값이나 조금 하겠다 싶은 무뢰배들이었다.

"너희들을 보낸 배후가 누군지는 모르겠지만 날 잘 모르는 놈인가 보군."

놈들은 말이 없었다. 동준은 혼잣말처럼 중얼거렸다.

"아니면 단순히 날 막아서 그 여자에게 도망칠 시간을 벌어줄 작전이거나."

후자에 가능성이 더 실린다. 그렇다면 어째서, 왜? 대체 누가 그녀를 도망치도록 돕는 것인가? 무슨 의도로? 국정원은 아니다. 그들이 내게 사람을 보낼 때는 이들보다는 더 나은 놈들을 보냈을 것이다. 이놈들은 다급하게 수급해서 보낸 놈들이 틀림없었다. 점점 더 의문이 짙어졌다.

한 놈이 덤벼들었다. 동준은 부웅, 바람을 가르는 몽둥이를 피해 허리를 숙임과 동시에 놈의 사타구니를 돌려 찼다. 비명도 지르지 못하고 쓰러지는 놈을 일갈하고 연달아 덮쳐 오는 놈들의 급소를 누르고 치며 날아올랐다. 발길질로 한 놈의 턱을 차올리는 것과 동시에 비로 뒤에서 달려드는 놈의 머리통을 휘갈겼다. 그의 공격은 한 치의 오차도 없었고 몸놀림은 감히 어느 누구도 범접할 수 없을 만큼 빠르고 가벼웠다. 그는 능력치의 한계를 가늠할 수 없는 킬러였다. 이런 동네 깡패들쯤은 그의 상대가 될 수 없었다.

놈들을 가볍게 제압하는 그의 머릿속에는 한 가지 간절함만이 선명하게 떠올라 있었다.

제발…… 윤서연. 제발 무사해야 돼!

[여의도 교차로를 지나서 버들광장 쪽에서 사라졌다가 10분 후에 자전거를 타고 버드나무 습지대 쪽으로 움직이는 장면이 포착됐습니다.]

자전거라니…… 빌어먹을. 상처를 입은 몸으로 자전거를 타고 달리고 있다.

동준은 사람들을 피해 달리며 이를 악물었다. 안나가 보낸 부하들에게 나머지 무뢰배들을 맡기고 그는 다시 윤서연을 추적하고 있었다. 도주할 길을 완벽하게 짜놓았던 것이 틀림없다. 그녀는 계획대로 움직이고 있을 것이다. 자전거를 탔다면 당분간은 이 길을 타고 간다는 뜻이다. 그렇다면 이 길 끝에 이동수단이 또 있다는 건데…….

  "자전거를 버리고 이동할 수 있는 수단이 뭐가 있습니까?"

  동준은 마침 길에 버려지듯 쓰러져 있는 자전거를 발견하고 일으켜 세웠다. 그리고 안장에 올라타자마자 달리기 시작했다. 멀리서 누군가가 '이봐요!' 하고 부르는 소리가 들렸지만 무시했다. 빠르게 페달을 밟는 그의 귀에 안나의 목소리가 들려왔다.

  [한강 쪽 탄천변이라 이동수단이라고 해봐야 자전거가 전부고 위로 올라가면 지천에 깔린 게 택시죠.]

  "택시는 아닙니다."

  바람에 목소리가 흩날리는 걸 막으려고 톤을 높였다. 도로로 올라가면 천지 사방이 CCTV다. 그녀가 그걸 모를 리 없다.

  [그럼 선유도 쪽으로 가면 유람선이 있어요. 그전에 수상택시 승강장이 있는데…….]

  "거기야!"

  동준은 확신했다.

  [그런데 거긴 지금 운영을 안 하고 있어요.]

  "대기하고 있는 배가 있는지 알아봐요!"

그는 자전거 페달을 더 빠르게 돌리기 시작했다. 유람선은 사람이 너무 많다. 그녀는 사람들의 눈을 피해 다니는 게 익숙한 여자다. 분명히 배를 수배해뒀을 것이다. 목적지에 분명하고 빠른 속도로 자신을 데려다줄 배가 거기에서 기다리고 있을 것이다!

[있습니다!]

안나의 다급한 목소리가 들려왔을 때 동준의 눈은 희망의 빛을 머금었다.

[배가 있어요. 그쪽 요금소 쪽에 달려 있는 CCTV가 정확히 배를 비추고 있어요!]

동준은 속력을 높였다. 막아야 한다. 그녀가 배를 타고 사라지는 걸 절대로 막아야 한다!

서연은 자전거를 화단에 버렸다. 옆구리를 움켜쥐고 가방을 둘러멘 채 선착장을 향해 힘겹게 걸음을 옮겼다. 이제 조금만 더 가면 된다. 수상택시 승강장을 이용하려고 계획했던 건 이곳이 이미 폐쇄되어 운영하지 않기 때문이었다. 그들이, 누구인지 모르지만 누가 됐든 그녀를 쫓는 사람들은 이곳을 생각하지는 못할 것이다. 아니, 이건 바람이다. 그녀가 생각해냈다면 다른 누구도 생각해낼 수 있다.

거친 숨이 터져 나온다. 배가 기다리고 있을지도 의문이었다. 이미 시간이 너무 지체돼서 기다리지 않고 그냥 가버렸을 수도 있다. 하지만 일말의 희망은 있었다. 완불을 하지 않았고 조금 늦을 수도 있다고 했으니 기다려줄지도…….

저 멀리 배가 보인다. 서연은 희미한 미소를 지었다. 걸음을 조금 더 빨리 했다. 헉헉, 피를 너무 많이 흘려서일까? 눈앞이 흐려진다. 몸도 자꾸만 기우는 것 같았다. 하지만 여기서 포기할 순 없었다.

서연은 이를 악물고 배가 있는 곳까지 갔다.

"아이고, 이제 오면 어쩌자는 거요? 벌써 한 시간이나 지났잖아! 이거, 요금을 더 줘야지. 안 되겠어."

배를 모는 기사가 잔뜩 인상을 찡그린 채 불만을 쏟아냈다. 기회라도 잡은 것처럼 요금부터 더 달라고 한다.

"죄송해요. 오다가 사고가 나서……."

"엉? 사고?"

기사 아저씨의 눈길이 그녀의 옆구리로 향했다. 피를 보고 놀란다.

"아니, 그거 피 아냐?"

"뛰어오다가 긁혔어요."

"긁혀?"

못 믿는 표정이다. 하긴 긁힌 상처에서 이렇게 많은 피가 흘러나오지는 않지. 하지만 서연은 기사 아저씨를 이해시킬 여유가 없었다.

"말씀드렸던 것만큼 더 드릴게요."

돈을 두 배로 올려준다는 말에 아저씨의 얼굴이 환하게 빛났다. 상처가 어떻게 난 건지, 이젠 궁금하지 않다는 얼굴로 말한다.

"아이고, 그렇다면 나야 좋지. 어서 타요."

아저씨가 배에 올라탔다. 서연은 힘겹게 배에 올라타기 위해 애를 써야 했다. 그 모습을 지켜보던 아저씨가 뭐라고 투덜거리더니 다가와 그녀가 배에 올라타는 걸 도와줬다.

"고맙습니다."

서연은 중얼거리며 인사를 했다. 아저씨가 또 뭐라고 툴툴거리더니 운전석으로 간다. 그녀는 배 한쪽 구석에 쪼그리고 앉았다. 의식이 가물거리는 것 같았다. 이러면 안 되는데…… 목적지에 도착할 때까지 쓰러지면 안 돼.

서연은 정신을 차리려고 이를 악물었다. 하지만 자꾸만 무너지려는 의식을 붙잡고 있기가 힘겨웠다. 이젠 옆구리에서 느껴지는 통증이 문제가 아니었다. 정신을 차리고 견딜 수 있는가가 관건이었다.

제발…… 제발…….

무엇을 비는 건지 모르겠다. 그냥 저절로 간절해진다. 그런데 머릿속으로 낯익은 얼굴들이 떠오른다. 황당하다. 블랙홀, 그 사람들이 지금 이 시점에 왜 생각나는 걸까? 그리고…… 그 남자, 차동준. 심장이 아리다. 위가 쓰리다. 옆구리의 통증보다 심장의 통증이 더 강해진다.

"어! 당신 뭐요?"

갑자기 기사 아저씨가 소리를 쳤다. 서연은 힘겹게 고개를 들었다. 순간, 그녀의 눈이 얼어붙었다. 이제 막 떠나려는 배 위로 뛰어오른 남자가 우뚝 서 있었다.

차동준.

"아니, 그렇게 막무가내로 타면 어째! 배가 출발하는데 뛰어오르다가 물속으로 떨어지면 어쩌려고!"

기사 아저씨가 길길이 날뛰었다. 하지만 서연은 아저씨에게 동조할 수도 없었다. 도망칠 수도 없었다. 이미 선착장에서 멀어진 배 위에서 그녀는 갈 곳이 없었다. 그리고…… 그를 보는 순간 정신이 아득해졌다.

서연은 자신의 몸이 기우는 것을 느꼈다. 그가 거친 숨을 들이켜며 팔을 뻗는 것이 보였다. 그에게 잡히고 싶지 않다. 이 사람에게 잡혀선 안 돼…… 하지만 불가항력이었다. 강한 남자의 팔이 자신의 몸을 안는 것을 느끼는 순간 그녀는 암흑 세상으로 빨려 들어갔다.

몸이 흔들린다. 누군가 자신을 안고 뛰고 있었다. 천천히 눈꺼풀을 들어올렸다. 그의 얼굴이 보였다. 잔뜩 굳은 얼굴이 흐릿하게 보였다. 갑자기 뛰는 게 멈췄다. 그가 시선을 내려 그녀를 내려다보았다.

"조금만…… 참아."

희미하게 속삭이는 목소리가 떨리고 있다는 느낀 건 착각이겠지. 이 남자가 나 때문에 이렇게 걱정스러운 얼굴을 할 리가 없잖아. 내게 했던 모든 것들이 거짓이었는데, 이 남잔 날 이용한 건데…… 그러니까 이런 얼굴도 가짜인 거야.

서연은 눈을 감아버렸다. 이 남자도, 이 세상도 더 이상 보고 싶지 않았다. 이제 그만······ 끝내고 싶다······.

"병원으로 가는 게 좋지 않을까요?"

다급한 여자의 목소리가 들렸다. 낯설지 않은 목소리다. 아, 기억났다. 안나다. 서연은 가물거리는 의식 너머로 안나가 다시 말하는 소리를 들었다.

"의식이 없어요. 체온도 너무 높아요."

"알콜 준비하고 물 데워요!"

차동준. 이 사람 내게 무슨 짓을 하려는 걸까? 그릇들이 부딪치는 소리가 나고 다급하게 움직이는 발소리, 그리고 그가 가까이 다가오는 것 같더니 이내 귓가에 속삭인다.

"널 살릴 거야. 반드시."

순간, 팔에 주삿바늘이 들어오는 것을 느꼈다. 그리고 그녀의 의식은 다시 꺼졌다.

몸을 움직이고 싶지만 마음대로 되지 않는다. 자꾸만 뭔가가 자신을 압박하는 것 같았다. 몸을 뒤틀어보려고 해도 되지 않는다. 발자국 소리가 들려오는가 싶더니 이어서 차가운 손이 이마에 닿는다.

"열이 내렸네. 해리, 모든 게 괜찮아요. 잘 견디고 있어요."

안나? 다정하고 부드러운 목소리다. 갑자기 눈물이 핑 돈다. 이것도 가식일 텐데, 이상하게 가슴이 움찔거리며 따스해진다. 바보처럼······.

"푹 자요. 아무 생각도 하지 말고. 여기선 완벽하게 안전하니까."

거짓말. 당신들이 하는 말은 모두가 거짓말이야!

꿈인지, 현실인지 분간이 되지 않는다. 어둠 속을 천천히 걷는데 발밑이 갑자기 푹 꺼졌다. 비명을 질렀다. 그런데 소리가 되어 나오지 않는다. 뭔가가 올가미처럼 몸을 옥죄기 시작했다. 벗어나려고 발버둥을 쳤다. 살려달라고 소리를 지르고 싶었지만 목소리가 나오지 않았다.

올가미가 자꾸만 아래로 몸을 당긴다. 안 돼, 안 돼!

"쉬잇."

그때 갑자기 부드러운 목소리가 멀리서 들려왔다. 누군가 그녀의 손을 잡고 위로 끌어올린다.

"괜찮아. 쉬잇. 여긴 안전해."

낮은 목소리가 속삭인다. 남자의 저음이 너무나 부드러웠다. 서글픔에 눈물이 날 것 같았다.

"내가 널 지킬 거야. 다시는, 그 누구도 널 해치지 못해."

눈물이 날 것 같았다. 이 남자의 거짓말에 또다시 속고 싶어서 심장이 날뛴다. 아닌 걸 알면서도 또다시 바라는 욕망은 이미 떨어질 대로 떨어져버린 체력이 감당할 수가 없었다.

"이젠…… 혼자가 아니야."

남자의 숨결이 느껴진다. 입술에 닿는 부드러운 온기가 따스했다.

서연의 의식이 또다시 가물거리는가 싶더니 이내 어둠 속으로 빠져들었다. 마지막 빛이 사라질 즈음 그가 한 말이 빈 강당에 울리는 것처럼 메아리쳤다.

'혼자가 아니야.'

17. 불신

　서연은 창밖으로 보이는 풍경을 물끄러미 응시하고 있었다. 창틀에 기대어 서 있는 몸은 이미 거의 회복되어 일상생활에 문제는 없었다. 이곳에 온 지도 벌써 일주일째다. 옆구리에 난 상처는 거의 아물었고 지금 바로 떠난다고 해도 큰 무리는 없었다. 그런데 그녀는 오늘도 떠날 수 있을지 자신이 없다.

　서연은 고개를 돌려 침대를 바라보았다. 심플하고 평범한 침대였다. 하지만 그녀의 눈에는 그 평범함이 특별하게 느껴졌다. 하얀색 시트가 깔려 있고 꽃무늬가 조금씩 들어가 있는 이불은 조금 전 그녀가 누워있었던 자리를 증명해주는 듯 구겨져 있었다. 창으로 들어오는 햇살에 비친 하얀 침대보는 언제나 그녀가 꿈꾸던 로망이었다. 사춘기에 접어든 소녀라면 누구나 한 번쯤 꿈꿔봤음직한 그런 침실. 하지만 누군가에게는 실현 가능한 꿈일 테지만 서연에게는 다른 세상의 일처럼 먼일이었다. 게다가……

그녀의 눈길이 다시 창밖으로 향했다.

햇살이 이토록 환하게 들어오는 방이라니…… 언제나 어둡고 습한 곳에서만 살아왔던 그녀에게는 생소한 공간이었다. 너무 따뜻하고 밝아서 눈이 부실 지경이다.

"훗."

비릿한 미소 한 자락이 흘러나왔다. 아무리 아름다운 침실이라고 해도 이곳은 내 공간이 아니다. 나에게 어울리는 공간도 아니다.

서연은 인상을 쓰며 눈을 질끈 감았다. 이곳에서 처음 깨어났던 순간이 떠오른다. 옆구리에서 타는 듯한 고통을 느끼며 깨어났을 때 가장 먼저 눈에 들어온 사람은 안나였다. 의식이 몽롱한 상태에서 그녀의 눈을 마주치는 것도 힘이 들었다.

'진통제 때문이에요. 영양 상태가 너무 부실해서 회복이 느려요. 그래도 잘 견디고 있으니까 걱정 말고 더 자요.'

가식. 여전히 그 여자는 가식적인 표정을 짓고 있었다. 더없이 친절하고 부드러운 눈빛으로 마치 나를 진심으로 걱정하는 척. 가증스러웠다. 욕이라도 해주고 싶었는데 힘이 없었다. 무겁게 감기는 눈꺼풀을 감당할 수 없어 또다시 잠이 들고 말았었다. 그 다음에 눈을 떴을 땐 껄렁이, 진호였다. 너무 밝은 햇살을 감춰주려는 듯 커튼을 쳐주고 있던 그가 그녀를 보고 어색한 표정을 짓던 것이 떠오른다.

'어? 깼어요? 눈부시죠? 오늘 날씨가 무지하게 좋아요.'

예전과 달리 어색한 기색이 역력했다. 능글맞고 장난스러운

끼는 이제 더 이상 보이지 않았다.

'저기, 해리······.'

주저하듯 뭔가를 말하려고 하는 그에게 기회를 주고 싶지 않았다. 또다시 어떤 거짓말을 할지 궁금하지도 않았다. 서연은 눈을 감음으로써 대화를 단절했다. 잠시 아무런 기척도 없다가 진호가 결국 방을 나갔다.

그들에게 속아선 안 돼.

서연은 눈에 힘을 주었다. 아무리 따뜻하게 대해주고 부드럽고 친절해도 저들은 '내 편'이 아니다. 목적이 있는 사람들이다. 그 목적을 위해 수단과 방법을 가리지 않는 사람들이다. 그런데 머릿속 한편에서는 배에서 정신을 잃던 자신에게 황급히 다가오던 차동준의 눈빛이 떠오른다. 자신을 안고 달리던 그의 품이 떠오르고 가물거리는 의식 너머에서 들려오던 안나와 진호의 걱정스러운 목소리도 떠오른다. 그 모든 게 가식임을 알면서도 자꾸만 심장 안쪽은 약해지고 저들을 의지하고 싶어서 발버둥을 친다.

'이젠 혼자가 아니야.'

부드럽게 속삭이던 차동준의 목소리를 떨칠 수가 없다. 또 무슨 사탕발림으로 날 이용하려는 건지 그 속을 짐작할 수 없음에도 불구하고 나는 그 남자를 보면 미친 듯이 설렌다.

바보처럼.

똑똑. 문을 두드리는 노크 소리에 서연은 고개를 돌렸다. 조용히 문이 열리더니 안나의 밝은 미소가 나타났다. 방 안으로 들어오는 안나의 손에는 쟁반이 들려 있었다.

"깼죠? 아래에서 보니까 창가에 서 있는 게 보이더라고. 그래서 아침거리 가져왔지. 짜잔. 내 야심작, 전복죽!"

작은 테이블 위에 쟁반을 내려놓은 안나가 서연을 보며 재촉한다.

"어서 와서 먹어요. 식기 전에."

"……."

"새벽에 진호한테 시켜서 최고로 싱싱한 전복을 사다가 끓인 거야. 아이고, 그거 좀 시켰다고 어찌나 툴툴거리던지. 그래도 해리 준다고 하니까 신이 나서 다녀오더라니까. 껄렁이, 그놈이 어색한 거를 못 참아서 요즘 데면스럽게 굴지? 이해해요. 워낙에 그런 걸 싫어해. 아, 빨리 와서 먹으라니까."

"그 사람 어딨어요?"

서연은 창가에서 움직이지 않은 채 물었다. 밝은 안나의 목소리와는 다르게 날이 선 차가운 목소리였다. 그런 그녀를 안나가 부드럽게 쳐다본다.

"누구? 보스?"

"그래요. 당신들 대장."

"대장…… 왠지 어감이 좀 그러네."

안나가 서운한 목소리를 낸다. 훗, 우습다. 어떻게 저렇게 뻔뻔스러울 수 있는 걸까? 나를 상대로 자기들이 한 거짓말의 정도를 인식 못 하는 건가?

"당신들 대장뿐 아니라 그 위에 있는 실세도 알고 싶군요."

서연이 차갑게 말하자 안나가 눈을 가늘게 좁혔다.

"실세?"

그러더니 고개를 살짝 젓는다.

"뭘 잘못 알고 있네. 우린 단독이야."

"……."

"우리뿐이라는 거지. 보스 위엔 아무도 없어."

"당신들……뿐이라고요?"

"그래."

서연은 비릿한 미소를 지었다.

"날 바보로 아는군요."

"아니, 해리는 순진하긴 해도 바보는 아니지."

"내 귀엔 그게 그거처럼 들려요. 그렇다면 댁들이 원하는 바는
뭐죠? 대체 진짜 목적이 뭐예요?"

"몰라."

너무나 태연하게 대답하는 안나에게 화가 치민다.

"여전히 내게 진심으로 대할 생각은 없나 보군요. 정체가 들켰
는데도 여전히 날 속일 생각이군요."

"아니, 이젠 속일 이유 없어. 전에도 우리가 의도적으로 접근
했다는 것 빼곤 속인 거 없고. 해리를 대하던 우리 마음은 진심이
었으니까."

"웃기지 말아요."

서연은 쓰게 중얼거렸다.

"안 믿어도 어쩔 수 없지. 처음부터 거짓으로 시작한 관계였으

니까. 근데 난 진심은 언젠가 통한다고 믿는 초긍정주의라 걱정
안 해. 해리도 조만간 우리가 나쁜 사람이 아니라는 걸 알게 될
테니까."

서연은 안나의 미소를 노려보았다. 그러다가 툭, 내뱉었다.

"진짜 목적, 아직 말 안 했어요."

"못해."

"어째서죠?"

"모르니까."

"뭐라고요?"

"진호와 난 보스가 지시하는 대로만 움직이니까."

"꼭두각시란 말인가요?"

"비슷하지."

별로 신빙성이 없다. 그들과 함께 했던 시간은 짧았지만, 그래
도 안나와 진호를 곁에서 지켜본 바로는 이들이 그렇게 아무 생
각 없이 누구의 명령대로만 움직일 사람들로는 보이지 않았었다.

"나더러 그 말을 믿으라는 건가요?"

"안 믿어도 할 수 없지만 이게 진실이야."

거짓말 같지가 않다. 하지만 어떻게…….

"솔직히 우린 보스의 본명도 몰라. 그가 뭘 하던 사람인지도
모르고 누굴 위해 일하는지, 뭘 목적으로 일하는지도 몰라. 물론
매번, 하는 일마다 목적이 다르지. 그래도 우린 알려고 하지 않
아. 그냥 보스가 가는 방향대로 같이 움직일 뿐이야."

정말 이 말을 믿어야 하는 걸까?

"어떻게 그럴 수 있죠?"

안나가 희미한 미소를 머금었다.

"믿으니까."

서연은 미간을 찌푸렸다. 그러자 안나가 다시 말한다.

"우린 보스를 철석같이 믿거든. 그가 절대로 나쁜 일을 할 사람이 아니라는 거, 죄 없는 사람을 해치지 않을 거라는 거, 정의가 아닌 일을 행할 사람이 아니라는 것. 그리고…… 우릴 배신하지 않을 거라는 거."

안나가 서연을 똑바로 쳐다본다.

"신뢰가 두터우면 상대에 대해 궁금하지도 않아. 우린 보스를 완벽하게 믿어."

서연의 입가에 비릿한 미소가 떠올랐다. 눈빛은 잔인하게 일그러졌다.

"믿어요? 우습네요. 나를 그토록 완벽하게 속인 사람들이 정작 서로를 믿는다니. 그토록 천연덕스럽게 다른 사람을 속일 수 있는 사람들이 서로를 그렇게 절대적으로 신뢰한다니…… 정말로 아이러니하네요."

안나의 미소가 흐려졌다.

"거기에 대해선 할 말 없어. 해리를 속인 건 맞으니까. 그런데 그게 우리가 일하는 방식이야. 만약 보스가 해리를 해칠 의도가 조금이라도 있었다거나 다른 무고한 사람에게 해가 될 기미가 조금이라도 있었다면 난 의심했겠지. 하지만 우린 확실히 알고 있었거든."

뭘? 서연은 묻고 싶었지만 안나의 다음 말을 기다렸다.

그녀가 조용하지만 확실한 어조로 말한다.

"보스가 해리를, 윤서연이라는 여자를 결코 해치지 않을 거라는 걸 우린 확신하고 있었거든."

서연의 심장이 찌르르, 진동을 한다. 하지만 무시했다. 흔들릴 수 없었다. 또다시 이들의 달콤한 말에 넘어가서 비참해지고 싶지 않았다!

"내가 여기에 갇혀 있는 건가요?"

서연은 차갑게 물었다. 안나가 희미하게 웃으며 고개를 저었다.

"아니, 보호하고 있는 거지."

"댁들이 나를?"

비릿한 미소가 흘러나와 비꼰다. 안나는 쓸쓸한 웃음을 지었다.

"못 믿는 거, 이해해. 배신감, 크다는 것도 알고. 근데 이젠 진짜 믿어봐. 우리 모두 해리가 생각하는 것보다 훨씬 더 많이 해리를 좋아하고 있으니까."

"떠나겠어요."

"그건 내 소관이 아닌데……."

"그럼 그 보스라는 남자를 불러줘요."

안나는 잠시 서연을 물끄러미 쳐다보다가 고개를 끄덕였다.

"안 그래도 곧 올 거야. 돌아올 때가 됐으니까."

안나가 돌아서서 문으로 가더니 문득 고개를 돌려 말한다.

"화난다고 굶지 말고 우선 먹어. 싸우더라도 기운이 있어야 싸우지."

그리고 나가버린다. 서연은 픽, 웃었다.

싸운다고? 누구랑? 대체 누구와 왜 싸워야 하는지도 모르는데 기운은 차려서 뭘 하라고?

서연은 다시 창밖으로 시선을 던져버렸다. 밖은 환하고 햇살이 따뜻한데 그녀는 슬픈 얼굴로 돌처럼 굳어 있었다.

"의뢰인은 철저히 자신의 정체를 숨기고 일을 의뢰했어. 해리의 집에 침입했던 놈과 샛강까지 날 쫓아왔던 놈들이 다 같은 무리의 놈들인 걸 보면……."

"한 놈이네요."

동준의 말을 안나가 마저 끝내주었다. 동준이 고개를 끄덕이자 안나가 말했다.

"그럼 그놈은 어떻게 윤주철과 해리가 만날 거라는 걸 알았을까요? 해리가 전혀 다른 이메일을 이용하는 바람에 우리도 추적을 못했는데."

윤주철에게 사람을 붙이지 못했더라면, 윤주철의 모든 것을 감시 중이지 않았더라면 안나도 몰랐을 것이다. 전혀 다른 이름의 메일로 주고받는 걸 무슨 수로 알아냈겠는가.

"같은 편이라는 거군."

문득 동준이 말했다. 안나가 눈을 크게 떴다.

"누가 같은 편이라고요? 설마…… 윤주철과 그놈?"

동준은 침묵했다. 안나가 잠시 후 다시 입을 열어 중얼거린다.

"하긴. 해리가 그놈과 같은 편일 리는 없으니 결론은 하나뿐이네. 그럼 윤주철에게 조력자가 있다는 건데……."

동준의 얼굴은 굳어 있었다. 상황이 점점 복잡해지고 있었다. 처음엔 윤주철을 쫓기 위해 해리를 이용하겠다는 단순한 계획에서 시작된 일이었다. 그런데 이젠 윤주철을 피해 도망 다니는 해리와 윤주철을 쫓는 국정원. 그리고 제3의 인물. 제3의 인물은 윤주철의 조력자일 확률이 높다. 이 엉키고 엉킨 사슬에 연결고리가 있을 것이다. 그걸 찾아내야 한다!

"저기, 보스……."

심각한 표정으로 서 있는 동준을 안나가 조용히 불렀다. 그는 시선을 들어 안나를 쳐다보았다.

"해리가 떠나겠다는데요."

"……."

동준의 눈빛이 한순간에 어두워졌다.

"갇혀 있는 거냐고 묻기에 보호하는 거라고 말해줬지만 그걸 믿겠어요? 우리가 한 짓이 있으니 믿어달라 강요도 못하겠고…… 어젯밤부터 아무것도 안 먹는데 애가 타네요. 하루 종일 창밖만 쳐다보고 있고 나하고 진호가 번갈아 들어갈 때마다 눈에 쌍심지를 밝히니 말 한 마디 건네기도 어렵고…… 상처가 커요."

안나는 동준을 쳐다보았다. 두 사람 다 해리의 상처가 얼마나 클지 잘 알고 있었다. 그 상처의 깊이는 믿었던 친구로부터 배신당한 수준이 아닐 것이다. 사랑…… 생애 처음으로 믿고 의지했던 친구들이 거짓이었다는 것보다 태어나 처음으로 느낀 사랑이 거짓이었다는 게 더 충격적이었을 것이다. 믿었고 의지했던 남자가 실상은 모두 거짓이었다는 사실은 해리를 깊은 수렁으로 밀어넣었을 것이다. 과연 회복할 수 있을까? 깊게 뿌리를 박아버린 불신의 나무를 과연 잘라버릴 수 있을까?

"내가 가보죠."

안나는 돌아서서 주방을 나가는 동준의 등을 보았다.

그래, 답을 쥐고 있는 사람은 보스뿐이다. 상처 입은 해리의 마음을 쓰다듬어주고 잘못을 빌어서라도 믿음을 되찾을 수 있는 사람은 바로 보스뿐이었다.

똑똑, 달칵. 동준은 노크에 대한 답을 듣기도 전에 문을 열고 들어갔다. 안나의 말처럼 그녀는 창가에 서 있었다. 무심한 눈길이 돌아보더니 그를 발견하고 살짝 움찔한다. 동준의 눈길은 그녀를 스쳐지나 테이블 위에 놓여 있는 쟁반으로 향했다. 전혀 손 댄 흔적이 없는 죽 그릇과 원상태 그대로 남겨져 있는 반찬들이 눈에 들어오자 미간이 절로 찌푸려진다.

동준은 그녀를 쳐다보았다.

"떠나겠다고?"

"그래요."

"어디로?"

"당신이 상관할 바 아니죠."

"그럼 내가 삐삐 메시지에 남겼던 제안은 거절인가?"

그녀의 눈빛이 흔들린다. 동준은 다시 물었다.

"내 제안, 들었을 텐데?"

"……들었어요."

"여기서 나간 후엔 뭘 할 거지? 지금껏 해왔던 것처럼 계속 숨어 다니면서 살 건가? 언제까지? 내가 만나본 윤주철 박사는 아직도 꽤 정정하던데…… 윤 박사가 죽기 전까지 계속 도망치며 살겠다는 건가?"

스스로 생각해도 목소리가 꽤나 차갑다. 심장은 쓰린데, 전보다 더 많이 여윈 그녀의 하얀 얼굴을 보고 있는 것만으로도 심장에 균열이 일어나는데, 그는 이를 악물고 참고 있었다. 그녀를 향해 당장이라도 뻗어나가려는 손으로 주먹을 쥐고 당장이라도 그녀의 곁으로 달려가려는 두 다리에 힘을 주고 버티고 있었다.

배 위에서 그녀가 의식을 잃던 그 순간에 그는 정확히 깨달았다. 자신의 감정이 결코 얕지 않다는 것을, 절대로 그냥 흘러 지나갈 바람도 아니라는 사실을.

침묵이 흘렀다. 당장 떠나겠다고 나설 줄 알았던 그녀가 침묵하자 동준은 희망이라는 놈이 스멀스멀 피어오르는 걸 느꼈다. 애초에 그녀를 보낼 마음 따위는 없었다. 강제로라도 여기에 둘 생각이다. 그러나 그녀가 스스로 남겠다면 그보다 더 좋은 방법은 없으리라.

그러기 위해선 그녀도 내가 필요하다는 걸 인정하게 만들어야 한다.

동준은 자신의 마음을 숨긴 채 우선 그녀에게 필요한 존재가 되어야 했다.

"지금의 내 상황을 해결해줄 수 있다고요?"

무거운 침묵 끝에 그녀가 물었다.

"그래."

"어떻게요? 아니, 그전에 당신은 누굴 위해서 일하는 거죠?"

"나, 자신."

그리고 너.

"난 그 말이 안 믿기지만 우선 그렇다고 치죠. 그런데 당신의 목적은 뭐예요? 그 파일이라는 거?"

"맞아. 가지고 있나?"

그의 질문에 그녀가 피식, 웃었다.

"아뇨. 그럴 리가요. 내가 갖고 있었다면 진즉에 원하는 사람한테 던져줘 버리고 자유인이 됐겠죠."

"어머니가 가지고 계셨을 수도 있지."

그의 말에 그녀가 인상을 썼다.

"그 사람과 비슷한 말을 하는군요."

동준의 미간이 모아졌다.

"그 사람?"

"괴물……."

서연의 입술 사이로 경멸의 기색이 짙은 단어가 새어나왔다. 동준은 그녀가 말하는 사람이 윤주철임을 알아차렸다.

"윤 박사가 그렇게 말했다고? 물건이 너한테 있다고."

"그 비슷한 말을 했지만 신빙성은 없어요. 그 괴물은 정신이상자니까."

말을 하는 서연은 생각하는 것만으로도 치가 떨린다는 듯 몸을 떨었다.

"그 사람이 두려운가?"

서연이 고개를 들어 그를 똑바로 쳐다보았다. 그리고 대답한다.

"나한테 그 괴물은…… 저승사자나 다름없으니까."

흔들리는 그녀의 눈빛을 보는 동준의 심장은 차갑게 얼어붙었다. 그 존재를 떠올리는 것만으로도 겁을 먹은 그녀의 눈빛은 그를 사납게 흔들었다. 죽음으로부터 쫓긴다는 것, 그것도 그토록 오랜 시간을 쫓기며 살아왔다는 것 자체가 믿을 수가 없을 지경이다. 도대체 그녀는 어떤 생각으로, 어떤 삶을 살아온 건가. 대체 어떻게 그 시간들을 이겨낼 수 있었는지…….

동준의 심장은 그녀를 향한 동정과 안쓰러움으로 진동했고 그녀의 눈에서 더 이상 두려움이 나타나지 않도록 안아주고 싶었다. 그러나 진심어린 간절함은 아직 기회가 없었다. 기다려야 했다. 그녀가 다시 마음을 열어줄 때까지 기다려야 한다.

그는 사과하지 않는다. 얼굴에서 어떤 죄의식의 기색도 찾아볼 수가 없었다. 그가 다른 사람들처럼 미안해하는 걸 기대한 건 아니지만 이렇게 뻔뻔스러울 줄은 몰랐다.

"그래서? 내 제안에 대한 결론은?"

참으로 냉정하게 묻는다. 처음부터 우리 사이엔 그 어떤 감정도 없었던 것처럼. 이 남자의 실체가 이런 거였나? 달콤했던 눈빛과 부드러웠던 속삭임들이 정말로 모두 거짓이었나?

서연의 얼굴은 점점 더 어두워졌다. 어차피 지금까지의 삶에 미련은 없다. 앞으로도 이 삶을 계속 살아야 한다면 그것 또한 더 미련이 없다. 비록, 쫓기는 생활을 끝내려고 마음먹었던 이유가 이 남자와 함께 행복해지고 싶어서였다고 해도, 그래서 이젠 더 이상 이유가 없어졌다고 해도 도망치는 건 이제 그만하고 싶다. 또다시 어둠 속을 헤매며 다니는 건 정말 그만하고 싶다!

서연은 차동준을 보았다.

"당신 진짜 목적을 알고 싶어요. 그 파일에 들어 있는 게 뭔지 알고 싶어요. 당신들이 그 파일로 뭘 할 건지도 알고 싶어요. 그리고…… 당신들의 정체도 알아야겠어요."

차동준이라는 이름은 진짠지도 알고 싶어. 서연은 마지막 말은 삼켰다. 그에 대한 어떤 개인적인 호기심도 드러내고 싶지 않았다. 아직도 이 남자의 앞에서 시큰거리는 심장의 진동을 들키고 싶지도 않고 배신한 대가를 치르게 하고 싶은 복수심 때문에 머리가 돌 것 같은 심정도 보여주고 싶지 않았다. 이 모든 게 미치도록 버리고 싶은 미련이라는 걸 아니까!

그에게 맞설 최선의 방법은 무심함이라고 생각한 서연은 태연을 가장하고 침착함을 유지했다.

그가 쓴 미소를 지었다.

"내 제안을 받아들인다는 말로 들리는군."

"……."

대꾸하지 않았다. 이 사람이 나를 이용해 뭔가를 얻겠다면 나 또한 이 사람을 이용해 자유를 얻을 것이다. 그래, 그러면 되는 거다. 하지만 그가 원하는 걸 쉽게 주고 싶은 생각도 없었다.

"그럼 우선 먹어."

서연은 흠칫, 놀랐다. 뭔가 대단한 설명이 나올 거라고 기대했는데…… 먹으라고? 내가 잘못 들은 건가?

그가 테이블 위에 놓여 있는 죽 그릇을 가리켰다.

"우선 먹고 기운부터 차려. 내 작전에서 비실거리는 환자는 짐만 될 뿐이니까."

그는 지극히 진지했다.

"해리가 나가는데요?"

주방 입구에 서 있던 안나가 걱정스러운 말투로 중얼거렸다. 동준은 창밖으로 서연이 나가는 것을 보고 있었다.

"보스?"

안나가 부른다. 아무런 조치를 취하지 않아도 되겠냐고 묻는 것이다.

"놔두세요."

동준은 나직한 목소리로 말했다. 이대로 떠나지는 않을 것이다. 그의 제안을 확실히 수락한 건 아니었지만 분명히 그녀는 흔들리고 있다. 앞으로의 삶도 지금까지의 삶과 같이 쫓기듯 살고 싶지는 않을 테니까. 그는 그녀의 눈에서 그 간절함을 보았다. 이제 그만 자유롭고 싶다는, 쫓기지 않고 음지가 아닌 양지에서 평범하게 살고 싶다는 강력한 욕망을 보았다.

약한 여자가 아니다. 겉으로는 보호본능을 일으킬 만큼 한없이 여리고 약해 보이지만 그녀는 강하다. 숨어 살아서 세상 물정에 어둡긴 해도 아둔하지는 않다. 만약 한없이 약하기만 하고 아둔한 여자였다면 지금 이곳에 있지도 않을 것이다. 특기를 살려 멀리 도망쳐서 향후 십여 년 안에는 그녀의 코빼기도 볼 수 없었을 것이다. 그런데 그녀는 여기에 있다. 스스로 자신을 가두고 있는 틀을 깨기 위해 뛰쳐나와 그토록 두려워하던 괴물과 마주서지 않았던가.

동준의 머릿속으로 앙카라공원에서 마주 서 있던 윤주철과 서연의 모습이 떠올랐다. 저승사자라고 부를 만큼 두렵다고 하던 괴물을 스스로 찾아가 마주 서야 할 만큼 그녀는 절박했다.

뭘 알고 싶었던 걸까?

동준은 마당을 가로질러 천천히 걷고 있는 서연을 보았다. 하늘을 올려다보고 주변에 핀 꽃들을 바라보는 표정이 부드러웠다. 또 어느 한편으로는 주변을 조심스럽게 살피는 기색도 보인다. 몸에 밴 경계심을 늦출 수가 없을 테지. 그렇게 꽃을 보며 걷던 그녀가 잠시 멈춰 서서 골똘히 생각에 잠기는 듯하다.

동준은 문득 미간을 찌푸렸다.

그녀가 자신도 모르게 어떤 키를 쥐고 있는 건가?

갑자기 머리를 스치고 지나가는 생각 하나에 모든 신경이 집중되기 시작했다. 20년 동안 집요하게 아내와 딸을 쫓았던 윤주철, 자신도 쫓기고 있으면서 다른 사람들을 쫓는다는 건 결코 쉽지 않다. 그것도 상대는 국정원이다. 이 나라에서 숨 쉬고 살면서 그들의 눈을 그 긴 시간 동안 완벽히 피했다. 윤주철, 그의 정체가 의심스럽다. 단순한 프로파일러라고 하기에는…… 아니면 정말로 조력자가 있을지도 모르지. 만일 그렇다고 치면 그 조력자가 원하는 것은 뭘까? 윤주철을 도움으로써 조력자가 얻게 될 이득은?

20년 전에 사라진 그 파일이겠지. 국성원이 원하는 것. 여기서 또 다른 의문 하나. 윤주철은 그 파일을 지금도 가지고 있을까? 윤주철이 그 파일을 가지고 뭘 하려고 했는지, 뭘 하려고 하는 건지는 알 수 없지만 그가 지금도 그 파일을 가지고 있는지가 의문이다.

'그 사람과 비슷한 말을 하는군요.'

윤주철도 서연에게서 뭔가를 찾기 위해서 그 오랜 시간을 쫓은 거라면? 그러니까 윤 박사가 그토록 집요하게 서연을 쫓은 이유가 그 파일이라면?

국정원은 바보 멍청이들이 아니다. 이미 윤주철의 동선을 파악했을지도 모른다. 그런데 지금껏 조용하다. 그 의미는?

동준의 눈이 다시 걷기 시작하는 서연의 뒷모습으로 향했다. 순간, 눈이 가늘게 좁혀지고 머릿속에 한 가지 가설이 또렷하게 떠올랐다.

20년 전 사라진 그 파일이 윤주철이 아닌 다른 누군가의 손에 있는 거라면? 그건 바로 윤 박사를 완벽하게 따돌린 서연의 어머니, 김은혜 씨일 가능성이 크다!

동준의 날카로운 시선은 멀어지는 서연의 뒷모습을 뚫어지게 응시하고 있었다. 잠시 그렇게 지켜보고 있던 동준은 홱 돌아서서

밖을 향해 움직이기 시작했다.

"따라가 보게요?"

안나가 반갑게 묻는다. 이 집에서 멀어지는 서연이 불안했던 모양이다. 그는 대답하지 않고 현관을 나섰다. 서연이 걷던 그 길을 빠르게 걸으며 동준의 머릿속에는 뚜렷한 가설 하나가 여러 가지 정황 증거를 바탕으로 진실의 무게를 더해 점점 커지고 있었다.

윤서연, 그녀는 자신도 모르게 이 모든 일의 키를 쥐고 있을지도 모른다!

서연은 주변을 경계하며 걷고 있었다. 집인지 아지튼지 모를 그곳에서 멀리 떨어지지 않은 곳까지 가볍게 산책만 하려는 요량이었고 눈으로 보이는 곳에는 사람 낌새 하나 보이지 않는데도 그녀는 자꾸만 몸을 긴장시키면서 주위를 살피고 있었다.

이런 내 자신이 싫다. 살랑거리는 봄바람을 마음껏 느끼지 못하고 푸른 하늘 아래 아름답게 빛나는 꽃을 제대로 감상조차 하지 못하는 지금의 내가 싫다.

왜 이렇게 됐을까?

서연은 화사하게 핀 벚꽃나무 앞에 멈춰 선 채 희미하게 웃었다.

왜 이렇게 됐을까……라니. 홋, 내가 언제부터 이런 생각을 했다고. 천지분간도 못하던 어린아이 때 엄마의 손에 끌려 도망을 다니기 시작했다. 그 후로 꽤 오랜 시간 동안 왜 이런 삶을 살아야 하는 건지 생각해본 적이 없었다. 그냥 원래 그런 거라고 생각했었다. 다른 사람도 다 그런 줄 알았었다. 하지만 철이 들고 남들은 나와 다른 삶을 산다는 걸 깨달았을 때 의문을 가졌고 불만을 가졌고 인생 자체를 바꾸고 싶은 열망에 시달렸다.

엄마에게 악다구니를 했고 엄마를 벗어나 살아보려는 반란도 계획했었다. 하지만 그 작은 반란은 아버지라는 사람을 만나는 순간 무참히 깨졌다. 왜 도망을 쳐야 하는지, 왜 이런 삶을 살 수밖에 없는지, 엄마가 왜 이런 선택을 해야만 했었는지에 대해 이해하게 됐다고나 할까…… 그래, 그랬었다. 그 후로 운명처럼 받아들였지. 의문 따위 갖지 않고 다른 희망 따위 꿈도 꾸지 않으면서 그냥 이게 내 삶이려니 하고 살아왔었다. 그런데…….

서연은 팔을 뻗어 여린 꽃잎을 만져보았다. 부드러웠다. 바람이 불어 가지가 흔들리는가 싶더니 이내 꽃향기가 코끝을 스친다.

이제 다시 싹이 튼다. 오랫동안 그냥 순응하고 살아왔던 삶에 반기를 들게 되고 앞으로 삶은 바꾸고 싶은 욕구로 피가 끓는다.

서연은 시선을 내려 바닥에 떨어진 꽃잎들을 보았다. 이제 수명을 다한 꽃잎이지만 여전히 예뻤다. 화사하게 피어난 꽃잎은 이제 곧 모두 이렇게 떨어지고 그 자리에는 파릇한 이파리들이 자리하게 되겠지. 봄은 가고 곧 여름이 올 것이다. 그리고 가을을 지나 겨울을 이겨낸 나무는 지금처럼 예쁜 꽃을 피울 것이다.

나도 내년에는…….

서연의 가슴 속에서 예쁜 꿈 하나가 피어나고 있었다. 시들어 떨어지는 한이 있어도 다시 봄이 되면 꽃을 피워내고 싶다는 꿈이 그녀의 가슴을 시리게 물들이고 있었다.

동준은 그녀가 서 있던 벚꽃나무 앞에서 멈췄다. 그의 시선이 아래로 내려가 한곳을 응시했다. 나무에서 떨어진 꽃잎이 수북하게 쌓여 있었다. 누군가 일부러 모아서 쌓아놓은 것처럼.

조금 전 그녀가 웅크리고 앉아서 뭔가를 하던 것이 이거였나?

그의 시선이 꽃잎 언덕 바로 옆 흙바닥으로 향했다.

"봄이야……."

흙바닥에 새겨진 글씨를 읽는 순간, 그의 머릿속으로 어떤 기억 하나가 떠올랐다.

'너한테 줄 선물이 있어. 손 내밀어봐.'

순진하게 내민 서연의 손바닥 위로 작은 꽃잎 하나를 떨어트렸던 순간이 떠오른다.

'봄이야.'

겨울의 끝자락에서 아직 봄꽃도 피우지 않은 그때, 동네 어귀 꽃집에서 생화와 똑같이 생긴 조화 꽃잎을 얻어와 서연에게 주었던 기억이 난다. 예쁘게 미소 짓던 그녀의 얼굴을 보면서 봄이 되면 화려하고 화사한 진짜 꽃을 한아름 안겨주겠다고 생각했었다. 그녀에게 따뜻한 봄날 햇살을 느끼게 해주고 자유로운 바람을 느끼며 평화로운 삶을 살게 해주겠다고 결심했었다.

동준은 고개를 돌려 저 멀리에서 걷고 있는 서연의 뒷모습을 보았다. 멀리 가지는 않겠지. 그런데 시야에서 멀어지게 하고 싶지 않다. 조금 더 가까이에 그녀를 두고 지켜주고 싶은 조급함이 그를 움직이게 만들었다.

그는 빠르게 걷기 시작했다. 그러다가 달리기 시작했다. 그녀와의 거리를 좁히기 위해 그는 스퍼트를 올렸다.

누군가 달려오고 있었다. 정체 모를 누군가가 자신을 따라올 때 두려운 이유는 그 목적을 알 수 없기 때문이다. 그 누군가가 '나'를 해칠지도 모른다는 가능성에 정체를 모른다는 의문이 더해져 두려움이 배가되는 것이다. 하지만 서연은 지금 자신을 향해 다가오는 상대가 누구인지 알고 있었다. 그래서 그녀는 두렵지 않았다.

그는 나를 해치지 않는다.

서연은 자신도 모르게 그에 대해 확신하고 있었다. 스스로 깨닫지도 못했다. 그를 생각보다 더 굳게 믿고 있다는 걸. 그리고 그녀는 설레었다. 힘차게 달려와 자신의 앞에 멈춰 서는 그를 보며 심장이 반응한다. 이 남자의 배신에 깊은 상처를 받았고 아직도 이 사람 얼굴을 보는 것만으로도 화가 치밀어 미치겠는데도 심장은 이성과는 정반대로 움직인다.

바보처럼.

"무슨 일이죠?"

자신에게 화가 난 만큼 목소리는 싸늘했다. 조금 흐트러졌던 호흡을 빠르게 가다듬은 그가 무심한 어조로 말했다.

"경호 없인 집 밖으로 나가지 마."

"명령하는 거예요?"

"아니, 요청하는 거지. 내 보호 아래에 있는 한은 내 책임이니까."

서연은 비릿하게 웃었다.

"보호? 당신이 날 보호한다고요?"

분노가 깔린 실소가 새어나왔다.

"이용하는 거겠죠. 당신 목적을 이루기 위해선 내가 필요하니까."

그의 얼굴이 조금 더 어두워진 것 같다. 그렇다면 다행이다. 조금은 분이 풀린다. 그를 할퀴고 상처 주고 싶다. 내가 받은 고통의 백분의 일이라도 느끼게 해주고 싶다. 그가 나로 인해 아파했으면 좋겠다. 나 때문에 괴로워했으면 좋겠다. 내가 그의 신경을 바짝 돋우고 저 머릿속에 거머리처럼 찰싹 들러붙어서 지워지지 않았으면 좋겠다!

"맞아. 나는 네가 필요하고 너도 내가 필요하지."

"난 아직 그 제안을 수락한다고 하지 않았어요."

괜한 어깃장을 놓아 보았다. 하지만 그에게 먹힌 것 같지는 않다.

"수락하게 될 거야."

자신감 어린 어조가 싫다. 반박하고 싶은데 그럴 수가 없다. 결국 난 그의 제안을 수락할 테니까. 지금으로선 그게 최선이니까,

다른 차선책도 없으니까.

"당신은 아직 내게 숨기는 게 너무 많아요. 당신 정체도 아직 명확하지 않고 목적도 타당성이 부족해요. 당신은 나에 대해 모든 걸 아는데 난 너무 몰라. 이런 상태론……."

"곧 알게 될 거야."

갑작스러운 대답에 서연은 불만 토로를 멈췄다. 그가 희미하게 웃으며 말한다.

"그전에 점심부터 먹자. 일을 하던 뭐를 하던 결국 인간의 궁극적인 목표는 먹고 살자는 데 있으니까."

갑자기 그가 그녀의 팔을 잡더니 방향을 튼다.

"뭐하는 거죠? 어디 가는 거예요?"

서연은 그의 손에서 팔을 비틀어 빼려고 했다. 하지만 그 힘을 이길 리가 만무하다. 그녀는 어쩔 수 없이 그가 이끄는 대로 걸을 수밖에 없었다.

"2인분 주세요."

그가 주문을 받으러 온 아주머니에게 말했다. 서연은 아주머니가 멀어지자 벽에 붙은 메뉴판으로 시선을 돌렸다.

"여긴 메뉴가 하나뿐이야."

그의 말처럼 벽에 붙은 메뉴판에는 한 가지밖에 없었다.

'시골 밥상'

메뉴 이름을 확인하는 순간 반찬이 뭐가 나올지 뻔하게 상상이 된다. 각종 쌈 채소와 된장찌개, 생선 한 조각 정도겠지. 엄

마와 같이 살 때 시골마을로만 다녀서 그런 밥상은 많이 받아봤
었다.

서연은 식당 안이 휑하게 비어 있는 것이 걸렸다.

"사람이 없네요."

손님이 없다는 건 맛이 없다는 것과 일맥상통한다.

"재료가 다 떨어졌거든."

뭐?

서연은 그의 대답에 눈을 동그랗게 떴다. 그가 피식, 웃으며
설명한다.

"여긴 하루에 지정된 양만큼만 파는 곳이야. 준비한 재료가 다
떨어지면 영업 끝이지."

"그럼 우린요?"

"내가 부탁했어. 주인장하고 가족들 먹을 걸로 우리한테 팔라
고. 대신 외식비를 두둑이 주는 조건으로."

"그만한 가치가 있나 보네요."

"먹어보고 판단해."

"글쎄요. 난 노력과 돈을 들여 그만큼 좋은 결과를 내본 적이
없어서. 물론 당신은 그런 경험이 많겠지만."

확실히 비꼬는 어투였다. 그도 눈치를 챘다.

"대부분 그랬지. 난 내가 만족할 만한 결과를 얻을 수 있다고
확신하기 전엔 잘 덤비지 않는 사람이니까. 그런데 최근엔 꽤 큰
헛삽질을 했지."

그가 그녀를 쳐다보며 씁쓸한 미소를 지었다. 미소의 의미는

명백했다. 그 헛삽질의 상대는 그녀였다.

"그렇게 큰 헛삽질은 아니었잖아요. 원하는 대로 날 이용해서 그 사람을 소환했으니까. 그게 본래 목적 아니었어요?"

지금까지도 그랬고 앞으로도 영원히 '그 사람'을 '아버지'라고 부르는 일은 없을 것이다.

"아니, 헛삽질이었어. 처음부터 목표를 잘못 잡고 상황 판단도 어긋났으니까. 넌 나한테 있어서 최고의 실패작으로 기록될 거야."

그의 입가에 쓴 미소가 감돈다. 서연은 기분이 별로였다. 이 사람에게 '나'라는 여자는 그냥 작전 실패로만 남는다는 거. 수많은 작전에서 실패했던 전적으로 남는 걸까? 많은 성공보다 한 번의 실패가 기억에는 오래 남을 것이다. 그의 머릿속에 오래 기억될 거라니 다행이라고 생각되면서도 부아가 치민다. 빨리 잊혀지는 존재보다는 훨씬 낫지만 그냥 실패작으로만 남는 것도 싫다.

"내가 이미 실패작이라면서 왜 아직 여기에 있어요?"

서연은 무심하게 물었다. 그가 쳐다본다. 그녀는 다시 말했다.

"실패를 인정하기 싫은 건가? 그래서 실패를 성공으로 바꿔보려고 하는 거예요?"

"당연하지. 난 내 인생에 실패라는 오점을 남기고 싶지 않거든."

서연은 그가 미웠다. 화가 치밀었다.

"당신은 성공을 위해선 물불을 안 가리나보죠?"

남의 마음 같은 건 헌신짝 같은 거겠죠. 내가 당신한테 이용 가치가 없다면 난 여기에 앉아 있지도 못하는 거겠지.

"보통은 그랬지. 게다가 이번에는 반드시 성공해야겠다는 동기도 있고 의욕도 넘치거든."

"이 작전이 그렇게 중요해요?"

"반드시라고 했어. 난 이번 작전에 목숨도 걸 용의가 있거든. 너처럼."

나처럼…… 그래, 난 이번 기회에 목숨을 건다. 이 길밖에 없으니까. 그런데 이 남자는 왜일까? 왜 이토록 집착하는 걸까?

"난 모르겠어요. 댁이 왜 이토록……."

"나중에. 지금은 밥부터 먹고."

그가 그녀의 말을 막는 순간 커다란 쟁반이 날라져오기 시작했다. 2인이 앉기에 꽤 넓다고 생각했던 테이블 위가 온갖 음식들로 채워지기 시작했다. 끝도 없이 나오는 밥상 앞에서 서연은 입이 다물어지지가 않았다.

끝날 것 같지 않았던 상차림이 완성되자 서연은 도대체 이게 두 사람이 먹을 양이 맞는지부터가 의심스러웠다.

"양이 많네."

그도 난감한 표정을 짓는다.

"몰랐어요? 여기 와서 먹어봤을 거 아니에요."

"아니, 처음이야. 안나가 강력 추천한 맛집이거든."

기가 막혔다. 먹어보고 판단하라고 호언장담하더니. 그나저나 난감하다.

"이걸 언제 다 먹어요?"

"최선을 다해서."

그가 먼저 젓가락을 들며 말했다. 서연은 인상을 썼다.

"저기 봐."

서연은 그가 가리키는 방향으로 시선을 돌렸다. 벽 한쪽에 커다란 글씨로 적혀 있었다.

'음식 남기면 주방장에 대한 모독.'

그녀는 놀라서 그를 돌아보았다.

"이걸 다 먹으라고요?"

"노력해야지."

"말도 안 되는……."

"세상에 말도 안 되는 일이란 없어. 가능성에 대해 미리 예견하지 마. 그리고 날 믿어봐. 내가 꽤 대식가니까."

그렇게 보이진 않는다. 물론 키가 크고 근육질 몸매라 기본적인 음식 섭취는 여자보다 많겠지만 그렇다고 음식을 아주 많이 먹는 사람 같아 보이진 않았다.

"살찌는 걱정은 안 해도 되겠네. 온통 웰빙 음식이라."

그의 말이 맞다. 각종 채소가 주가 된 음식들은 조리 방법이 다양해서 그렇지, 기름져 보이진 않았다. 된장찌개와 김치찌개도 양이 적다. 그러고 보니, 반찬들의 가짓수는 많아도 양이 많지는 않다.

"해볼 만하지?"

그가 웃으며 묻는다. 서연은 어깨를 으쓱했다.

"장담 못해요. 난 양이 아주 적으니까."

"이참에 늘려. 며칠 굶었는데 그만큼 채워줘야지. 이런 것부터 시작하면 되겠군."

그가 소화가 잘될 것 같은 죽 그릇을 밀어준다. 사실, 지난 며칠간 거의 굶다시피 했다. 배신의 상처를 보듬어 안느라 뭘 먹고 싶다는 의욕도 없었다. 그런데 지금 위가 난동을 부린다. 향긋한 음식의 향과 보기에도 맛깔스러워 보이는 시각적 효과에 위가 반응하기 시작한 것이다.

서연은 그가 밀어준 죽 그릇부터 비웠다. 그다음엔 다양한 반찬들을 맛보기 시작했다. 그렇게 두 사람은 말없이 음식의 맛을 즐기며 시간을 보내기 시작했다.

18. 동맹

차르륵, 커튼을 열어젖히자 따스한 햇살이 쏟아져 들어온다. 서연은 창밖의 한적한 시골풍경을 잠시 바라보았다. 어제 산책을 나갔다가 차동준과 점심을 같이 먹을 땐 제법 분위기가 부드러웠었다. 하지만 그건 그때뿐이었다. 식당 밖으로 나와 여기로 다시 돌아오는 길에 두 사람은 다시 어색해졌다. 물론 그렇게 만든 건 그녀다. 다시 가까이 다가오려는 차동준의 저의가 의심되고 또다시 어떤 목적에 이용당하는 건 아닌지, 아직 채 정리가 되지 못한 마음에 또 상처를 받게 될까 봐 두려워서 애써 차갑게 대한 결과였다.

한 번 무너진 신뢰는 다시 회복할 수 없다. 아니, 어쩌면 개선될 수도 있겠지. 하지만 100퍼센트 회복될 수는 없을 것이다. 100퍼센트는 아니라도 어느 정도 회복되는 데만도 오랜 시간이 걸리겠지. 더군다나, 오랫동안 사람들을 의심하며 쫓기며 살아온 그녀에게 신뢰란 목숨과 직결하는 것이었다.

아직도 이해할 수 없다. 도대체 어떻게 그렇게 쉽게 그에게 믿음을 내줬는지, 정말로 내가 그렇게 외로웠던 걸까? 그래서 그렇게 쉽게 차동준에게 마음을 줬던 걸까? 지치긴 했었다. 몸과 마음이 모두 지쳐서 모든 걸 포기하고 싶다고 생각할 때도 있을 만큼. 그래, 그래서였을 것이다. 차동준을 믿고 의지하게 된 건. 그대가는 배신이었지. 스스로를 나약하게 만들고 누군가를 믿어버림으로써 얻은 건 상처뿐이다. 그러니 두 번 다시 같은 실수를 해선 안 된다.

서연은 커튼을 움켜잡은 손에 힘을 주었다.

차동준은 믿을 수 없는 사람이다. 차동준이라는 이름조차 진짜인지 가짜인지 알 수 없을 만큼 모든 것이 의문투성이인 사람, 그런 사람이란 걸 안 이상 절대로 믿어선 안 된다.

똑똑, 노크소리가 울렸다. 서연은 시선을 문 쪽으로 돌렸다. 천천히 문이 열리더니 안나가 고개를 들이밀고 말했다.

"굿모닝."

서연은 해맑게 웃는 안나를 보며 시큰둥한 표정을 지었다. 하지만 안나는 아랑곳없이 밝게 말했다.

"내려와요. 보스가 모이래."

"댁들 보스지, 내 보스는 아니에요."

불퉁한 그녀의 대꾸에 안나가 고개를 끄덕였다.

"맞아. 그래도 내려와. 중대 발표 및 사건에 대한 작전도 세울 거라니까 해리가 궁금해하는 많은 것들이 해결될 거야."

서연은 미간을 찌푸렸다.

"중대 발표?"

"그래. 나도 그게 뭔지는 모르니까 묻지 마. 사실은 나도 보스한테 궁금한 게 많은 사람이거든."

"신뢰가 철옹성처럼 굳건해서 궁금한 것도 없다고 하지 않았어요?"

비꼬았다. 저들이 상처 준 만큼 나도 저들에게 돌려주고 싶었다.

"그동안은 안 궁금했지."

흐린 표정의 안나가 짧게 대꾸하더니 이내 다시 말을 잇는다.

"말했던 것처럼 보스를 완벽하게 믿었으니까."

"그 얘긴…… 지금은 안 믿는다는 건가요?"

"아니, 믿어. 하지만 믿음에도 종류가 있다는 걸 깨달은 거지."

"무슨 소린지 모르겠네요."

"내 말은, 보스가 좋은 사람이라는 건 완벽하게 믿는데 이 작전에 목을 매는 보스의 진짜 의도에 대해선 모르겠다는 거야. 일부는 짐작하지만."

"그게 뭔데요?"

안나가 그녀를 바라보며 말했다.

"해리."

"네?"

"해리는 못 믿겠지만 보스는 지금 해리를 위해 목적을 바꿨어. 전에는 해리가 이용 대상이었지만 이젠 목표가 된 거지."

"무슨 말인지 모르겠네요."

"해리의 자유, 그게 목표가 됐다는 뜻이야."

서연은 놀라서 아무 말도 할 수가 없었다. 안나가 웃으며 말한다.

"믿든지 말든지는 자유고 우선 내려와. 내 말의 신빙성에 대해선 차차 확인하게 될 테니까."

서연은 느린 걸음으로 계단을 내려와 주방 입구로 들어섰다. 거기에 모두 있었다. 그녀를 속이고 아프게 했던 사람들이. 테이블 앞에 앉아 있던 안나는 활짝 웃어주었고 그 옆에 앉아 있던 진호는 미안하고 어색한 미소를 짓는다. 눈길을 돌리니 조리대 앞에 기대서 있는 차동준이 보였다.

"이제 다 모인 건가?"

그가 말하면서 그녀에게 앉으라는 손짓을 해보였다. 그러자 안나가 자신의 옆자리에 있는 의자를 빼주며 말했다.

"이쪽으로 와서 앉아."

서연은 다가가 의자에 앉았다.

"나에 대해 알고 싶다고 했지?"

갑자기 차동준이 그녀를 향해 물었다. 서연은 대꾸하지 않았다. 굳이 대답하지 않아도 이미 답이 나와 있는 질문이었다.

"안나와 진호도 나에 대해 의문이 생기기 시작했고."

"정확히 보스가 궁금한 건 아니고 보스가 이 작전의 목적을 어디에 두고 있는가가 궁금한 거죠. 지금까지 해왔던 다른 작전들

보다 더 공을 들이고 집착하는 것 같은 느낌이 들어서 말입니다."

안나가 대꾸하자 차동준이 수긍한다는 듯 희미하게 고개를 끄덕였다. 그리고 펜을 들고 옆에 놓여 있던 화이트보드에 뭔가를 쓰기 시작했다. 화이트보드에 '윤주철'과 '국정원'이라는 단어가 써졌다.

"알다시피, 난 국정원으로부터 윤주철을 추적하라는 의뢰를 받고 윤서연이라는 여자를 찾아 나섰어."

화이트보드에 '윤서연'이라는 이름 석 자도 써졌다. 그리고 그 옆에 '해리'라고 크게 쓴다.

"윤주철의 아내였던 김은혜 씨와 그의 딸, 윤서연을 찾는 과정에서 서해안의 작은 어촌 마을의 안형준 목사를 알게 되었고 거기서 안 목사가 죽기 전에 태우려고 했던 책을 발견. 그 책의 작가, 해리가 윤서연이라고 확신하고 그녀에게 접근했지."

그가 서연을 쳐다보았다. 그녀는 무심함을 가장하고 있었지만 속에서 다시 분노가 치미는 것을 느꼈다. 처음부터 계획적이었던 그 접근에 그녀는 너무나 쉽게 마음을 열었다. 분했다. 자신의 멍청함에 화가 치밀었다.

"윤서연을 감시하고 있다가 약간의 자극을 주면 윤주철과 연락할 거라고 확신했고 그 예상은 정확히 들어맞았으나 우린 헛다리를 짚은 거였지. 윤서연은 다른 누군가를 피해 도망 다닌 것이 아니라 자신의 아버지, 윤주철을 피해서 도망치고 있었다는 걸 알았으니까."

슬쩍 시선을 돌려 안나와 진호를 보았다. 두 사람의 얼굴에도 씁쓸한 미소가 감돌고 있었다. 서연은 비릿한 미소를 지었다. 그러다가 의문이 들었다.

"그게 문제가 되나요? 어차피 댁들의 목적은 윤주철이라는 그 사람을 끌어내는 거였잖아. 목적을 이뤘으니 내가 누구를 피해 도망 다녔던 상관이 없잖아요."

"해리."

안나가 조용한 목소리로 불렀다. 그리고 말한다.

"해리와 인간적으로 교감하기 전에는 그랬지. 인정해. 해리가 누굴 피해 도망 다니던 상관없었어. 알려고 하지도 않았지. 그래서 우리도 헛다리를 짚었던 거고. 그런데 이젠 아니야. 사람 정이라는 게 말이야. 한 번 주기 시작하니까 속도가 붙어서 아주 끈끈해지는 거란 말이지. 이제 우리한테 해리도 중요한 사람이 된 거야. 그러니까 해리가 누굴 피해 다녔는지도 중요해."

안나의 나직한 설명에도 서연은 동요하지 않았다. 흔들리지 않으려고 굳게 마음먹은 만큼 잘 버텼다.

"그럼 이제 20년 전의 일에 대해 설명하지."

갑자기 차동준이 나열된 이름들 옆으로 긴 선을 그었다. 그리고 다시 '국정원'이라고 쓰고 그 옆에 '작전명, 악어새'라고 썼다.

세 사람은 의아한 표정으로 차동준을 보고 있었다.

"20년 전 국정원에서는 악어새라는 작전을 진행했고 그 작전은 해외에서 펼쳐졌다는 것과 그 작전에서 돌아온 국정원 요원이

단 두 명뿐이었다는 것 외에 알려진 바가 없어."

"그 말은 다른 요원들은 죽었다는 건가요?"

진호가 물었다.

"맞아. 모두 죽었지. 지금까지도 국정원의 최고 시크릿 파일로 분류되고 있고 자료도 거의 남아 있지 않아. 그 작전에서 살아 돌아온 요원에 대해서도 알려진 바가 없고. 당시 작전에 대해 알고 있던 고위 간부 몇몇과 돌아온 요원의 가족 정도만이 알고 있었지. 살아 돌아온 두 명의 요원 중 한 명은 국정원의 조사를 받았고 그 과정에서 엄청난 비밀이 담긴 파일 하나를 단두대에 올렸어."

"파일?"

진호가 뭔가를 짐작하는 것처럼 눈을 동그랗게 떴다. 차동준은 고개를 끄덕였다.

"윤주철이 가지고 도망친 그 파일이 맞아. 국정원에서 찾고 있고 우리도 찾으려고 하는 그 파일."

세 사람은 침묵했다. 그러다가 안나가 혼잣말처럼 중얼거렸다.

"진짜 중요한 파일인 모양이네요. 20년이 지난 지금까지도 찾겠다고 난리부르스를 치는 걸 보면. 아마 드러나면 힘 있는 사람 여럿 죽일 파일인 모양이네. 아무래도 20년 전 그 비밀작전에도 연관이 있었을 테고."

"우리가 짐작할 수 있는 건 거기까지. 그리고……."

그가 돌아서서 화이트보드에 다시 이름 석 자를 쓴다.

차……대훈?

서연은 그를 물끄러미 쳐다보았다. 그가 돌아서서 말했다.

"차대훈. 그 작전에서 살아 돌아온 요원 중 한 명. 파일을 가져와 국정원을 뒤집어엎은 당사자였지. 결국 그 파일 때문에 의문의 죽음을 당했고."

혼란스럽다. 뭔가 어지럽다.

"혹시……?"

안나가 의문을 나타냈다. 그가 다시 화이트보드에 이름을 썼다.

차동준.

"차대훈의 아들, 차동준. 아버지가 의문의 죽음을 당하자 어머니와 함께 미국으로 건너갔다가 미군 비밀 특수부대에 소속, 이후 한국으로 돌아와 국정원의 고스트로 활동, 현재는 국정원을 퇴사하고 프리랜서라는 별명으로 독자적으로 첩보활동. 국정원 고스트로 활동 중에도 꾸준히 차대훈의 죽음에 얽힌 진실을 파헤치려고 했으나 번번이 실패하다가 최근 윤주철을 쫓는 과정에서 약간의 윤곽을 잡기 시작했고."

안나와 진호, 그리고 서연은 놀라움을 감출 수가 없었다. 특히 서연은 이 새로운 사실에 아연실색했다. 절대로 아버지라고 부르고 싶지 않은 사람과 저 남자의 아버지가 연관 관계에 있을 줄은 꿈에도 몰랐었다.

"후아, 진짜 쇼킹하네요."

진호가 중얼거렸다. 서연도 그 말을 인용하고 싶었다. 쇼킹, 그 표현이 딱이다.

"허, 참."

안나가 탄식을 내뱉는다. 서연은 그 탄식 소리에도 합류하고 싶었다. 정말이지, 이건…… 대체 무슨 운명의 장난이란 말인가.

"이상하네요. 국정원에서 보스가 차대훈 씨의 아들이라는 걸 알면서도 요원으로 만들어줬다고요? 그건 좀 이상하네요. 그럴 조직이 아닌데. 국정원은 직원 하나 채용할 때도 사돈의 팔촌까지 조사를 하는 곳이잖아요. 그런데 어떻게……?"

안나가 의문을 표했을 때 서연도, 진호도 차동준이 할 대답에 집중했다.

"국정원은 내가 누군지 모르니까."

"몰라요? 어떻게 그럴 수가…… 아!"

혼잣말처럼 중얼거리던 안나가 갑자기 뭔가를 깨달은 듯한 소리를 냈다. 그리고.

"미군 비밀 특수부대!"

안나가 소리치자 차동준이 희미하게 미소를 짓더니 나직하게 말했다.

"빙고."

하지만 서연과 진호는 아직 혼란스러웠다. 미군 비밀 특수부대라는 말로 모든 것이 설명된다는 것이 이해가 가지 않았다. 그런 두 사람을 위해 안나가 설명하기 시작했다.

"미군의 어떤 비밀 특수부대는 그 어떤 일이 있어도 부대원들에 대한 신분을 알려주지 않거든. 비밀 특수부대도 여러 종류가 있다고 들었어. 진짜 비밀작전만 하는 부대가 있고 그 부대의 일급비밀은 부대원들의 신변 보장이라고 하더라고. 워낙 비밀로 보장되어 있어서 그 나라 대통령도 함부로 열람할 수 없다고 들었어. 그러니까 이런 거지. 특수부대원이라는 것만으로도 신변 보장은 되지만 그 신변에 대해선 절대 시크릿. 즉, 국정원에선 미특수부에서 신변을 보장한 보스를 요원으로 받아들였지만 정작 보스에 대해선 아무것도 알 수 없었던 거야."

그게 가능하다니…… 서연은 아직도 잘 이해가 가지 않았다.

"나도 그런 얘기 들은 적 있는 것 같아요. 일종의 스카우트 개념으로 국정원에서 미 특수부의 요원을 데리고 오기도 한다는 얘기."

진호가 이제 기억이 난다는 듯 중얼거렸다. 서연은 모두 처음 듣는 얘기였고 여전히 믿을 수가 없었다. 하지만 믿지 않을 수가 없었다. 사라진 그 파일 때문에 아버지를 잃고 힘든 삶을 살았다고 말하는 차동준, 이런 것까지 속일 거라는 생각은 들지 않는다. 그리고.

"그럼 미 특수부에서 국정원 요원으로 온 이유가 아버지의 죽음에 대해 알아보려던 이유였어요?"

안나가 물었다. 차동준은 부정하지 않았다.

"그 이유가 전부라고 할 수는 없지만 크긴 했지."

"그럼 또 무슨 이유가 있었는데요?"

이번엔 서연이 물었다. 그 어투가 마치 취조하는 듯했다. 차동준은 씁쓸하게 웃으며 성실하게 대답을 해준다.

"아버지의 절친이 한 분 계셨어. 돌아가신 아버지 대신이라고 할 만큼 내겐 의미 있는 분이시지. 그분의 권유가 일부 작용했어."

"그분도 국정원 요원인가요?"

서연의 물음에 그가 고개를 저었다.

"평범한 분이야."

한동안 침묵이 흘렀다. 잠시 후 그 침묵을 깬 건 차동준이었다. 그가 서연을 똑바로 응시하며 물었다.

"이제 우리, 동맹을 맺는 건가?"

서연은 곧바로 대답하지 못했다. 그 또한 순탄하지 못했던 삶을 살았고 그 원인이 된 사라진 파일이라는 공통분모를 가졌음에도 불구하고 서연은 여전히 그를 신뢰할 수 없었다. 한 번 베인 상처는 너무 깊어서 여전히 피를 흘리고 있었다. 이 상처가 아물려면 더 오랜 시간이 흘러야 할 것이다. 그래도…… 같은 목표를 이루기 위해선 이젠 서로의 힘이 필요하다는 걸 안다.

서연은 그를 응시하며 입을 열었다.

"그럼 이제 우린 뭐부터 해야 하는 거죠?"

그렇게 물음으로써 동맹이 맺어졌다. 이제부터 그녀는 정말로 혼자가 아닌 것이다!

"자, 먹어."

서연은 안나가 내밀어주는 숟가락을 두 손으로 공손하게 받았다. 아무도 없으니까 내려와서 밥 먹으라고 하더니 주방에는 정말 아무도 없었다. 차동준도 없고 진호도 없다. 식탁 위에는 소박

한 밥상이 1인분 차려져 있었고 맞은편에는 안나만 '엄마 미소'를 지은 채 앉아 있다. 다들 어디 갔냐고 묻고 싶었지만 그냥 삼켰다.

"어서 먹으라니까. 그리고 제발 밥 좀 굶지 마. 엊저녁에도 안 먹더니…… 사람이 먹는 게 다 피가 되고 살이 되는 건데 자꾸 습관적으로 굶으면 돼? 힘이 나야 역적모의라도 하는 거지. 그리고 난 내 주변 사람들이 굶는 꼴은 못 봐. 그러니까 나하고 같이 있는 동안에는 한 끼도 굶지 마. 알았지? 자, 어서 먹어. 여기, 따뜻한 된장찌개부터 한술 뜨고."

자꾸 재촉하는 바람에 서연은 어쩔 수 없이 된장찌개를 한술 떠먹었다. 그리고 따스한 김이 나는 밥도 떠먹었다. 갓 무친 나물 반찬과 금방 볶아낸 멸치볶음까지. 시장에서 사먹던 밑반찬과는 달랐다. 조미료 맛보다는 원재료 맛이 더 강하게 느껴지고 엄마의 손맛이 깃든 것처럼 정이 담뿍 들어간 음식들이었다.

이상하다. 안나가 해준 음식을 먹으면 늘 이렇게 목이 멘다. 코끝이 시큰해지고 눈두덩이 뜨거워진다. 서연은 어쩌면 자신이 울지도 모르겠다는 두려움에 눈에 힘을 주었다. 안나도 자신을 속였던 것을 상기했다. 얼마나 배신감에 휩싸였고 얼마나 화가 났었는지를 상기하려고 애썼다. 그런데 우습다. 불과 얼마 전 일인데, 그렇게 아팠던 일이 지금은 가물거린다. 아직도 화가 나있는 건 맞는데 예전 같지는 않다.

나, 참 바보 같구나.

"처음엔 동정이었을 거야."

갑자기 들려오는 목소리에 서연은 시선을 들었다. 안나가 희미한 미소를 머금은 채 다시 말한다.

"나도, 진호도. 그리고 보스도. 우리가 처음 해리를 만났을 때 말이야. 다들 똑같은 감정을 느꼈었거든. 참, 가여운 사람이다."

"날 동정했다고요?"

기분이 나쁘다.

"그래. 기분 나쁘겠지만 진짜야. 해리를 만나기 전에 우린 조사를 했고 그 과정에서 이렇게 살 수 있는 사람이 있다는 게 신기했어. 어떻게 그 오랜 시간을 홀로, 아무도 없이 그렇게 외롭게 살 수 있었을까?"

"……댁들 동정, 필요 없어요. 난 나대로 잘 살았으니까."

물론 거짓말이다. 미치도록 외로웠다. 정말 살고 싶지 않을 정도로. 하지만 안나 앞에서 진심을 보여주고 싶진 않다.

"그래, 해리는 강해. 그건 인정. 겪어보니까 나보다, 어쩌면 보스보다 더 강할지도 모른다는 생각이 들었어. 평범한 사람이었다면 늘 함께였던 엄마가 돌아가셨을 때, 그때 이미 무너졌을 텐데 해리는 견뎌냈지."

"……."

안나의 말에 그때의 슬픔이 떠오른다. 엄마가 돌아가셨을 때, 목사님이 나를 구하려고 억지로 짐을 싸서 떠나보낼 때, 얼마나 외로웠었던가. 얼마나 사무치게 두려웠던가. 아무도 말해주지 않았다. 그 누구도 지금처럼 대놓고 말해주지 않았다.

"난 못했을 거야. 해리는 강해. 정말로 강해. 여기까지 온 것만으로도 보통 사람은 절대 아니야. 그러니까……."

무슨 말을 하려는 걸까? 서연은 안나를 물끄러미 쳐다보았다. 안나가 푸근한 미소를 짓는다.

"이제 그만 기대도 돼."

뭐?

"이제 그 외로운 짐을 조금 내려놓고 우리한테 기대도 된다고. 기댄다고 해서 약하다고 할 사람 없어. 약하다고 쉽게 볼 사람, 아무도 없다고."

거짓말…… 내 약한 부분을 파고들어 나를 속이고 이용하려 했으면서.

"처음엔 동정이었지만 시간이 흐르면서 우린 해리한테 진심이었어. 순수하면서도 강한 해리한테 반했다고 할까? 뭐, 그런 감정. 무슨 말인지 잘 모르겠지? 나도 설명이 안 되네. 근데 그 표현밖에 생각이 안 나. 진호도 그렇고 나도 그렇고, 이상하게 해리한테 끌리더라고. 진호는 해리가 여동생 같다고 하고 나는 해리가 딸 같고. 이 나이에 해리만 한 딸이 있다는 건 말이 안 되지만 이상하게 그런 감정이 들었어. 물론 보스는 다른 식으로 감정이 발전했지."

"……"

서연은 대꾸하지 않았다. 이들의 진심, 받아들이고 싶지 않다.

"알고 있지?"

뭘?

"모르는 척해도 보스가 진심이었다는 거, 지금도 변하지 않았다는 거, 알고 있지?"

웃기는 소리.

"스스로를 속이려고 하지 마. 자꾸 부정하려고 하는 것도 이해해. 상처받고 싶지 않아서 그렇겠지. 내가 다 알아. 내가 인생 선배잖아. 나도 그런 감정 다 겪었어. 그 경중과 상황이 달라서 그렇지. 다 알아. 그런데 그런 식으로 진실을 외면하면 결국 더 상처받게 돼. 나중엔 후회하게 되더라고. 그러니까……."

서연은 숟가락을 놓았다. 안나가 쳐다본다. 서연은 굳은 얼굴로 말했다.

"날 설득하려고 하지 마세요. 회유하려고도 하지 마세요. 이미 동맹을 맺었으니 모든 일에 협조를 할 거예요. 서로의 이익을 위해서니까. 하지만 이런 식으로 감정적 동요를 일으키면 다시 생각해봐야 돼요. 난 당신들, 절대 못 믿고 절대 의지할 생각 없어요. 그러니까 같은 목표를 가진 한시적 동지 관계, 그 이상은 없는 걸로 하자고요."

그리고 서연은 일어섰다. 그러자 안나가 서둘러 말한다.

"아이고, 알았어. 미안해. 내가 잘못 했어. 밥은 마저 먹어."

"아뇨, 전……."

안나가 일어선 그녀의 손을 잡고 억지로 당겨 앉혔다.

"아무 말도 안 할게. 다신 그런 소리 절대 안 할게. 됐지? 그러니까 마저 먹어."

마치, 밥 안 먹고 투정부리는 딸을 대하듯 한다. 자기가 굶는 것도 아닌데 자식 입에 하나라도 더 넣어주려고 안달이 난 엄마처럼.

다시 울컥한다. 서연은 얼른 고개를 떨궜다. 붉어진 눈가를 보여주기 싫어서 숟가락을 들고 밥을 푹, 퍼서 입 안에 넣었다.

빌어먹을. 정말…… 엿 같다.

서연은 계단을 내려오다가 거실 창가에 서 있는 차동준을 발견하고 멈춰 섰다. 뭔가, 깊은 생각에 빠져 있는 것 같았다. 한 손에는 머그컵 하나를 들고 있는 뒷모습을 물끄러미 쳐다보았다. 인정하기 싫지만, 이제 막 밝아오기 시작하는 공간 속에 홀로 서 있는 그의 모습에 또다시 심장이 두근거린다.

이쪽을 등지고 있는 덕분에 그녀는 조금 더 시간을 끌면서 그를 볼 수 있었다.

'첫째, 너를 쫓는 제3의 인물을 알아내야지.'

동맹을 맺은 후 제일 먼저 뭘 할 거냐고 물었을 때 그가 대답한 말이 떠오른다. 제3의 인물…… 그녀는 항상 '괴물'을 피해 도망 다닌다고 생각을 했지, 다른 누군가가 자신을 쫓고 있다는 생각은 해본 적이 없었다. 정말로 그의 말이 맞다면 도대체 왜? 누가? 무슨 의도로? 온갖 의문들이 생겨났다. 그리고.

어째서 난 지금껏 뭔가를 알아보려고 하지 않았을까?

요즘 서연은 지난 시간들에 회의가 들기 시작했다. 죽든 살든, 괴물과 한 번 부딪쳐볼 생각을 왜 못했을까? 왜 바보처럼 그저 도망 다니는 것에만 급급했을까? 의미 없는 삶에 미련을 크게 가지거나 집착했던 것도 아니면서. 나름대로 분석해본 결과, 그녀는 자신을 합리화, 또는 변명하는 결론 하나를 찾아냈다.

늘 그렇게 살아왔으니까. 우습게도 겨우 찾아낸 변명이 그거였다. 세상이 어떤지, 알지도 못하는 어린 나이에 엄마 손에 이끌려 도망을 다니기 시작했다. 뭐가 뭔지, 또 어떤 삶이 있는지 천지분간도 못할 때부터였기에 원래 당연한 삶인 줄 알았었다. 그러다가 목사님을 만나고 나이가 차기 시작하면서 자신의 삶이 뭔가 잘못되어 있다는 걸 깨달았고 엄마한테 반항하는 심정으로 아버지라는 사람과 대면했었다. 그런데 그 단 한 번의 용기는 '아버지'라는 사람의 실체를 알게 되면서 무참히 무너졌다. 그 한 번의 만남으로 두 번 다시 그런 엄두도 낼 수 없을 만큼 겁을 먹었다. 그리고 엄마와 같은 선택을 했다.

도망…… 그녀가 할 수 있는 건 그것뿐이었다. 지금까지 해온 그대로, 살아온 그대로, 배운 그대로…… 어쩌면, 엄마가 돌아가셨을 때 용기를 내어 맞서려고 했다면 목사님이 도와주셨을 것이다. 마을 사람들도 도와줬을 것이다. '괴물'도 결국 인간이었으니 도와줄 사람들을 모아 맞섰다면 지금의 '나'는 없을지도 모른다. 하지만 서연은 그런 생각도 하지 못했다. 아니, 생각조차 할 수 없었다. 엄마를 잃은 슬픔과 충격에서 벗어나는 것도 힘겨웠고 목사님과 인주 언니를 위험하게 할 수도 있다는 불안감에 다른 건 생각할 수조차 없었다.

차동준을 바라보는 서연의 눈빛이 살짝 가늘어졌다.

저 사람은 다르다. 저 사람은 나를 위해서가 아니라 그 자신을 위해서 이 일을 하려는 거다. 의문스럽게 돌아가신 아버지를 위해서, 진짜 신분을 숨기고 살고 있는 자신을 위해서.

홋, 우습다. 정체를 숨기며 살아온 건 나나 저 사람이나 같은데 그 형태는 천지 차이다. 나는 그저 숨어서 도망만 다닌 게 단데 저 남자는 그 오랜 세월동안 반격을 준비해왔다. 미국 특수부대? 아무것도 없는 한국인 청년이 그런 곳에 들어가려면 얼마나 힘든 과정을 거쳐야 했을까? 한국으로 돌아와 적진이나 다름없는 국정원으로 들어갔을 땐 얼마나 큰 용기가 필요했을까? 고스트라고 했나? 국정원 고위 관리자들도 다 모른다는 유령 같은 요원이 되기까지 그가 이겨낸 고난은 엄청날 것이다. 나는 감히 상상도 할 수 없을 만큼 힘들었겠지.

부끄럽다. 창피하다. 노력이라곤 숨고 도망치는 게 전부였던 나는 이제 저 남자 앞에서 한없이 부끄러워진다.

서연은 힘없이 몸을 돌려 다시 계단을 오르기 시작했다. 그때였다.

"내려오던 거, 아니었나?"

흠칫, 뒤에서 들려오는 목소리에 몸이 굳었다.

"나 때문이라면, 난 지금 방으로 들어갈 거야."

서연은 깊은숨을 내쉬었다가 천천히 돌아섰다. 그리고 그녀의 얼굴에서는 조금 전, 기죽은 표정은 온데 간데 찾아볼 수 없었다.

"그래요? 고맙네요."

그리고 보란 듯이 다시 몸을 돌려 계단을 다 내려갔다. 주방으로 방향을 틀려는 순간, 갑자기 그가 묻는다.

"커피, 한 잔 할까?"

서연이 돌아보자 그가 희미한 미소를 지은 채 말했다.

"방으로 꺼지라면 그렇게 하고."

이상하다. 절대 그럴 리가 없는데 왠지 그가 긴장하는 것 같이 느껴진다. 내가 꺼지라고 할까 봐 두려워하는 것처럼 느껴진다.

그냥 그래야 했다. 그냥 꺼지라고 했어야 했다. 그런데 서연은 무심한 듯 어깨를 으쓱하더니 말했다.

"마음대로."

그리고 그가 뭘 하든 전혀 관심이 없다는 듯 주방으로 들어갔다. 하지만 온몸의 세포와 신경은 온통 곤두서서 뒤에 있는 그의 움직임에 쏠려 있었다.

"커피는 내가 타지."

막상 주방으로 왔지만 커피가 어디에 있는지, 또 물은 어떻게 끓여야 할지 난감해하고 있는데 그가 조리대 앞으로 갔다. 그리고 서연에게 말한다.

"창가에 앉아. 아침 햇볕을 받으면 하루가 상쾌해지니까."

별로 신빙성이 느껴지지 않는 말이지만 서연은 그의 말에 따랐다. 굳이 반항할 이유도 없고 달리 앉을만한 곳도 없으니까. 이 집 주방은 참 넓다. 거실만큼 넓은 곳이 주방이었다. 싱크내 앞에 그만큼이나 큰 조리대가 있었고 그 맞은편에는 10인용 식탁이 놓여 있었다. 그것도 모자라 지금 그녀가 앉아 있는 창가에 커피숍에서나 볼만한 바 테이블과 의자들이 여섯 개가 놓여 있었다. 이렇게 크지만 사람이 선택해서 앉을 만한 곳은 별로 없었다. 안나가 10인용 식탁을 컴퓨터로 채웠고 남아도는 주방 공간에는 커다란 화이트보드 두 개가 자리를 차지하고 있어서 체감으로는 넓어 보이지가 않는 게 현실이었다.

향긋한 커피향이 느껴졌다. 창밖을 보던 서연은 고개를 돌려 커피머신 앞에 서 있는 그를 보았다. 그가 슬쩍 시선을 들려고 하자 냉큼 고개를 돌려 다시 창밖을 응시했다.

젠장, 지은 죄도 없는데 난 왜 시선을 피하는 걸까?

잠시 후, 그가 커피 잔 두 개를 들고 다가와 옆에 앉는다. 서연은 그가 준 커피를 한 모금 마셨다. 향이 깊었다. 처음 느껴보는 부드럽고 깊은 향에 절로 눈이 감겼다.

"진실게임 할까?"

갑자기 들려오는 그의 제안에 서연은 눈을 떴다. 미간을 찌푸린 채 천천히 고개를 돌려 웃음기가 퍼져 있는 그의 얼굴을 바라보았다.

"뭘 해요?"

그가 갑자기 몸을 틀더니 쑥 몸을 앞으로 내민다. 서연은 흠칫, 놀라 뒤로 몸을 뺐다. 하지만 그는 그녀에게 다가온 것이 아니었다. 그녀가 앉아 있는 의자를 잡고 자신 쪽으로 방향을 틀자 거기에 앉아 있던 서연은 자동으로 그를 마주 보게 되었다.

"지금 뭐하는 거예요?"

"진실게임."

우습다. 우리 둘이 마주 앉아 그딴 게임이나 하며 노닥거릴 수 있다고 생각하는 것이.

"이봐요……."

"재미삼아 한 번 해보는 거야. 말하기 싫으면 통과해도 좋고. 가볍게 즐기는 거지."

"난 댁하고 어떤 재미도 즐기고 싶지 않아요."

"이번 한 번만. 또 하자고 하진 않을 테니까. 질문은 세 개. 괜찮지?"

웃는 얼굴에 침 못 뱉는다고 했던가? 미워 죽겠는데 그가 웃으니 이상하게 얼어붙었던 마음이 풀린다. 그리고 그가 게임까지 내세우며 알고 싶은 게 뭔지 궁금해지기 시작했다. 자존심상 하겠다는 말은 못하겠고 그냥 묵묵히 앉아 있었다.

"내가 먼저 하지."

"……."

"혼자 있는 시간에 주로 하는 일은?"

조금 의외였다. 대답하기 싫으면 '통과' 하면 되는데도 은근히 그가 뭘 물어올지 긴장을 했었는데 정말 평범한 질문에 살짝 김이 샜다.

"……주로 책을 읽거나 쓰죠."

"아, 그렇지. 의미 없는 질문이었군. 작가한테 이런 걸 묻다니."

그가 웃는다. 서연은 왠지 그가 일부러 이런 질문을 한 것 같은 느낌이 들었다.

내 마음을 편하게 해주려고?

잘 모르겠다. 그의 의도를.

"이번엔 네 차례."

"뭘요?"

"나한테 궁금한 거, 질문하라고."

목 끝까지 '없어요.' 하는 말이 차올랐다. 정말 기분 같아선 그렇게 면박을 주고 자존심을 지키고 싶었다. 그런데 이 몹쓸 호기심이 다른 모든 이성을 제압하고 끓어오르기 시작했다. 누르려고 했지만 그게 쉽지가 않았다. 당신한테 궁금한 건 없다고 쏘아줌으로써 그에게 당했던 배신의 상처를 조금은 치유했으면 좋으련만. 서연은 결국 궁금한 것을 해소하는 걸 택하고 말았다.

"뭐…… 미국생활은 어땠어요?"

최대한 건성으로 묻는 것처럼 했다. 전혀 관심 없는데 질문할 게 없어서 이거라도 하는 거라는 어투로 꾸며 냈다. 제발 통해야 할 텐데. 사실은, 내가 진짜 궁금해하는 걸 이 남자가 알면 어쩌지?

"이왕 하는 거, 좀 성실하게 임하지? 뭐 그런 성의 없는 질문을 해?"

통한 건가? 서연은 그를 유심히 쳐다보았다. 긴가, 민가, 잘 모르겠다.

"그럭저럭, 견딜 만했지. 조금은 외로웠고 조금은 힘들었고, 또 치밀어 오르는 화를 주체 못해서 반항기도 가졌지. 까딱 잘못했으면 마피아 집단에 들어갈 뻔도 했고."

서연은 입술이 저절로 벌어지는 걸 인식하지 못했다. 그가 완전히 삐뚤어진 삶을 살 수도 있었다는 가능성에 왠지 심장이 아릿해 온다.

"그러다가 제법 괜찮은 친구를 만나서 군대에 들어가게 됐고 거기서 내 재능을 발견했지."

그가 웃으며 말을 맺었다. 나도 그럴 때가 있었다. 왜 도망쳐야 하는지, 왜 난 남들처럼 학교에 다닐 수 없는지, 난 왜 이렇게 숨어서 긴장하며 살아야 하는지, 그 모든 것에 대한 불만을 엄마에게 돌렸고 원망과 비난을 쏘아대던 때가 있었다. 방황했었다.

"두 번째 질문."

그가 그녀의 상념을 방해했다. 그리고.

"나처럼 반항기가 있었나?"

훗, 이 남자는 내 머릿속을 들여다보고 있나 보다. 어쩜 내가 생각하고 있는 걸 그대로 물어볼까.

"있었죠."

서연은 자신이 어느새 이 진실게임에 성실히 임하고 있다는 걸 자각하지 못했다.

"다른 사람과 다른 삶을 살고 있는 게 전부 엄마 탓인 것 같았어요. 엄마하고 떨어져 살면 나도 또래처럼 평범하게 살 수 있을지도 모른다고 생각했죠. 그래서 어느 날 새벽에 짐을 싸가지고 몰래 집을 나왔어요."

그의 미간이 살짝 모아졌다. 그녀의 돌발행동의 결과가 흥미로운 모양이었다. 하지만 서연은 그의 기대를 충족시켜줄 만한 이야깃거리가 없었다.

"이틀 만에 복귀."

푸시시, 들리지는 않아도 왠지 김빠지는 소리가 들리는 것 같았다. 그가 헛헛한 웃음을 짓더니 묻는다.

"겨우 이틀?"

"그래도 내겐 굉장한 이틀이었어요. 정말 세상이 얼마나 무서운지, 내가 얼마나 겁 없는 사춘기 소녀였는지를 여실히 깨닫게 된 이틀이었죠. 열여섯 살짜리 여자애가 독립이랍시고 할 수 있는 건 없더라고요. 게다가 엄마에게 주입식으로 교육받은 여파가 너무 컸어요. 워낙 경계하고 조심하라는 말을 많이 들어서 그런지 주변 모든 사람들을 의심하게 되더라고요. 그러다 보니까 신경이 곤두서서 불안해지고 겁이 나고…… 여하튼 이틀을 견딘 것만으로도 대단한 거였어요."

"싱겁네."

말은 그렇게 하는데 그는 왠지 우울해 보인다. 이상하다. 그가 미국생활을 간단하게 말해줬을 때도 나는 가슴이 아렸다. 대답은 간단하게 했지만 그 속에 든 애환을 조금은 예측할 수 있어서, 그때 얼마나 힘들었을지 가늠할 수 있어서였다. 그도 나와 같을까? 나도 아무렇지 않게 대답했지만 그는 당시 내가 얼마나 좌절했는지 느끼고 있는 걸까?

잠시 침묵하던 서연은 문득 자신이 질문할 차례임을 깨달았다. 그를 가만히 쳐다보았다. 커피 잔을 기울여 마시는 옆모습이 강해 보인다. 얼굴이 약간은 굳어 있는 것 같다. 갑자기 그가 왜 진실게임을 하자고 했는지 의문이 생겼다.

그는 나에 대해 알고 싶은 게 있는 걸까? 아닌 것 같다. 질문

하는 걸 보면 그냥 평범한 것들이다. 그렇다면 게임을 빌미로 뭔가를 말하고 싶은 게 있는 건가? 그게 뭘까? 두 개의 질문이 남았다.

서연은 천천히 입을 열었다.

"내가 무슨 질문을 했으면 좋겠어요?"

그가 시선을 들어 쳐다본다. 황당하다는 표정이다.

"그게 질문이야?"

"네."

그녀를 가만히 응시하던 그가 말했다.

"……언제부터 너에게 흔들리게 됐는지…… 물어봐."

이거였다. 서연은 침묵했다. 그에게 대답할 기회를 주고 싶지 않았다. 그녀를 대한 것만은 진심이었다고 변명할 기회를 주고 싶지 않았다. 하지만 그의 대답이 듣고 싶다. 정말 미치도록 듣고 싶다. 거짓말이라도 듣고 싶다!

"언제부터……였어요?"

그가 희미한 미소를 짓는가 싶더니 천천히 입을 열었다.

"내가 의도적으로 너한테 접근했던 날. 인사동, 기억나?"

"그래요."

"그날, 네가 위경련으로 쓰러졌었지."

그랬다. 처음으로 누군가에게 도움을 청했다. 그 누군가는 바로 이 남자였고.

"내 전화기에 네 이름이 뜬 그 순간부터였어."

"……."

"내 목적을 이루기 위한 미끼에서 보호해주고 싶은 여자로 느껴진 게 그때부터였지. 그 후로 걸핏하면 흔들렸고 결국…… 빠졌고."

거짓말 말라고 쏘아붙여주고 싶다. 그런데 입술이 딱 달라붙어 떨어지지가 않는다.

갑자기 그가 씨익, 웃더니 말한다.

"이제 내 질문 하나만 남았군."

맞다. 순서가 살짝 바뀌긴 했지만 그의 질문 하나가 남아 있었다.

그가 그녀를 뚫어지게 응시하더니 묻는다.

"지금 이 순간, 가장 원하는 건?"

19. 지금 이 순간, 가장 원하는 건……
진실한 고백

'뚜껑 열린 스포츠카 타고 압구정 한복판을 달리는 거요.'

서연은 그의 마지막 질문에 실현 가능성이 없는 답을 했다. 거짓말이었다. '진실게임'이라는 제목을 무시하고 그녀는 거짓 대답을 했다. 진실을 말할 수 없었다. 마지막 질문을 받자마자 머리에 떠오른 대답 하나, 그걸 그대로 말할 순 없었다.

훗, 고백이라니…… 그의 진심어린 사과나 반성이 아니라 고백이라니…… 그딴 걸 받아서 뭘 하려고?

서연은 자신의 머릿속에 떠오른 대답이 정말 마음에 들지 않았다.

"음, 맛있네. 하나 먹어봐."

맞은편에 앉아 김밥을 싸고 있던 안나가 하나를 집어 내민다. 서연은 고개를 저었다.

"괜찮아요."

"에이, 먹어봐. 간 맞나, 안 맞나."

막무가내로 코앞까지 내밀어대는 김밥을 더 이상 거부할 수 없어 결국 입을 벌려 먹었다. 맛있었다. 파는 김밥처럼 달지도 않고 짠맛도 느껴지지 않는다.

"어때?"

살갑게 물어오는 안나에게 서연은 시큰둥하게 대답했다.

"괜찮네요."

"그지? 맛있지? 내가 다른 것도 다 잘하는데 김밥은 또 기똥차게 싸거든."

룰루랄라, 정체 모를 노래까지 흥얼거리며 김밥을 싸는 안나를 물끄러미 쳐다보던 서연은 문득 물었다.

"왜 이렇게 조용해요?"

"응? 뭐가?"

"뭔가 해야 하는 거, 아니에요?"

"뭘?"

김밥을 싸는 손놀림을 멈추지 않고 건성으로 대꾸하는 안나를 보며 서연은 눈살을 찌푸렸다.

"뭐든요. 뭐든지 해야 하는 거 아니냐고요. 댁들 잘하는 작전이라도 짜든지."

"하겠지."

화가 난다. 이틀 동안 차동준의 얼굴도 못 봤다. 진호는 3일째 코빼기도 못 보고. 이 집에는 지금 안나와 나뿐이다. 도대체 다들 뭘 하는 건지 모르겠다.

"날 빼고 무슨 모의라도 하는 거예요?"

서연은 날카로운 목소리로 묻자 안나가 드디어 동작을 멈추고 시선을 든다.

"모의? 훗. 무슨 모의? 우리가 해리를 따돌리기라도 한다고?"

"아니면, 어째서 이렇게 조용한 거죠?"

"당분간은 조용해야지."

"어째요? 저쪽에선 날 찾으려고 혈안이 되어 있을 텐데 이쪽은 아무런 대비도 안 하고……."

"대비를 왜 안 해? 하고 있어."

"하고 있어요? 그럼 나만 따돌리고 있는 거, 맞네요."

"음, 그렇게 따지면 우리 모두 따돌림 당하고 있는 거지."

"무슨……?"

"우리도 모르거든. 그냥 기다리는 중이야. 보스가 뭔가 알아내서 모이라고 할 때까지."

"그럼……?"

"보스 혼자 적진 탐색 중이지. 진호는 윤주철 박사를 감시하면서 대기 중이고, 난 여기서 해리도 지키고 보살피면서 대기 중이고."

그 사람 혼자? 위험한 건 아닐까? 탐색이든 뭐든 의논하고 협력해서 하면 되는 걸 왜 그 남잔 혼자 하는 걸까? 이렇게 동지들도 있으면서.

그런데 서연은 물을 수가 없었다. 그런 걸 물으면 걱정하고 있는 것처럼 보일까 봐.

"걱정 마. 보스는 절대 걱정 안 해도 돼."

이 사람들 전부, 단체로 독심술 강의라도 받았나보다. 차동준도 속을 꿰뚫어보는 것 같더니…… 내가 그렇게 읽히기 쉬운 사람인가?

"걱정은 무슨……."

누가 걱정 따윌 하느냐는 투로 대꾸하다가 또 궁금증이 일어 말끝을 흐렸다.

"우린 늘 이런 식으로 해왔어. 보스가 상황 파악 다 끝내고 작전에 들어갈 준비가 되면 우리를 소집하는 거지. 그리고 행동개시. 그러니까 기다리고 있으면 보스가 뭔가를 알아내서 올 거야."

그러니까 그런 걸 왜 그 남자 혼자 하느냐 말이다.

서연은 자신도 모르게 원인 모를 화가 치밀어 오르는 걸 느꼈다. 그 화가 진짜 화가 아니라 걱정에서 불거졌다는 건 결코 인정할 수가 없었다. 하지만 정말이지, 그가 안 보이는 이 시간들이 견디기 힘들다…….

아직은 차가운 바람이 제법 매섭게 부는 건물 옥상. 거기에 동준이 있었다. 한 시간이 넘게 서 있었으니 몸이 얼음장이 되었을 것이다. 하지만 동준은 여전히 그 자리에서 움직일 기미를 보이지 않았다.

'최근 3개월간 황종국 원장이 자주 연락을 취하고 접촉을 한 사람이 세 명으로 압축되네요.'

안나의 조사내용을 토대로 세 명의 고위인사들을 조사했다. 그중 지금 동준이 유심히 살펴보고 있는 집의 주인이 20년 전 그 사건과 가장 연관성이 있어 보였다.

이층집은 높은 담장으로 에워싸여 있었다. 덕분에 그보다 훨씬 높은 건물에서 내려다볼 방법밖에 없었다. 가장 가까운 건물을 찾아 올라온 동준은 지금 한 시간이 넘게 정명수 의원의 집을 감시 중이었다. 성능 좋은 쌍안경은 특히 화질이 뛰어난 광학줌의 기능을 보유하고 있어 동준이 보고자 하는 거의 모든 곳을 잘 살펴볼 수 있었다.

동준은 자신이 저 집 안으로 침입할 수 있는지에 대해 다각도로 연구하고 있었다. 며칠째 똑같은 장소에서 똑같은 시간에 감시를 해본 결과, 정 의원은 귀가 후 주로 2층 서재에서 시간을 보내는 것으로 추정, 그 방에 카메라를 설치해야 했다. 타깃은 정해졌는데 문제는 침입이었다.

웬만한 곳은 귀신같이 스며들어 목적을 달성해내던 동준도 이번에는 방법을 찾기가 어려웠다. 정 의원은 보안에 절대적으로 신경을 쓴 듯 보였다. 집 외벽부터 시작해서 안쪽까지, 사각지대 하나 없이 카메라가 설치되어 있었고 실시간으로 작동하는 적외선 동작감지 센서에 집 안 안쪽에는 보안요원들이 24시간 대기 중이었다.

물론 하고자 하면 침입은 가능하다. 그런데 문제는 비밀 유지였다. 누가 침입했는지도 모르게 들어가서 적절한 곳에 카메라를 설치하고 귀신같이 빠져나와야 한다. 카메라나 동작감지 센서를 오작동시켜 들어간다고 쳐도, 집 안 곳곳에 배치되어 있는 보안 요원들의 눈을 피해 2층 서재로 숨어들어간다 쳐도, 그 이후가 문제였다. 수일 내로 분명 저들은 카메라와 센서가 오작동 되었다는 걸 알아낼 것이다.

'요즘 장비들에는 기록 리포트가 있거든요. 그건 어떻게 조작을 못해요. 침입 당시에는 모를 수 있어도 24시간 안에 뽑아내는 리포트에는 오작동 했던 기록이 나올 겁니다. 뭐, 눈여겨보지 않고 넘어가주면 고맙지만 또 그런 요행을 바라기에는 위험부담이 있죠.'

당연히 위험부담이 크다. 요행에 기대기엔 사안이 너무 중했다. 이쪽에서 주시하고 있다는 걸 들킬 경우에는 저쪽에서 나올 반응을 감당하는 게 더 문제가 될 수 있으니까.

동준은 쌍안경을 내리고 잠시 정 의원의 집을 주시하다가 돌아섰다.

방법은 있다.

'나흘 후에 정 의원의 자택 정원에서 성공한 재보선 자축파티가 있어. 같이 수고한 사람들을 모아 검소하게 자축하는 자리라고 하지만 꽤 굵직한 인사들이 다 모이는 자리야. 보좌관들도 정원 외곽에서만 대기해야 될 정도로 보안검색이 철저할 거야.'

그 파티가 절호의 기회였다.

"참 나, 지랄을 해, 지랄을. 아니, 서빙하는데 나이가 뭔 상관이야? 잘 빠진 젊은 여자를 굳이 고집하는 이유가 뭔데?"

안나가 울분을 터트렸다. 이틀 후에 있을 정 의원의 자축파티에서 파티를 진행하게 될 KK컴퍼니의 서빙담당 직원 한 명이 가벼운 교통사고로 입원 중이었다. 물론 그 가벼운 교통사고는 진호의 작품이다. 티오가 생겼으니 당연히 서빙 직원을 충원하려 할 것이고 시간이 촉박하니 대충 아무나 뽑을 거라고 생각한 것이 착오였다. 신분보장은 그쪽 계통에서 이미 권위가 있는 사람을 매수해둬서 문제가 없는데 다른 데서 문제가 생겨버린 것이다.

KK컴퍼니는 사고로 불참하게 된 여직원과 비슷한 사람을 충원하길 원하고 있었다.

"아무래도 자리 하나가 비어서 다른 누군가가 대신 오게 됐다는 걸 알리고 싶지 않겠지."

옆에서 팔짱을 끼고 생각에 잠겨 있던 차동준이 말하자 안나도 고개를 끄덕였다.

"그렇겠죠. 파티 준비하면서 파견될 직원들 신상명세도 다 넘겼을 테니 이제 와서 다른 사람으로 대체한다고 하면 보안 측에서 가만히 안 있을 테니까."

그러다가 안나가 진호를 핵 노려보았다.

"야! 넌 하필 고르고 골라도 그런 여자를 골라서 사고를 치냐? 미리 계산 좀 해서 젊은 남자나 나이 좀 든 여자를 자빠트렸어야지. 그럼 너나 나, 둘 중 한 명이 가면 되는 거잖아."

어차피 차동준은 갈 수 없었다. 고스트였다고는 하지만 그래도 한때 국정원 소속이었다. 파티에 참석하는 고위 관리자들 중 누군가가 차동준의 얼굴을 알아볼 수도 있는 것이다.

"내가 그런 줄 알았나요. 뭐. 티오가 생기면 그냥 아무나 채용할 줄 알았지. 거기까진 생각 못했죠."

진호가 시무룩한 표정으로 대꾸하자 차동준이 편이 되어준다.

"우리 실수야. 거기까지 생각했어야 했어."

"그럼 이제 어쩌죠? 다른 놈 하나 더 자빠트려요?"

안나가 인상을 쓰며 물었다. 가능성 없는 얘기였다. 이 시점에서 직원 하나가 더 쓰러지면 KK컴퍼니에서도 이상하게 생각할 것이 뻔했다. 상류층 집안들을 상대로 파티 진행을 하는 업체였다. 보안에는 이골이 났을 것이다. 한 명도 위험한데 두 명은 절대 불가하다.

"제가 할게요."

갑자기 주방 입구에서 들려오는 목소리에 세 사람의 시선이 일제히 돌려졌다. 목소리의 주인공을 확인한 동준은 곧바로 답을 했다.

"안 돼."

"왜 안돼요? 내가 그 조건에 딱 적합한 인물 아닌가요?"

성큼성큼 다가온 서연이 그들이 보고 있던 모니터를 돌려 내용을 읽기 시작했다.

"20대 중후반의 키 165센티미터 전후, 몸무게 50킬로그램 초반으로 신체 건강한 여성."

마치 서연의 외모를 설명하는 듯한 채용조건에 안나와 진호는 아무 말도 할 수가 없었다. 하지만 차동준은 달랐다. 그는 절대 불가하다는 표정을 짓고 있었다.

"넌 감당 못해."

"할 수 있어요."

"공황장애, 잊었나?"

"이겨낼 수 있어요. 실제로 요즘은 그 증상을 느낀 적이 없어요. 그쪽이야말로 잊었어요? 내 공황장애의 원인이었던 그 괴물하고도 마주 섰었어요. 난 다 나았다고 장담해요."

"발작이 일어나면?"

"쓰러지죠, 뭐. 밑져야 본전 아니에요? 여기시 포기하나, 거기 가서 시도나 해보다가 실패하나."

"집 안에 침투해야 돼. 보안요원들 눈도 피해야 되고 카메라도 피해서 2층까지 진입해야 하는데 넌 못해."

서연은 안나를 쳐다보았다.

"길 안내해줄 거죠?"

"어?"

"카메라 위치 파악해서 피할 길 알려줄 거잖아요. 보안요원도 피할 수 있게 바로 바로 알려줄 거고요."

"어…… 그야 당연하지."

안나가 차동준의 눈치를 보며 대꾸했다. 서연은 그를 보았다.

"내가 아니라도 어차피 누군가를 대신 보내야 되잖아요. 그럴 바엔 더 절실하고 믿을 수 있는 내가 낫지 않아요?"

차동준의 얼굴은 굳어 있었다.

"그렇다고 하더라도 절대……."

결코 용납할 수 없다는 얼굴로 말하는 그를 서연은 막았다.

"당신은 다른 선택을 할 수 없어요. 지금 현재 가장 최선의 대안은 나뿐이니까."

둘이 한판 붙기라도 할 것처럼 분위기가 살벌해지자 안나는 우선 서연을 내보냈다. 좀 더 시간을 갖고 고민해보자는 말로 어르고 등을 미는데 차동준이 주방을 박차고 밖으로 나가버렸다. 안나는 진호에게 서연을 맡으라는 눈짓을 보내고 차동준을 따라갔다.

집 뒤쪽 마당 구석에 우두커니 서 있는 동준의 뒤로 다가간 안나는 조심스럽게 입을 열었다.

"내키지 않겠지만 해리 말이 전부 옳아요. 알죠?"

"……."

그도 안다. 그런데 그러고 싶지 않을 것이다. 거긴 적진이나 다름없었다. 까딱해서 일이 잘못되기라도 하면 서연의 정체가 드러날 수도 있는 것이다. 위험했다. 순진한 서연에게는 다소 무리가 있는 임무였다.

"우리가 잘하면 될 것 같기도 해요."

"될 것 같다는 불확실한 가능성에 윤서연을 내몰 순 없습니다."

"예, 그렇죠. 그런데 다른 방법이 없으니까…… 내가 더 긴장해서 확실한 길만 터주면 해리는 별 무리 없이 2층으로 잠입할 수 있을 테고 또 혹시 일이 잘못되면 가까운 곳에서 대기하고 있을 보스나 진호가 들어가면 되니까……."

차동준이 험악한 얼굴로 돌아보았다. 안나는 움찔, 입을 다물었다가 작은 목소리로 다시 이었다.

"그러니까 이게 다 결국 해리를 위한 일이라는 걸 인식하자는 말이죠. 그 정 의원인가 뭔가 하는 인간한테서 20년 전 사건에 얽혀 있는 인물들을 굴비 엮듯 다 엮어내면 해결이 훨씬 빠를 테고, 어쩌면 파일 내용에 대해서도 알 수 있을지도 모르잖아요. 제가 생각하기엔 이번 일이 아주 중요한 일이 될 것 같은데 여기서 포기하면 너무 아깝죠. 이런 기회가 다시 올 것 같지도 않은데."

점점 더 험악해지는 보스를 보며 안나가 한 걸음 뒤로 물러섰다.

"어쨌든 이 일의 결정권은 보스한테 있으니까 정 안 되겠다고 생각하면 다른 방법을 찾아봐야죠, 뭐."

"윤서연이 받아들일 거라고 봅니까?"

차동준이 씁쓸한 투로 물었다. 안나는 문득 웃음이 나올 것 같았다. 여리고 순진한 여자 한 명일 뿐이다. 그런데 생사고락을 수십, 수백 번을 넘었을 최정예 요원이 그 여자의 고집을 꺾지 못해 고군분투하는 모습을 보니 웃음이 안 나오겠는가 말이다.

"믿어보세요."

"……."

"못 느꼈어요? 보기보다 훨씬 강한 여자예요. 앙카라공원에서 난 그렇게 느꼈어요. 자신을 두렵게 만든 윤 박사를 대면하고 계획했던 대로 재빠르게 움직이던 거 보면서 진짜 감탄이 되더라고요. 몸에 상처를 입고도 끝까지 포기하지 않았잖아요. 보스가 걱정하는 것만큼은 아니라도 우리도 걱정이 되지만 난 한 번 믿어보고 싶습니다."

차동준이 침묵한다. 안나는 돌아서서 다시 집으로 향했다. 생각할 시간이 필요할 것이다. 그로서는 정말 쉽사리 결정 내릴 수 없는 문제일 테니까.

세상, 어떤 남자가 사랑하는 여자를 적진 한가운데로 보내고 싶겠는가.

"마이크가 달려 있다는 것도 잊어. 괜히 의식하다가 의심을 사면 말짱 황이니까."

지난 이틀간, 시시때때로, 틈만 나면 붙잡고 걱정을 한가득 늘어놓는 바람에 서연은 인내심의 한계를 느끼고 있었다. 어지간하면 참아주려고 했다.

그래, 내가 워낙 초보니까. 이런 일은 해본 적 없는 생초보니까. 게다가 바로 얼마 전까지만 해도 공황장애 증상도 있었고. 믿음이 안 가겠지, 불안하겠지, 그렇게 이해했다. 그런데 그 '이해'도 한계가 있는 거다.

"그만 좀 해요."

서연은 드디어 불퉁한 목소리를 냈다. 앞에 서서 오늘 있을 거사에 대해 다시 주지시켜주던 차동준이 인상을 쓴다.

"잘할 수 있다고 몇 번 말해요? 어떻게 해야 하는지에 대해서는 지금 당장 토씨 하나 안 틀리고 줄줄 외울 수 있을 만큼이고 내 몸에 달린 도청장치 신경 쓰지 말라는 건 이제 머리에 인이 박혀서 생각하려고 해도 생각할 수도 없을 지경이에요. 이제 그만 걱정해요."

그녀가 꾹꾹, 눌러 참았던 불만을 마구 쏟아내는 동안 차동준은 묵묵히 듣고만 있었다. 그러다가 고개를 끄덕인다.

"알았어."

그리고 그녀를 지나쳐서 주방을 나가버렸다.

뭐야? 삐진 거야?

쌩하니 나가는 폼이 삐친 아이 같았다.

"이해해. 진짜 걱정이 돼서 그런 거니까."

안나가 다가와 말했다.

"도가 지나치니까 그렇죠. 나도 참을 만큼 참았어요."

"알아. 내가 봐도 지나치더라. 근데 웃기기도 하더라."

서연은 못마땅한 표정으로 안나를 쳐다보았다.

"웃겨요?"

남은 피곤하고 신경 쓰여 죽을 지경이었는데.

"어. 웃겼어. 보스가 저런 사람이 진짜 아니거든. 내가 보스를 안지가 10년이거든. 근데 그 10년 동안보다 지난 며칠 간 보스가 말하는 걸 더 많이 봤다는 거야. 나, 진짜 보스가 저렇게 말 많고 걱정 많은 인간다운 인간인 줄 몰랐다니까."

뭔 소린지…….

"진짜 걱정 많이 하고 있어. 이틀 동안 잠도 제대로 못 자는 것 같더라. 이틀 동안 두 시간이나 잤을라나. 몇 시간 후면 침투 시작해야 하는데 그전에 눈이라도 좀 붙일 것이지."

들으라는 듯 중얼거리며 멀어지는 안나의 의도가 살짝 보이긴 했지만 서연은 저도 모르게 차동준이 나간 입구 쪽을 쳐다보았다. 그리고 보니, 안색이 많이 안 좋아 보이긴 했다.

"자요."

서연은 뒤뜰에 있는 낡은 벤치 위에 앉아 있는 그를 발견하고 다가가 머그잔을 내밀었다. 그가 고개를 돌려 쳐다본다.

"민트차예요. 이거 마시고 한 시간이라도 눈 좀 붙여요."

"……."

"그쪽 위해서 이러는 거 아니에요. 중요한 일 앞두고 신경 예민해지면 안 되니까…… 당신은 어떨지 몰라도 난 이번 일, 아주 중요해요. 온통 모르는 것투성인데 이번 일로 실마리가 풀릴 수도 있잖아요."

장황하게 늘어놓는 그녀의 말끝에 그가 잔을 건네받더니 툭, 말했다.

"나한테도 대단히 중요해."

그리고 차를 한 모금 들이켠다. 서연은 돌아섰다. 그때였다.

"옆에 있어주면 잠깐 눈 좀 붙일 수 있을 것 같은데."

휙, 고개를 돌려 노려보았다.

서연의 얼굴에는 '이게 무슨 허튼 수작질인가?' 하는 표정이 여과 없이 드러나 있었다. 하지만 뻔뻔한 이 남자는 그녀의 표정이 어떻든 개의치 않는다는 듯 말한다.

"내 차에서."

난 바보 멍청이다.

서연은 운전석 의자를 한껏 젖혀 누워 잠든 그의 옆자리에 앉아 스스로를 책망하고 있었다.

내가 여기서 지금 뭘 하고 있는 거지? 나한테 의도적으로 접근하고 이용한 남자 옆에서 이러고 있다니. 정말 한심하다.

자괴감이 한껏 치솟아 올라왔지만 이상하게 서연은 자꾸만 그를 흘깃거리고 있었다. 차는 나무 그늘 아래에 세워져 있어서 햇볕 걱정은 없었다. 게다가 창을 살짝 열어둔 덕에 바람도 잘 통했다. 그는 편안해 보였다. 숨소리도 잘 들리지 않지만 분명 잠이 든 것 같았다.

눕자마자 잠이 들 만큼 피곤했던 거지. 그러게 왜 잠도 못 자고 걱정이나 하느냐 말이다. 날 그만큼 못 믿는 거겠지만 그래도 이왕 이렇게 됐으면 좀 믿어주지. 난 자길 믿는데.

순간, '헉' 했다. 서연은 냉큼 고개를 돌려 창밖으로 노려보았다.

내가 지금 무슨 생각을 하는 거지? 이 남자를 내가 왜 믿어? 안 믿어!

그러다가 슬그머니 다른 생각 하나가 떠오른다.

믿잖아.

서연은 입술을 앙다물었다.

그래, 믿는다. 나, 자신에게는 솔직하자. 일에 있어서만큼은

이 사람을 믿는다. 정확이 증명된 사실을 본 것도 아니고 확인한 것도 아닌데 그동안 그를 겪어본 느낌이 그랬다. 이 사람은 보통 사람은 아니라고.

그녀의 눈길이 다시 그를 향했다. 좁은 공간에 불편하게 누워 있지만 건장한 몸을 숨길 수는 없었다. 넓은 어깨를 비롯한 다부진 체격은 절대 숨길 수가 없는 것들이다. 한때는 저 강한 남자의 품에서 행복했었다. 두렵기만 했던 세상과 맞설 용기까지 가지지 않았던가. 훗, 우습다. 남자 하나 때문에 죽음까지 각오했다는 것이.

지금은? 문득 그런 의문 하나가 떠올랐다. 서연은 단호하게 생각했다.

절대 아니지! 이젠 나, 자신을 위해서 싸우는 거야. 다른 누구 때문이 아니라. 이 남자 때문엔 절대 아니야!

그래, 아니다. 그건 확실하다. 나 자신을 위해, 내 어두운 과거를 이제 그만 청산하고 새롭게 밝은 미래를 살아가기 위해 싸우는 거다. 그게 전부다. 그게 다였다.

정말? 의심 하나가 고개를 쳐든다.

빌어먹을…… 조금은, 아주 조금은 이 남자도 상관이 있다. 도망자 생활이 청산되고 난 후엔 이용 가치의 유무를 떠나서 이 사람 앞에 다시 한 번 서보고 싶다는 욕심이 있다. 그때는 지금보다 훨씬 더 당당하게 그를 마주 볼 수 있을 거라고…… 그렇게 상상하고 있다. 그가 진심으로 나를 보며 고백하는 순간, 어떤 이익도 앞세우지 않고 순수하게 사랑하는 마음으로 하는 고백 앞에 서고 싶다. 아무런 의심도 없는 그런 순간을 맞이하고 싶다.

서연은 시선을 들어 차창 밖의 나무를 올려다보았다. 초록빛깔이 너무나 싱그러웠다. 꽃이 떨어진 자리에 파릇한 새싹이 자라 풍성한 나뭇잎이 열렸다. 바야흐로 봄이었다.

내게도 봄이 올까?

서연은 불안한 눈빛으로 초록 나무를 오랫동안 쳐다보고 있었다.

"생각보다 잘하는데요?"

모니터를 쳐다보던 안나가 중얼거렸다. 그 뒤에 서 있던 차동준은 아무런 대꾸도 하지 않았다. 하지만 그도 인정할 수밖에 없었다. 지난 며칠 동안 머리가 터지도록 고민하고 걱정했던 것이 무색해질 정도로 그녀는 잘해내고 있다는 걸.

정 의원의 집 안 곳곳에 설치된 CCTV카메라에 몰래 접속해 실시간으로 감시를 할 수 있었다. 파티가 열리는 집에서 200미터 이상 떨어진 도롯가에 세워둔 대형 밴은 그들의 임시 작전본부였다. 안나가 실시간으로 CCTV를 통해 집 안 구석구석을 감시하고 서연이 착용하고 간 소형카메라로 디테일한 부분까지 모조리 살필 수 있었다. 이 작전을 지휘하기 위해 차동준이 대기하고 있었고 바깥에는 혹시 모를 돌발 상황을 대비해 믿을 만한 똘마니들을 곳곳에 배치해두었다.

파티 시간이 임박해지자 손님들이 속속 도착하기 시작했다. 더불어 서연도 바빠졌다. 계속해서 불려 다니며 주방과 파티가 열리는 정원을 오가며 서빙을 하고 있었다. 원래는 계획에 없었던 업무까지 맡았다. 교통사고로 불참하게 된 직원의 임무는 상차림을 보조하는 역할이었는데 서연을 직접 본 파티 매니저는 그녀에게 손님 상대 서빙까지 시키고 있었다.

'저것들이 우리 해리가 예쁘니까 막 돌리네.'

다소 거친 안나의 표현대로였다. 아무래도 날씬하고 예쁘장하게 생긴 직원들을 손님맞이 업무에 투입시켜 자기네 회사의 퀄리티를 높이고 싶은 욕심이 생겼을 것이다. 물론 새로운 업무가 나쁘지만은 않다. 서연이 조금 더 힘들어졌지만 반면에 주방과 정원을 마음대로 오갈 수 있게 되어서 목적을 이루는 데는 훨씬 수월해진 셈이다.

시간이 흘렀다. 파티가 무르익어가고 있고 더불어서 파티 진행 직원들의 움직임도 여유를 찾기 시작했다. 주방은 바쁘게 돌아가고 서빙하는 직원들도 걸음이 빨랐지만 파티가 본궤도로 올라가자 표정에서 여유가 느껴지기 시작했다. 매니저를 비롯한 직원들 모두가 제 할 일을 실수 없이 해내느라 바빴기에 상대가 뭘 하는지에 대한 관심은 없어 보였다. 게다가 새로 투입된 서연에게 관심을 가지는 사람은 더더욱 없었다.

"시작해."

동준은 마이크에 대고 낮고 단호한 어조로 명령을 내렸다. 그리고 잠시 후, 정원에서 주방 쪽으로 걸어가던 서연이 카메라에서 사라졌다. 안나와 동준의 시선이 서연의 가슴에 부착된 카메라 렌즈 화면으로 향했다. 유니폼의 왼쪽 가슴 쪽 명찰에 설치한

초소형카메라가 제 기능을 발휘하기 시작했다.

"두 걸음 앞에서 오른쪽."

서연이 지금 지하실 내부로 들어갔음을 알아차린 안나가 재빨리 지시를 내렸다. 그러자 서연이 정확히 두 걸음 만에 오른쪽으로 방향을 틀었다. CCTV카메라에 잡히기 직전에 피한 것이다. 계단을 올라 1층 거실로 진입을 시도하는 것이 보였다.

"세 계단 남겨놓고 벽 쪽에서 몸을 붙여서 기다려."

안나가 다시 지시했다. 거실에는 두 명의 보안요원이 서성거리고 있었다. 저마다 헤드셋을 끼고 비상사태에 대비하고 있는 프로들이었다. 약간의 소리에도 반응하고 달려올 것이 뻔했다. 시간이 흐르고 있었다. 안나는 보스를 쳐다보았다. 도무지 지하실 입구 근처에서 움직일 기미가 보이지 않는 보안요원들을 처리해야 했다.

동준은 마이크에 대고 말했다.

"제2 플랜 실시."

간결한 명령이 내려지고 1분도 채 되지 않아 갑자기 보안요원들이 움직이기 시작했다. 서연에게 설치한 도청기를 통해 멀리서 개 짖는 소리가 들려왔다. 안나의 시선이 집 뒤쪽으로 향했다. 거기에는 정 의원이 아끼는 진돗개 두 마리가 있었다. 덩치도 크고 사나운 개들이었다. 하지만 주인인 정 의원에게 충성하고 자주 모임이 열리는 집 안 분위기에 적응해 함부로 짖지 않는 개들이었다. 그런 개들이 짖을 때는 뭔가 일이 생긴 것이다. 보안요원 둘 중 하나가 뒤뜰로 난 창을 열어젖혔다.

"뭐야?"

뒤뜰에 있던 보안요원이 인상을 쓰며 말한다.

"고양이 새끼들이 떼로 지나갔습니다."

"고양이?"

"예, 네 마리나 우르르 지나가니까 애들이 놀랐나 봅니다."

창을 열고 대화 중인 보안요원과 거실에서 창 쪽을 호기심 어린 눈으로 응시하고 있는 다른 요원. 기회는 이때였다. 안나가 재빨리 마이크에 대고 말했다.

"지금이야!"

지시가 떨어지자마자 서연이 순식간에 2층 계단까지 달려올라 간다.

"빨리 진정시켜. 의원님 달려오시기 전에."

"예, 알겠습니다."

창문을 닫은 보안요원이 몸을 돌렸다. 그러나 이미 서연이 2층 중간 계단의 코너를 돈 후였다.

"잘하네요. 아, 진짜 이뻐 죽겠네."

안나는 서연의 재빠른 행동에 칭찬을 아끼지 않았다. 동준의 얼굴에도 뿌듯한 미소가 어렸다. 기대 이상이었다. 자신 있다고 큰소리를 쳤어도 막상 현장에선 저렇게 빨리 움직이기가 힘들다는 걸 그들은 경험으로 알고 있었다. 오랜 훈련과 경험이 쌓인 후라면 모를까 대부분의 초보요원들은 긴장과 두려움 때문에 몸이 더뎌지기 십상이다. 그런데 윤서연은 마치 특수훈련을 받은 사람처럼 움직이고 있었다.

"오랜 세월, 긴장하고 경계하면서 살아서 그런가? 별로 떨지도 않는 것 같네. 내가 사람을 제대로 봤지. 여간내기가 아니라니까."

동준은 안나의 혼잣말에 백 프로 공감했다. 그녀는 강했다. 훈련 따위 받아본 적 없고 맞설 생각조차 못하고 도망만 다녔지만 그녀는 자신도 모르는 용기를 가지고 있었다. 여려 보이지만 그 누구보다 강한 여자였다.

동준은 소파 위에 올려뒀던 가방에서 유니폼을 꺼내 입기 시작했다. 안나가 돌아본다.

"뭐 하려고요?"

동준이 입은 유니폼을 보는 순간 안나가 눈을 휘둥그레 떴다.

"보안요원 유니폼이잖아요."

옷을 다 입은 동준은 정 의원의 집에 배치된 보안요원들과 같은 헤드셋을 착용했다. 그리고 집 뒷문 쪽 화면을 짚으며 안나에게 말했다.

"난 여기서 이 사람들과 대기하고 있을 테니까 만일의 사태가 발생하면 이쪽으로 안내해요."

"저 사람들은 어쩌려고요?"

동준이 가리킨 곳에도 이미 다섯 명의 보안요원들이 있었다. 혹시 모를 상황에 대비해 대기하고 있는 요원들이었다.

"이들 중 두 명은 각기 다른 용역회사에서 파견된 사람입니다. 나 하나 투입된다고 해서 의심할 상황이 아닙니다."

처음 듣는 얘기에 안나는 고개를 끄덕였다. 거기까진 생각 못했었다. 하지만 차동준은 하나도 놓치지 않고 있었던 것이다.

"예, 알겠습니다."

동준이 화면 속에서 서재로 무사히 진입 성공한 서연을 확인하는가 싶더니 이내 몸을 돌려 차문을 열고 나갔다. 안나는 희미하게 웃으며 중얼거렸다.

"어지간히 걱정이 되나 보네. 그냥 앉아선 못 기다리겠는 거지."

흐뭇한 미소를 지은 안나는 서연이 처음 계획했던 대로 카메라를 설치하는 모습을 지켜보았다.

"이 아가씨, 진짜 물건이네. 웬만한 첩보요원보다 훨씬 낫네."

[돌발 상황. 정 의원의 아들이 지금 2층으로 올라가고 있어.]

서재에 도청기와 카메라를 설치하고 나와 계단으로 향하던 서연은 안나의 다급한 목소리에 흠칫, 놀랐다.

[왼쪽 방으로 들어가.]

서연은 안나의 지시대로 재빨리 문손잡이를 잡고 돌렸다. 하지만 잠겨 있었다.

"잠겼어요."

속삭임과 동시에 서연은 바로 옆방 문을 열었다. 계단을 올라오는 발소리가 바로 코앞에서 들려왔다. 안나의 지시를 기다릴 틈이 없었다. 하지만 방 안으로 들어가자마자 후회했다. 침실이었다. 전체적으로 푸른색이 감도는 침실은 분명히 남성적인 느낌이었다. 정 의원에게 아들은 한 명뿐이다. 그 아들이 지금 2층에 올라오고 있다. 서연은 직감적으로 자신이 방을 잘못 선택했다는 걸 깨달았고 후회하기에도 이미 늦었음을 알아차렸다.

서연은 재빨리 침대 밑으로 기어들어갔다. 침대 아래쪽 공간은 좁았지만 작은 몸집의 그녀가 겨우 들어갈 만큼은 되었다. 안으로 몸을 굴려 들어가자마자 방문이 열리는 소리가 들렸다.

[잘했어. 그대로 숨소리도 내지 말고 기다려.]

안나의 숨죽인 목소리가 들려왔다. 서연은 숨이 가빠오는 것을 느꼈다. 너무 무섭고 긴장이 돼서 숨이 제대로 쉬어지지가 않는다. 방으로 들어온 남자의 발소리가 가까워지자 호흡이 점점 가빠졌다. 이대로 가다간 들킬 것이다. 빌어먹을, 하필이면 지금 발작이 일어나다니…… 그때였다.

[천천히 심호흡해. 내가 가까이에 있어.]

순간, 모든 것이 변했다. 당장이라도 발작을 일으킬 것 같았던 서연의 호흡이 안정을 되찾기 시작했다. 다시 그의 목소리가 들려온다.

[무슨 일이 생기면 내가 곧바로 달려갈 거야.]

낮고 차분한 목소리가 귓가에서 들려왔다. 마치 안정제를 복용한 것처럼 그녀의 심장이 제 박자를 찾기 시작했다. 방 안을 오락가락하는 남자의 발소리도 이제 더 이상 들리지 않는다.

[끝나고 근사한 레스토랑에서 회식이나 하자.]

지금 이 시점에 회식이라니 정말 생뚱맞은 말인데, 서연에겐 다른 어떤 위로보다 안심이 되었다. 일상처럼, 별것 아닌 것처럼 자꾸만 말을 해주는 차동준이 지금 이 순간만큼은 너무나 고마웠다.

누군가와 시답지 않은 대화로 전화 통화를 하던 남자가 문 쪽으로 움직인다. 그리고 문이 열리고 닫혔다. 안나가 안도의 숨을 내쉬며 말했다.

[됐어. 복도로 나왔어.]

서연은 쉽사리 침대 아래에서 나오지 못했다. 다시 안나가 말했다.

[이제 나와도 돼. 계단으로 내려갔어.]

그제야 서연은 낑낑거리며 침대 밑에서 나왔다. 곧바로 호흡을 가다듬었다. 크게 숨을 마시고 내쉬었다.

[괜찮아?]

걱정스럽게 묻는 안나에게 서연은 희미하게 대답했다.

"네, 괜찮아요."

그는 아무런 말이 없다. 위험한 순간에 쉼 없이 말을 걸어주던 그는 이제 조용하다. 고맙다고 말하고 싶다. 하지만 서연은 끝내 말하지 않았다.

바닥에서 일어선 서연은 곧바로 방문 쪽으로 움직였다. 그때 벽에 걸린 펜던트 하나가 눈에 들어왔다. 크롬이라고 하나? 약간 은색 같으면서도 좀 더 빈티지한 느낌의 펜던트였다. 그게 눈에 띈 건 특이한 색깔보다는 모양 때문이었다. 동그란 원 안에 독수리 같으면서도 박쥐같이 생긴 이상한 동물 모양이 시선을 끈다. 얼굴과 부리, 발톱은 분명 독수린데 날개는 박쥐의 날개를 지닌…… 특이한 모양이었다. 그런데 이런 모양이 아까 정 의원의 서재에도 있었다는 것이다. 책상 위에 놓인 철제 조각품 아래쪽에 이런 문양이 새겨져 있었다.

서연은 잠시 그 펜던트를 호기심 있게 들여다보다가 안나의 목소리에 퍼뜩 정신을 차렸다.

[이제 나가서 계단 위쪽에서 대기해. 너무 자리를 오래 비웠어. 이러단 매니저한테 들키겠어.]

서연은 방문을 열고 밖으로 나갔다. 밖이 또다시 소란스러워진다. 이번엔 거실에 있던 보안요원 둘이 동시에 창가로 가는 것이 보였다. 창가에서는 아까 서연이 본 적 있는 여자가 커다란 쟁반을 내밀고 있었다. 파티 진행요원 중 한 명이었다. 적절한 때에 보안요원들에게 먹을 것을 갖다 주도록 손을 쓰겠다고 하더니…… 서연은 다시 한 번 차동준의 능력에 감탄했다.

[지금이야.]

안나의 지시가 없어도 이미 알고 있었다. 서연은 계단을 조심스럽게 내려가 들어왔던 지하창고 쪽으로 달렸다.

"어이, 거기."

서연이 무사히 빠져나갔다는 보고를 듣고 조용히 자리를 뜨려던 동준은 누군가 자신을 부르는 소리에 고개를 돌렸다.

"이리 와서 이것 좀 날라."

밖에서 대기 중이던 보안요원들이 모두 동원되어 박스들을 나르고 있었다. 꽤 무거운 것이 들었는지 요원 둘이 하나씩 들고 주차장 안으로 들어가고 있었다. 동준은 슬쩍 시선을 깔고 자신을 부르는 쪽으로 뛰어갔다.

"이거, 저기 안쪽 검은색 차 트렁크에 넣어. 이건 가벼워서 혼자 들 수 있어."

동준은 시키는 대로 박스를 번쩍 들어 주차장 안으로 들어갔다. 열려 있는 트렁크 안에 박스를 넣는데 저쪽에서 사람들 소리가 들려왔다.

"파티도 얼추 끝났으니까 우리도 요기 좀 하자고. 저쪽에 먹을 거, 준비돼 있으니까 가서들 먹어요."

"예."

우렁찬 대답과 함께 보안요원들이 우르르 몰려간다.

"어이, 거기도 차 문 닫고 어서 와."

동준을 자신을 향해 말하는 사람을 향해 '예, 알겠습니다.' 하고 대답하고 몸을 일으켰다. 그에게 말을 한 사람도 먹을 것이 차려져 있다는 쪽으로 가는 걸 확인한 동준은 트렁크 문을 슬쩍 잡은 채 손을 밀어 넣었다. 위치추적기가 달린 소형도청기를 트렁크 문 안쪽에 부착하는 건 식은 죽 먹기였다. 순식간에 일처리를 하고 돌아서던 그의 눈에 들어온 건 고급 스포츠카였다.

'최근에 정 의원은 조용한데 아들이 동분서주합니다. 올해만 해도 중국에 두 번, 일본에 세 번, 러시아에도 한 번 다녀왔어요. 겉으로야 무슨 재단 이사장입네, 해도 그냥 할 일 없는 백수죠. 그런데 뭔 일이 그렇게 공사다망한지 모르겠어요.'

정 의원에 대해 조사했던 진호가 보고하던 것이 떠올랐다. 요즘 남북 관계로 시끄러운 국회 사정을 볼 때 정 의원이 뭘 하기엔 무리가 있었을 것이다. 뒤가 구린 일은 더더욱 몸을 사리고 있을 테지. 그렇다고 풀어야 할 문제를 그냥 둘 리도 없고. 어쩌면 백수 아들을 이용할지도 모른다.

동준은 주변에 아무도 없음을 확인하고 스포츠카 쪽으로 움직였다. 슬쩍 몸을 숙여 주머니에서 꺼낸 잭나이프를 창 안쪽으로 밀어 넣어 몇 번 움직이자 달칵, 하는 소리와 함께 문이 열렸다. 차 안으로 들어간 그는 스윽, 내부를 살핀 후 곧바로 도청기를 오디오 아래쪽 틈으로 밀어 넣었다. 앉은 자리에서 고개를 숙여 자세히 보지 않으면 절대 들키지 않는 곳이었다.

동준은 재빨리 차에서 나왔다. 그리고 사람들이 모여 음식을 먹고 있는 곳과는 반대 방향으로 움직여 유유히 주차장을 벗어났다.

20. 고마운 만남

"밥 먹어."

헤드셋을 쓰고 앉아 있는 진호에게 안나가 말했다. 그러자 진호가 헤드셋을 벗고 일어나고 그 자리에 안나가 앉더니 헤드셋을 쓴다. 서연은 그 모습을 지켜보다가 물었다.

"다음엔 내가 교대할게요."

안나와 진호가 번갈아 가면서 정 의원의 서재를 도청하고 있었다. 도청을 위해 정 의원이 사는 집 근처 오피스텔에 방을 얻은 후부터는 서연과 차동준도 모두 옮겨와 함께 생활하고 있었다. 하지만 차동준은 거의 얼굴을 보기 힘들었다. 오피스텔로 옮긴 후로 얼굴을 마주 하고 앉은 건 오늘이 두 번째였다.

서연은 안나와 진호만 고생을 하고 자신은 거의 빈둥거리는 것만 같아서 마음이 편치 않았다. 그래서 제안을 한 것이다. 그런데.

"안 돼."

맞은편에 앉아 사온 도시락을 먹던 차동준이 말하자 서연은 눈을 세모꼴로 치떴다.

"왜요? 나도 할 수 있어요. 왜 나한테만 특혜를……."

"특혜? 훗."

그가 웃는다. 안나와 진호도 이쪽을 쳐다보고 있었다. 정 의원 집에서 열리던 파티를 전후로 해서 조금 분위기가 나아지는가 싶었는데 요 근래 다시 만나기만 하면 틱틱거리는 서연 때문에 분위기는 다시 딱딱해졌다. 그런데 예전과는 조금 달랐다. 뭐랄까? 예전에는 배신감에 상처를 입은 서연에게서 가까이하지도 못할 만큼 차가운 냉기가 흘렀다면 요즘엔 그냥 투닥거리는 수준이랄까? 뭔가 불만을 표출하는 것처럼, 삐진 아이처럼 그냥 툴툴거리는 것 같은 분위기였다. 그래서 안나와 진호도 서연이 차동준과 한판 붙을라치면 흥미진진한 표정으로 구경을 하곤 했다.

"왜 웃어요? 난 특별대우 받고 싶지 않아요. 나도 똑같이 일을 배분해서……."

"특별대우 할 생각 없는데?"

"그런데 왜 못하게 해요?"

"다른 할 일이 있으니까."

순간 서연은 눈을 동그랗게 떴다.

"할 일?"

"그래."

"무슨 할 일요?"

"나하고 같이 누굴 좀 만나야 되거든."

"누굴 만나는데요?"

차동준은 서연의 질문에 대답하는 대신 안나를 돌아보았다.

"우리, 좀 나갔다가 올 테니까 보고할 사항 있으면 전화해요."

"예. 걱정 말고 다녀오세요. 그런데 얼마나요?"

"하루. 내일 돌아올 겁니다."

자고 온다는 말에 서연은 인상을 썼다. 하지만 안나의 표정은 더 환해졌다.

"예, 걱정 마세요. 정 의원은 우리가 확실히 감시하고 있을 테니까."

안나가 쾌활하게 대답하자 동준이 이번에는 진호를 쳐다본다.

"윤 박사 쪽은?"

"며칠째 움직임이 없습니다. 모텔에서 나오질 않아요. 밥도 다 시켜먹고 하루 종일 외출 한 번을 안 합니다. 그렇다고 전화 통화나 메일을 하지도 않고."

"계속 감시해."

"예, 애들 셋이서 교대로 감시하고 있습니다."

아버지 얘기가 나오자 서연의 얼굴이 굳어졌다. 그걸 눈치챈 동준의 눈빛도 어두워졌다.

"다 먹었으면 지금 나갈까?"

서연은 그에게 고개를 끄덕였다.

"네. 양치질만 하고 나올게요."

서연이 욕실로 들어가자 안나가 조용히 물었다.

"윤 박사 만나러 가는 거예요?"

"……."

대답 없는 동준에게 안나가 다시 말했다.

"혹시 그런 거라면 먼저 해리한테 말해주세요. 해리도 마음의
준비라는 걸 해야 하니까. 그리고 아직 해리는 우릴 믿지 못해요.
우리가 아직 해리한테 신뢰받을 행동을 한 게 없잖아요."

동준은 대꾸하지 않았지만 안나의 말을 이해하고 있었다. 서
연이 욕실에서 나왔다. 동준이 먼저 오피스텔 현관 쪽으로 움직
이기 시작하자 서연도 뒤따라오기 시작했다.

차는 시골길을 달리고 있었다. 서울에서 고속도로를 타면 곧
바로 도착하게 될 강원도 홍천. 하지만 그는 서울 시내를 다 거칠
것처럼 빙빙 돌아대더니 고속도로는커녕 국도를 이용해 홍천에
진입했다. 아마도 미행당할지도 모른다는 생각 때문이었을 것이
다. 차동준은 전보다 더 철저히 조심하고 있었다. 가평에서 정 의
원 집 근처로 작전본부를 옮길 때도 이 정도로 조심스럽지는 않
았다.

문득, 예전 일이 떠오른다. 오래된 일도 아닌데 까마득한 옛일
처럼 느껴지는 그때가 떠오른다. 이런 시골길이었다. 삼겹살
파티를 하자던 그가 갑자기 캠핑장으로 데려갔던 때가 참 아득하
다. 그땐 이 사람을 믿었었는데…….

서연은 얼른 머릿속에 떠오른 상념을 지웠다. 대신 지금의 상

황에 집중했다.

누굴까? 누굴 만나러 가는 거기에 이토록 경계를 하는 걸까? 한 가지는 확실하다. 지금 만나러 가는 사람은 절대로 적에게 오픈되어서는 안 되는 사람인 것이다. 적의 타깃이 되어서는 절대 안 되는 사람이기에, 그 사람의 안전을 지켜주기 위해서 이토록 조심하고 경계를 하는 거겠지.

점점 더 궁금해진다. 하지만 그는 말해줄 것 같지 않았다. 오는 동안 딱 한 번, 길가의 카페에 차를 세웠었다. 궁금함을 못 이겨 물었지만 그는 그냥 희미하게 웃기만 했다.

'가서 확인해.'

표정으로 봐선 만나서 기분 나쁠 사람은 아닌 것 같았다. 정말 궁금하다.

서연은 차창 밖으로 펼쳐지는 시골풍경을 바라보며 조금 후에 만나게 될 누군가에 대한 호기심을 억누를 수밖에 없었다.

주차장에 차를 세운 그가 그녀를 돌아보았다.

"도착."

서연은 주변을 훑어보았다. 온통 나무로 둘러싸인 곳이었다. 시야에 들어오는 집은 없었다. 전방에 좁은 오솔길이 보였는데 거기도 울창한 나무들이 있었다. 운치는 있었다. 양쪽으로 늘어선 나무들 때문에 오솔길은 어느 동화 속, 성으로 들어가는 것처럼 아름다웠다.

"여기 왜 왔어요?"

주차장 입구로 들어올 때 세워진 푯말에는 '숲속의 정원'이라는 문구가 새겨져 있었다. 문구로 유추해봤을 때, 숲속에 만들어진 펜션이 아닐까 했었다. 그런데 집이 보이지가 않으니 이상한 생각이 든다.

　"내려."

　그가 대답하지 않고 차에서 내린다. 서연도 따라 내렸다. 나무가 많아서 공기가 참 맑았다.

　"가자."

　그가 트렁크에서 짐 가방을 꺼내더니 앞장선다. 서연은 미간을 찌푸린 채 그가 먼저 걷고 있는 오솔길을 따라 걷기 시작했다.

　처음엔 누군지 몰랐다. 오솔길을 어느 정도 걸으니 울창했던 나뭇잎이 줄어들고 눈앞에 성처럼 예쁜 하얀색 이층집이 나타났을 때도 그런가 보다 했다. 숲속의 정원이라더니 오솔길 끝에는 잔디가 넓게 퍼져 있었고 그 양끝에는 꽃들이 화사하게 피어져 있어서 펜션 주인이 공을 많이 들였구나, 생각했더랬다. 그런데 잔디밭으로 한 걸음을 들여놓는 그때 이층집 현관문이 열리는 게 보였다. 그리고 누군가 달려오고 있었다.

　서연은 걸음을 우뚝 멈췄다. 차동준이 옆에 서서 그녀를 쳐다보는 것도 느낄 수 없었다. 달려오는 여자를 믿을 수 없는 눈빛으로 쳐다보았다.

　"서연아!"

　가까이 다가온 여자가 서연을 와락, 껴안았다. 서연은 여전히 현실감이 없었다.

"인주…… 언니?"

흑, 언니가 울음을 터트렸다. 서연은 울 생각이 없었다. 그런데 언니의 울음소리에 자신의 울음소리도 섞여들고 있다는 것을 깨달았다. 눈물이 마구 흘렀다. 언니가 하는 것처럼 두 손으로 껴안았다.

그때가 마지막일 거라고 생각했다. 작별인사도 제대로 못하고 떠나오면서 이젠 진짜 못 보게 될 거라고 생각했었다. 열아홉 살, 엄마가 돌아가시고 쫓기듯 부랴부랴 홀로 떠나올 때처럼 처참했고 외로웠었다. 언니 옆에서 위로받고 외로움을 의지하고 싶은 욕망을 억누르려고 얼마나 기를 썼는지 모른다. 열아홉 살 때도 목사님을 보며 그랬었다.

'가기 싫어요. 무서워요.'

대놓고 말은 못했지만 눈빛으로 간절하게 말했었다. 목사님은 그걸 다 알아들었지만 잡을 수 없었기에 그녀를 보냈었다.

'이건 통장과 도장이다. 내가 아는 지인의 이름으로 만든 통장이니까 추적은 피할 게다, 비밀번호는 통장 앞면에 적혀 있어. 네 엄마가 내게 맡긴 돈이야. 당분간 생활하는데 지장은 없을 거야.'

그 말을 하며 어서 가라고 하던 목사님의 마음이 얼마나 아팠을지, 알고 있다. 울면서 보내지 말고 숨겨주자고 말하던 언니의 모습도 떠오른다. 어린애를 어떻게 혼자 보내느냐고 목사님께 원망을 쏟아내던 언니는 이제 목사님이 왜 그랬는지 알겠더라고 했다.

'아빠가 왜 널 보냈는지 이제야 확실히 알겠어. 우리랑 있는 게 너한테 더 위험했으니까. 그래서 나도 이제 널 그냥 보낼 수밖에 없어. 서연아, 제발 살아라. 제발 살아서 또 만나자. 부탁이야. 응? 내가 널 이렇게 보내는 걸 후회하지 않게 해줘. 제발. 알았지?'

얼마 전에 떠나올 때 언니가 간절하게 했던 부탁. 살아서 다시 만나달라고 했던 그 부탁을 들어줄 수 있을지 자신이 없었더랬다. 그런데 지금 그 약속을 지켰다. 내 의지는 아니지만 그래도 지킬 수 있어서 행복하다.

"괜찮아? 몸은 괜찮은 거지?"

언니가 포옹을 풀고 묻는다. 눈물 젖은 얼굴이 서연을 진심으로 걱정하고 있었다. 서연은 고개를 끄덕였다.

"괜찮아. 언니는? 형부하고 애들은 어쩌고?"

여긴 어떻게 왔어? 위험하진 않을까? 언니한테 해가 되면 안 되는데…….

온갖 질문들이 입 안을 떠돌았다. 언니는 눈물을 닦으며 말했다.

"애들이야 다 컸는데 뭘. 결혼하고 휴가 한 번 제대로 못 갔다고 징징거렸더니 네 형부가 보내주더라. 이 사람이 다 손을 써줬어. 날짜, 시간, 다 알려주면서 그냥 집에서 나와서 버스를 타고 내리라고 하는 데서 내렸더니 차가 있더라. 그 차 타고 어젯밤에 왔어. 여기 오는데 다섯 시간이나 걸렸어. 좀 무서웠는데 이 사람이 안전에 대해서는 걱정하지 말라고 하기에 그냥 믿었어. 하도

장담을 하기에."

서연은 옆에 서 있는 차동준을 돌아보았다. 그가 희미하게 미소를 짓더니 짐 가방을 들고 집 쪽으로 걸어가기 시작했다.

"걱정 마. 안전해. 내가 이 주변 싹 다 둘러봤는데 뭐, 의심 갈 만한 것도 없더라. 펜션이 워낙 넓은 곳이고 여긴 독채라 주변에 사람도 없어. 게다가 펜션 주변에 CCTV 같은 것도 설치돼 있더라."

"CCTV?"

"내 생각엔 저 사람이 설치한 것 같아. 어젯밤에 보니까 나무 위에 올라가서 CCTV를 만지고 있더라고."

"······."

서연은 말없이 현관으로 들어가는 그의 뒷모습을 보았다.

"별의별 능력이 다 있나 봐. CCTV도 직접 설치할 줄 아는 걸 보면 손재주도 있어 뵈고. 대체 뭐하는 사람이니?"

"몰라."

"몰라?"

"응. 별로 아는 게 없어."

서연은 몇 가지를 더 알지만 그건 안다고 인정하고 싶지가 않았다. 그의 과거 외에는 실제로 아무것도 아는 게 없는 것 같다. 그의 능력이 얼만큼인지 재볼 생각도 없고 궁금하지도 않다. 그런데 이상하게 믿음이 간다. 저 사람 옆에 있으면 안전할 거라는…… 안나나 진호도 이런 밑도 끝도 없는 믿음 때문에 그에게 충성을 하는 걸까?

"어쨌든 믿을만한 사람인 건 확실해."

인주 언니조차 그를 믿는다. 차동준, 그는 사람들의 신뢰를 받는 능력만큼은 인정을 해줘야 할 것 같다. 비록, 내가 그에게 믿고 싶은 쪽은 다른 것이지만. 여자로서, 남자인 차동준을 믿고 싶은 마음. 빌어먹게도 난 아직 그 믿음에 대한 미련을 버리지 못하고 있다.

"우와. 맥주다!"

차동준이 나무 테이블 위에 맥주 캔을 내려놓자 인주가 환호성을 질렀다. 오후 6시가 다 되어가는 시간이지만 해는 질 생각이 없는 듯 사방은 환했다. 그가 밖에서 이른 저녁이나 먹자고 제안해서 나간 테라스에는 이미 바비큐 준비가 완벽하게 세팅되어 있었다. 인주는 그때도 환호성을 질렀고 서연은 어리둥절했었다.

"기억나? 예전에 우리 다 같이 마당에서 고기 구워 먹던 거."

인주가 맥주 캔을 따며 물었다. 서연은 희미한 미소를 지으며 고개를 끄덕였다. 옆에선 차동준이 열심히 고개를 굽고 있었다.

"그때, 참 좋았지?"

"어."

기억이 아스라하게 난다. 엄마는 경계하고 조심하느라 밖에 나가서 외식 한 번 하기를 꺼려했던 때였다. 목사님은 그런 엄마와 나한테 기억에 남는 이벤트를 열어주고 싶어서 바비큐를 제안했었다. 인주 언니는 늘상 해먹던 사람처럼 지겹다고 했지만 경험이 없던 서연은 호기심을 드러냈었다. 불안해하던 엄마도 딸에게 평범한 삶, 한 자락 정도는 느끼게 해주고 싶어서였는지 결국 허락을 했고 우리는 멋진 저녁식사를 했었다.

노을이 지는 하늘을 배경 삼아 인주 언니와 나는 마당을 뛰어놀다가 고기가 구워지는 냄새에 달려와 꼬치 한 개씩 들고 우적우적 씹어 먹던 기억이 난다. 입가가 시커멓게 되도록 다 묻히고 먹는 딸들을 보고 엄마와 목사님이 호탕하게 웃던 기억도 난다.

"아빠가 그때 그러셨어."

갑자기 인주가 말을 했다. 서연이 묵묵히 쳐다보자 인주가 아련한 기억을 더듬듯 말한다.

"방법을 찾고 싶다고."

"……."

"너랑 아줌마랑 두 사람, 이렇게 늘 웃으면서 살 수 있을 방법을 찾고 싶다고. 그런데 그런 능력이 없어서 안타깝다고 하셨어. 여기저기, 도움 줄 수 있는 단체라도 찾아가고 싶은데 아줌마가 절대 안 된다고 펄쩍 뛰셔서 엄두도 못 내겠다고 하셨어. 아줌마는 늘 겁에 질려 있었는데, 그게 용기가 없어서가 아니라 상대가 너무 큰 벽이라서 결국 지고 말 거라는 생각 때문에 아무것도 못 한다고도 하셨어."

서연은 조용히 인주 언니의 말을 듣고 있었다. 더불어, 차동준도 듣고 있다.

"아빠는 제발 도움을 줄 수 있는 사람이 나타났으면 좋겠다고

하셨어. 반드시 그렇게 될 거라고 믿으시기도 했고. 너나 아줌마
처럼 착한 사람들은 이렇게 도망만 다니면 안 되는 거라고, 결국
엔 행복해질 거라고 하셨어. 난 그때가 언제일지 궁금했거든."

인주가 차동준을 쳐다보았다. 그의 표정이 궁금했다. 하지만
서연은 돌아보지 않았다.

"우리 아빠가 못한 거, 해줄 거죠?"

인주가 차동준에게 묻는다. 서연은 왠지 심장이 빠르게 뛰는
것을 느꼈다. '우리 서연이, 사랑하죠?' 라고 물은 것도 아닌데
왜 이렇게 두근거리는지 모르겠다. 그리고 그가 뭐라고 대답할지
궁금했다. 미치도록 궁금했다.

"……있는 힘껏. 내 목숨을 바쳐서라도……."

서연은 심장이 한껏 치솟았다가 쿵하고 떨어지는 느낌을 맛보
았다. 심장이 멎는다는 게 이런 기분인 걸까? 얼굴로 혈이 몰려
서 붉게 물을 들인다.

"돌아가신 아빠가 이제야 편히 눈을 감으시겠네요."

인주가 말하더니 서연을 쳐다보며 웃었다. 서연은 괜스레 무
안해져서 고기를 한 점 집어 먹었다. 그런 서연을 잠시 쳐다보던
인주가 다시 차동준을 보며 묻는다.

"우리, 2층에서 자도 되죠? 밤새 둘이 얘기하면서 자고 싶은
데."

"물론입니다."

그가 흔쾌히 대답했다.

"근데 이 펜션 통째로 빌렸어요? 왜 이렇게 주변에 사람이 없

어요?"

인주가 일상을 묻는 것처럼 이것저것 물어대기 시작했다. 그런 두 사람의 사이에서 서연은 묵묵히 고기를 먹고 야채를 먹으며 앉아 있었다.

노을이 하늘을 서서히 물들이며 평화로운 오후가 저물고 있었다.

서연은 아침 새소리를 들으며 눈을 떴다. 얇은 커튼 사이로 이제 막 뜨기 시작하는 해가 은은하게 빛을 들여보내고 있었다. 아침 햇살을 감상하기도 전에 어젯밤의 일들이 떠올랐다. 서연은 고개를 돌려 옆에서 자고 있는 인주를 보았다.

바비큐와 맥주를 양껏 먹은 두 여자는 이대로 자기 아쉽다며 거실로 장소를 옮겨 간단한 안줏거리를 들고 또다시 술을 마셨다. 서연도 어제는 마음껏 마셨다. 두 여자는 취했다. 하지만 기분 좋게 취했다. 노래를 부르고 수다도 떨고 큰소리로 웃고 즐겼다. 그런 두 여자의 막가파 술주정을 묵묵히 견뎌내며 수발을 들어준 건 차동준이었다.

픽, 갑자기 웃음이 난다. 숙취 때문에 머리는 아프다. 그런데 어젯밤에 갑자기 옷을 벗고 춤을 추려는 인주를 붙잡고 말리던 그의 모습이 떠오르자 웃음이 난다. 그가 얼마나 당황해 했는지를 생각하니 웃음이 더 깊어진다. 그 옆에서 '벗어라, 벗어라.' 하고 노래를 부르던 자신에게 그가 인상을 쓰던 것도 떠오른다. 정말 꿈같은 시간들이었다. 그가 고마웠다. 인주 언니와 이런 시간들을 보내게 해줘서 너무나 고마운데 인사도 제대로 못했다.

그놈의 자존심이 뭐기에.

서연은 스스로를 책망하며 조용히 침대에서 내려왔다. 가볍게 옷을 걸치고 방을 나온 그녀는 계단을 내려갔다. 거실에는 아무도 없었다. 주방으로 가보았다. 어젯밤, 어질러져 있던 것들이 싹 치워져 있었다.

잠도 못 잤겠다. 그걸 다 치우고 잤으면 새벽은 되었을 것이다.

서연은 거실 끝 쪽에 있는 방문을 잠시 응시하고 현관으로 향했다. 멀리는 가지 않을 생각이었다. 가까운 곳을 산책하면서 무거운 머리에 바람이나 쐬어줄 요량이었다.

서연은 정원에 있는 커다란 그네 벤치에 앉아 있었다. 아침 바람이 서늘했지만 입고 나온 카디건 덕에 따뜻했다. 하늘이 참 예쁜 파란색이었다. 구름 한 점 없는 파란 하늘을 올려다보고 있는데 문득 옆자리가 묵직하게 느껴진다. 고개를 돌려 이제 막 옆에 앉는 차동준을 보았다. 이른 아침에 그를 보는 게 한두 번도 아닌데 오늘따라 왠지 더 설레는 기분이다.

"혼자 다니지 말라고 했는데 말도 안 듣는군."

"집 앞이잖아요."

"누군가 마음만 먹으면 아무도 모르게 널 데려갈 수 있어."

"그 정도로 호락호락하진 않아요."

자신 있게 말했지만 그녀도 자신이 힘이 없다는 건 알고 있었다. 누군가 작정하고 뒤로 몰래 와서 입을 틀어막으면 무슨 수로 이기겠는가. 힘이 없으면 기술이라도 있어야 하는데 그녀는 기술이라고 해봐야 기껏 '도망' 밖에 없었다. 그러니까 잡히면 그냥 끌려가야 한다는 얘기다.

"호신술 같은 거, 좀 할 줄 아나?"

그가 묻는다. 약간 무시하는 투다.

"TV 보고 독학 좀 했죠."

자존심이 상해서 툭, 대답하긴 했는데 좀 창피하다. 실전에 써먹어본 적도 없는 호신술, 그딴 게 무슨 소용이라고.

"일어나봐."

그가 갑자기 일어났다. 그네 의자가 흔들렸다. 서연은 그를 올려다보며 눈살을 찌푸렸다.

"뭐하려고요?"

"덤벼보라고."

그녀는 기가 막혀서 웃었다.

"아니면 내가 덤빌 테니까 방어해보던지."

"됐어요."

"되긴 뭐가 돼? 이건 아주 중요한 일이야. 일어서."

그가 그녀의 팔을 잡고 당겼다. 서연은 '어어' 하면서 일어날 수밖에 없었다.

"자, 내가 뒤쪽에서 끌어안으면 어쩔 거야?"

서연은 예전에 TV에서 본 기억을 떠올렸다.

"팔꿈치로 배를 찌르고 빠져나올 거예요."

"해봐."

사실은 그가 지금 나를 안고 있다는 것 자체가 이미 너무 떨린다. 하지만 그에게 보여주고 싶었다. 내 몸은 내가 지킬 수 있다는 걸, 적어도 그렇게 쉽게 당하지는 않는다는 걸.

서연은 팔꿈치를 힘껏 뒤로 찔렀다. 하지만 당연하게 닿아야 할 상대의 배가 느껴지지 않는다. 그녀는 고개를 돌렸다. 그가 슬쩍 몸을 틀어 그녀의 팔꿈치를 피한 것이 보였다. 갑자기 기분이 나빠졌다. 그녀는 발을 들어 뒤로 휙 차올렸다. 하지만 이번에도 그는 쉽게 그녀의 발길질을 피했다.

"너무 뻔한 대응은 하지 말고 다른 걸 해봐."

귓가에서 들려오는 약 올리는 목소리에 서연은 승부욕이 불타오르기 시작했다. 이 남자가 전직 특전사이고 우리나라 최고의 특수요원이었다는 것도 잊었다. 지금은 오직 이 남자의 잘난 코를 납작 무너트리고 싶었다.

서연은 몸에서 힘을 뺐다. 그러자 무너지는 그녀를 잡기 위해 남자의 양팔에 힘이 들어간다. 그때를 놓치지 않고 머리로 박치기를 시도했다. 하지만 그가 웃으면서 피한다. 순간 서연은 팔꿈치 찌르기를 다시 시도했다.

"윽."

명중. 잠시 힘이 빠진 틈을 타 서연은 남자의 품에서 빠져나오려고 했다. 하지만 그가 더 빨랐다. 재빨리 재충전한 그가 그녀를 와락 끌어안는다. 서연은 빠져나오기 위해 몸부림쳤다. 어림도 없었다. 그가 속삭인다.

"진정해. 흥분하면 본인만 손해야."

열기가 차오른다. 왠지 모를 뜨거운 기운이 두 사람을 감싸기 시작했다. 서연은 모든 동작을 멈췄다. 그러자 그의 품이 느껴졌다. 단단하고 따스한 그의 품이 너무나 격렬하게 느껴지기 시작했다.

"아무것도 할 생각 마. 조용히 틈을 노리면서 기다려."

귓가에 느껴지는 그의 입김에 볼이 붉어진다.

"네가 순순히 응할 거라고 착각하게 만들어. 상대가 긴장을 풀 때까지 기다려. 그리고 그 틈이 났을 때……."

그의 입술이 귓불에 느껴졌다. 서연은 심장이 미친 듯이 뛰는 걸 느꼈다. 입술이 마르는 것 같았다. 자신도 모르게 혀를 내밀어 입술을 축였다. 그가 침묵한다. 뜨거운 호흡이 느껴졌다. 서연은 무릎에서 힘이 빠져나가는 것을 느꼈다. 팔을 모아 가슴을 꽉 감싸고 있는 그의 팔이 강하게 느껴져서 호흡이 가빠져온다. 정신을 차려야 했다.

그녀는 달아나려는 이성을 꽉 붙잡으며 물었다.

"어떻게 해야 되는데요?"

잠시 침묵하던 그가 대답했다.

"무기를 빼야지."

하. 참 어이없는 대답이었다.

"그런 거 없으면요?"

"반드시 있어야지."

"난 없어요."

갑자기 그가 그녀의 주머니에 뭔가를 집어넣었다.

"이제 있어. 꺼내봐."

서연은 손을 주머니 쪽으로 가져갔다.

"빠르게. 상대가 눈치채지 못하도록 빠르고 조용하게."

그녀는 시키는 대로 했다. 주머니에 손을 넣고 손에 잡히는 걸 꺼냈다. 작은 잭나이프였다. 예전에도 이런 게 있었다. 그가 그녀의 손을 감싸 쥐더니 속삭였다.

"단추를 눌러서 칼을 세워. 그리고 망설이지 말고 놈을 찔러."

그가 그녀의 손을 움켜쥔 채 자신 쪽으로 칼을 푹, 찌르듯 가져간다. 놀란 서연은 와락 손을 빼내고 동시에 몸을 틀어 그의 품에서 빠져나왔다.

"뭐하는 거예요? 다치면 어쩌려고?"

"안 다쳐. 난 이미 네가 칼을 가진 걸 알고 있으니까."

그가 그녀를 안았던 팔을 늘어뜨리며 대답한다. 그의 표정이 뭔가 잃어버린 사람처럼 시무룩해졌다고 느낀 건 착각일까? 그는 그녀를 가만히 응시하고 있었다.

어쩌면 내가 그런 기분이 들어서 그 또한 그렇다고 느끼는 건지도 모른다. 그의 품에서 나온 게 아쉬워서…….

"전에도 이런 거 있었어요."

서연은 어색한 분위기를 깨려고 말했다.

"알아. 앙카라공원에서."

아는구나.

"별 효과 없었어요. 도리어 뺏겨서 내가 다쳤죠."

"가방 따위에 넣었으니까 그렇지. 가방에 손을 넣었을 때 상대는 이미 네가 무슨 무기를 꺼낼 거라는 걸 눈치챘어. 그러니까 그렇게 쉽게 뺏겼지. 그런 건 주머니에 넣거나 빼기 쉬운 곳에 숨기는 거야."

서연은 그가 준 잭나이프를 보았다. 크기가 전에 것보다 훨씬 작다. 하지만 칼날은 날카로웠다. 사용하기도 쉬웠다. 버튼 하나만 누르면 칼이 나왔다가 들어갔다.

"주머니에 넣고 다녀."

그의 말에 그녀는 고개를 끄덕였다. 잠시 그렇게 둘은 서 있었다. 서연은 침묵하다가 가만히 입을 열었다.

"왜…… 나한테 사과 안 해요?"

"……."

"의도적으로 나한테 접근하고 날 속이고 나한테 거짓말하고……."

"사과한다는 건 그 일을 반성하고 다시는 그러지 않겠다는 의민데 난 그럴 생각이 없으니까."

서연이 미간을 찌푸리며 쳐다보자 그가 다시 말한다.

"그때로 다시 돌아간다고 해도 난 그대로 할 거거든."

"반성 못한다는 거예요?"

"안 한다는 거지."

벌컥, 화가 치민다.

"뻔뻔하네요. 날 그런 식으로 속이고……."

"어떤 거짓말이 널 아프게 했는데?"

"뭐라고요?"

"잘 생각해봐. 내 거짓말 중에 어떤 게 가장 화가 났는지. 그리고 그 거짓말이라고 믿는 것들 중에 진심도 있었던 건 아닌지도 생각해보고. 난 이미 많은 걸 보여줬어. 이젠 네가 인정할 차례야."

"대체 무슨 소릴 하는 건지……."

서연은 황당하다는 듯 중얼거렸다.

"내 진심을 인정하고 받아들이라고. 말로 하라고 하면 할 수 있지. 그건 제일 쉬운 거니까. 그런데 네가 받아들일 준비가 되면 그때 할 거야."

우습다. 이 남자는 너무 뻔뻔하다.

서연은 화가 치밀어 툭, 내쏘았다.

"나한테 숙제를 주지 말아요. 왜 자기 잘못을 나한테 떠밀어요? 숙제는 당신이 해야죠. 나한테 떠밀 게 아니라. 다시 그래야 한다면 또 그럴 거라고? 그렇겠죠. 당신은 목적을 위해서 나를 또 이용하겠죠. 그리고 자기 합리화를 하면서 잘못은 나한테 떠밀어요? 오만하고 뻔뻔해요. 계속 그렇게 사시죠. 평생, 죽을 때까지."

서연은 홱 돌아서서 걷기 시작했다.

망할. 한순간 저 인간을 용서해줄 뻔했잖아!

동준은 화가 난 게 분명한 걸음걸이로 걸어가는 서연의 뒷모습을 묵묵히 쳐다보았다. 뭐가 잘못된 건지 알 수 없었다. 하지만 뭔가 실수를 한 것 같기는 하다.

"쯧쯧. 표현 방법 하고는."

갑자기 목소리가 들려왔지만 동준은 놀라지 않았다. 이미 뒤에서 느껴지는 인기척의 주인이 안인주라는 것을 알고 있었다. 동준이 쳐다보자 인주가 약간은 한심하다는 얼굴로 쳐다본다.

"댁 같은 사람을 두고 표현하는 말이 있죠. 일 잘해놓고 욕 들어먹는다."

동준이 인상을 쓰자 인주가 다시 혀를 찼다.

"기껏 감동적인 이벤트 잘해놓고 왜 말 한 마디 제대로 못해서 욕을 들어 먹어요?"

"훗, 그런가요?"

"그래요. 남자들은 꼭 말로 해야 되냐, 행동으로 눈빛으로 다 표현했는데 왜 굳이 말로 다시 표현해야 되냐? 라고 묻는데 당연히 말로 해야죠. 여자들이 독심술을 갖고 있는 것도 아니잖아요. 말 안 하는데 무슨 수로 댁 마음을 알아요?"

"……."

"물론 그쪽은 할 만큼 충분히 표현했다고 하겠지만 여자들은 안 그래요. 행동도 중요하지만 말도 너무 중요하거든. 그러니까 행동들에서 감동을 받았지만 한 마디 말로 확신을 가지고 쐐기를 박고 싶어 하는 게 바로 여자의 심리라는 거죠. 그쪽은 그걸 완벽하게 어기는 바람에 서연이 화를 돋운 거예요."

동준이 복잡한 표정을 지었다. 여자들을 아주 안 만나본 건 아니지만 한 번도 그 여자들의 마음까지 헤아려본 적은 없었다.

"허우대 멀쩡한 걸로 봐선 여자들이 없지 않았겠지만 연애에는 젬병 같네요. 간단한 여자 심리 하나도 모르는 거 보면."

졸지에 연애에 젬병이 됐다. 동준은 자신의 꼴이 우스웠다. 여자 하나에 빠져 허우적거리는 꼴이 아주 우습다.

"잠깐 들으니까 말로 하는 게 가장 쉽다고 하던데 그 쉬운 걸 왜 안 하시나? 여자들, 복잡하다고 하는데 가만 보면 남자들이 더 복잡해. 아, 그 말 한 마디 하는 게 뭐가 어렵다고. 솔직히 미안하잖아요. 서연이한테 의도적으로 접근하고 일부러 속이고 결국엔 들켜서 상처까지 준 거, 다 미안하잖아요. 근데 뭘 그렇게 복잡하게 빙빙 돌려요? 다시 그때로 돌아가도 선택은 같다고요? 아, 진짜. 당연히 선택은 같겠죠. 사람이 같으니까. 근데 지금 이 기억 그대로 다시 그때로 돌아가면, 또 서연이한테 상처 줄 거 알면서 그대로 할 거예요? 아니잖아요. 상처 주지 않을 방법을 찾겠죠. 아니에요?"

"……."

입이 있어도 대답을 못하는 동준에게 인주는 다시 야단을 쳤다.

"여자는 복잡한 것 같으면서도 단순해요. 좋아하는 남자가 자길 진심으로 위해주고 사랑해준다는 확신이 들면 뭐든 다 갖다 바치는 게 여자라는 종족이라고요. 남자들은 그 단순한 걸 제대로 못해서 늘 사단을 만들죠. 우리 애들 아빠도 똑같은 인간이라니까. 다정한 말 한 마디, 적절한 사과, 가끔 사랑한다고 말해주는 센스, 딱 그것들만 해주면 짜증도 안 내고 불평도 없이 신나서 다 해줄 텐데…… 그 단순한 것들을 못해서…… 으이그, 쯧쯧."

인주가 혀를 차며 동준을 지나치더니 조금 전 서연이 갔던 방향으로 걸어간다. 동준은 그런 인주의 뒷모습을 황당한 눈빛으로 쳐다보다가 하늘로 고개를 쳐들었다.

젠장. 여자 심리 분석하는 것보다 국가정보원 일급비밀 문서의 암호 분석이 더 쉽겠네.

21. 같은 편

아침은 인주가 차렸다. 언제, 어떻게 알았는지 근처에 사는 펜션 주인에게 양해를 구해 집 앞 텃밭에서 싱싱한 야채를 뜯어와 샐러드를 뚝딱 만들어 내고 얻어온 김치로 찌개까지 만들어냈다. 역시 주부의 내공이 여실히 드러나는 장면이었다. 세 사람은 오순도순 모여 앉아 아침을 먹고 설거지까지 끝냈다. 물론 인주와 서연이 주로 수다를 떨고 동준은 묵묵히 두 여자의 끝도 없는 얘기를 듣기만 했다. 참 이상했다. 같이 산 세월보다 헤어져서 살아온 세월이 더 많은데 두 여자는 해도 해도 자꾸만 할 얘기가 샘솟았다. 돌아가신 엄마 얘기와 목사님 얘기만으로도 섣달 열흘은 채울 수 있을 것 같았다. 하지만 거기까지였다. 설거지를 끝낸 차동준이 커피를 마시고 있는 인주와 서연의 앞에 진지한 얼굴로 앉았다.

"드디어 우릴 여기로 데려온 목적을 말할 모양이네요."

인주가 웃으며 말하자 차동준도 희미하게 웃었다. 서연도 짐작은 하고 있었다. 정 의원의 집에 도청장치까지 설치하고 감시하는 마당에 이렇게 한가로운 시간을 만든 것이 이상했었다.

"진짜 목적은 두 사람에게 평화로운 시간을 만들어주는 거였습니다."

인주가 고개를 끄덕인다.

"알아요. 그쪽 진심. 뭔가 다른 목적만 있었다면 굳이 여기까지 날 데려와서 서연일 만나게 해주진 않았겠죠. 그지? 서연아."

인주가 서연에게 대답을 종용했다. 서연은 어쩔 수 없이 고개를 한 번 끄덕이는 걸로 대답을 대신했다. 그러자 차동준이 말한다.

"알아주시니 감사합니다. 그럼 두 번째 목적을 말하죠."

서연은 그를 쳐다보았다.

"전 키를 윤서연이 가지고 있다고 생각하고 있습니다."

차동준의 말에 인주가 되물었다.

"키요?"

"사람들이 찾고 있는 것."

"그 파일 말이에요?"

서연이 물었다. 그가 고개를 끄덕인다. 서연은 고개를 저었다.

"말했었잖아요. 난 모른다고. 만약 내가 가지고 있었다면 벌써 원하는 사람에게 줘버렸을 거예요. 난 그런 것에 관심 없어요."

"어머니가 전직 국정원 직원이었던 거, 알고 있나?"

그가 말하는 순간 서연은 얼어붙었다. 인주가 놀라서 묻는다.

"누가요? 설마, 아줌마 말이에요? 서연이 엄마?"

차동준이 굳어 있는 서연에게 종이 하나를 내밀었다. 멍하니 있던 서연이 그 종이를 폈다. 거기에는 비밀문서임을 알리는 도장이 찍혀 있었다. 그리고 그 아래에는 국정원의 컴퓨터에서 뽑은 것이 분명한 이니셜이 박혀 있었다. 위에서부터 천천히 훑어보았다. 엄마의 이름이 보인다. 약 2년간 국정원에서 근무한 기록도 보였다. 짧은 내용이었지만 결혼 전 엄마에 대한 정보가 적혀 있었다.

"몰랐어요. 한 번도 그런 얘긴 한 적이 없어요."

서연은 멍하게 중얼거렸다.

"할 필요가 없었을 테니까. 그리고 특수요원이 아니라 일반 사무직 직원이었어. 중요 문서에는 접근도 해본 적 없는 평범한 여직원. 그래도 보통 사람보다는 직감이 뛰어난 사람이었을 거라고 예상해. 물론 그 사실만으로 어머니가 파일을 빼돌렸다고 단정할 순 없지. 그런데 난 모든 정황이 널 가리키고 있다고 생각해."

"어떤 정황이요?"

인주가 끼어들어 물었다. 동준이 인주를 잠시 쳐다보다가 다시 서연을 보며 말을 이었다.

"우선, 네 아버지인 윤주철 박사가 그 오랜 시간 동안 너와 어머니를 끈질기게 쫓은 점."

"그건……"

"집착증일 수도 있겠지. 그런데 한 가지 오류가 있어. 어떤 사람에게 집착증을 느끼다가 그 어떤 사람이 죽으면 집착증은 사라져야 돼. 어머니가 돌아가셨을 때 단순한 집착증이 전부였다면 윤 박사는 거기서 멈춰야 했어. 자신도 쫓기는 몸이었으니까. 그런데 여전히 널 쫓고 있다는 것. 그건 정신이상으로만 치부하기엔 앞뒤가 안 맞아. 또, 앙카라공원에서 만났을 때 윤 박사가 너한테 했던 말. 기억하지?"

서연은 천천히 고개를 끄덕였다.

"물건을 달라고……."

인주가 날카로운 숨을 들이켜는 것이 들렸다. 서연은 그를 바라보았다.

"뭔가 잘못 알고 있는 거라고 생각했어요. 난 그런 거 없으니까."

"그것뿐만이 아니야. 널 쫓는 제3의 인물. 그리고 윤주철을 잡지 않는 국정원. 국정원은 그렇게 호락호락하지 않아. 우리가 윤주철의 소재를 파악하고 있듯이 국정원도 이미 파악하고 있을 거야. 그런데도 움직이지 않고 있어. 그 의미가 뭘까?"

서연의 머리는 복잡했다. 무슨 말인지 알겠다. 그의 말을 들으니 모든 게 이상하다. 하지만 도무지 받아들일 수가 없다.

"그래도 난……."

"네가 모를 수도 있어. 너도 모르는 사이에 그 물건을 가지고 있을 수도 있어."

서연은 혼란스러운 표정을 지었다.

"그럼 어떻게 해요? 그게 나한테 있다고 쳐도 난 전혀 모르는데."

"그래서 이 자리를 마련한 거야."

인주와 서연은 서로를 보며 도무지 모르겠다는 표정을 지었다. 그러다가 인주가 갑자기 생각난 듯 물었다.

"그래서 그걸 가져오라고 한 거예요? 아빠가 남긴 유품 중에 내가 모르는 건 다 가져오라고 한 게 이것 때문에……."

"맞아요. 가져왔습니까?"

"네, 뭐……."

인주가 일어나더니 소파 위의 가방을 가지고 왔다.

"별거 없어요. 내가 못 보던 건 책들인데 그건 빼라고 해서 뺐고요. 그리고 최근에 산 것 같은 찻잔이나 시계."

인주의 가방에서 여러 가지 물건이 나왔다. 수첩도 나오고 일기장도 나왔다. 이동디스크는 차동준이 노트북에 꽂아 확인을 하고 서연과 인주는 수첩과 일기장을 훑었다. 이상하다고 할 만한 것은 없었다. 그때였다. 갑자기 인주가 '아!' 하더니 가방 앞, 지퍼를 열어 열쇠 하나를 꺼냈다.

"이거요."

차동준의 눈이 빛났다. 인주는 작은 열쇠를 건네며 말했다.

"아빠가 생전에 중요하다고 생각하시는 건 공구함에 넣어두셨거든요. 통장이나 도장 같은 거요. 당신한테 문제가 생기면 공구함을 열어보라고 가끔 말씀하시기도 했죠. 그게 생각이 나서 나오는 길에 봤더니 이런 게 공구함 안쪽 주머니에 꽂혀 있더라고요. 은박지에 싸여서. 정말 중요한 건가 보다 싶어서 가져왔어요."

그가 열쇠를 이리저리 보더니 말했다.

"금고 열쇠 같은데……."

"금고요? 아닌데. 아빠 금고 같은 거, 없는데."

"목사님의 금고가 아닐 수도 있죠. 이건 제가 보관하겠습니다."

그가 열쇠를 안주머니에 넣는다. 그리고 이번에는 서연을 보았다.

"네가 살던 방에 가서 어머니 유품 상자를 가져왔어."

그리고 낡은 상자 하나를 꺼내놓는다. 서연은 미간을 찌푸렸다. 진호가 짐을 가져오겠다고 해서 마지막으로 머물던 장소의 위치를 알려줬었는데…….

"거기엔 별거 없어요. 내가 여러 번 확인한 거니까."

"딸이 보는 것과 타인이 보는 것이 다를 수도 있지. 열어봐도 돼?"

그가 허락을 구한다. 서연은 고개를 끄덕였다. 익숙한 것들이 나오기 시작했다. 정말 단순한 것들뿐이었다. 인주까지 나서서 유품들을 훑었지만 특이할 만한 것은 없었다. 그도 실망한 기색이었다.

"없군."

"내가 그랬잖아요. 아무것도 없다고."

괜히 미안한 마음이 든다. 뭔가를 기대했을 그에게 실망만 안겨준 것 같아서 서연은 시무룩해졌다.

"아직 포기하긴 이르지."

서연은 인상을 썼다.

"그럼 어쩔 건데요?"

"알아내야지. 대신 인주 씨가 한 건 했으니까."

그가 아까 열쇠를 넣은 주머니가 있는 가슴을 툭툭, 치며 웃어 보였다.

"그럼 내가 도움이 된 건가요?"

인주가 환하게 웃으며 묻자 그가 고개를 끄덕였다.

"제 감으로는 아주 큰 도움이 될 열쇱니다."

인주가 기뻐한다. 서연은 그가 고마웠다. 인주에게도, 자신에게도 이번 일에 뭔가 도움을 주고 있다는 존재라고 느끼게 해주는 그가 참 고마웠다.

인주를 무사히 집 앞에 내려주면서 서연은 다시 만날 날을 기약했다. 지킬 수 있을지 모를 불안한 약속이었지만 이번에도 가능했으니 다음에도 가능할 거라는 희망이 존재했다. 인주를 내려주고 또다시 서울 시내를 한 바퀴 다 돌 것처럼 하던 그는 어느 한적한 경기도 외곽에서 차를 멈췄다.

서연은 기와지붕이 멋들어진 건물을 보며 물었다.

"여긴 또 왜요?"

"밥 먹고 가자고."

그가 시동을 끄며 대답한다.

"너무 느긋한 거 아니에요?"

"급할수록 돌아가라는 말도 있지."

"그렇게 느긋하다가 일을 그르칠 수도 있어요."

"걱정 마. 어차피 지금 우리가 할 수 있는 건 기다리는 것뿐이니까."

그가 차에서 내려버렸다. 서연은 한숨을 내쉬며 어쩔 수 없이 안전벨트를 풀었다. 그때였다. 달칵, 그녀 쪽 차문이 열렸다. 놀라서 돌아보자 그가 문을 잡은 채 말한다.

"내려."

기분이 이상했다. 남자가 차문을 열어주는 이 작은 행동에 무슨 의미가 있을까, 만은 이상하게 서연은 기분이 좋아졌다.

"왜 이래요?"

좋으면서 목소리는 곱지 않게 나온다.

"그냥. 하고 싶어서."

그가 말한다. 약간 어색한 목소리다. 서연은 주춤, 주춤, 그의 목소리만큼이나 어색하게 차에서 내렸다.

"냉면 좋아해?"

"……."

심술 난 아이처럼 대꾸하지 않았다.

"비빔냉면 시켜. 난 물냉면 시킬 테니. 나눠 먹게."

장난기 실린 목소리로 말하고 걸어가는 그를 따라가면서 서연은 괜히 딴지를 걸었다.

"내가 물냉면 시킬 거예요. 난 매운 거, 못 먹어요."

"그러던지."

대꾸하는 그의 목소리에 웃음기가 잔뜩 실려 있다. 서연은 자신도 모르게 미소를 짓고 있었다.

"미행이요?"

서연은 깜짝 놀라서 되물었다. 얼굴에서 핏기가 가셨다.

"안인주 씨 집에서부터 계속."

그가 대답한다. 서연은 다급하게 물었다.

"언니는……?"

"괜찮아. 아무 이상 없어."

"어떻게 알아요?"

"사람을 심어뒀으니까. 평소처럼 가게에서 일 잘하고 있어."

"그럼 우리 뒤만 쫓는 건가요?"

"그래."

"누군데요?"

"국정원은 아니야. 윤 박사 쪽도 아니고."

서연은 어떻게 아느냐고 묻지 않았다. 그의 능력에 대해 의심하지 않으니까. 그래서 그가 그렇다고 하면 그렇게 믿어진다.

"날 쫓는 제3의 인물?"

"아마도."

"그쪽 목적은 뭘까요?"

"파일이겠지."

당연한 대답이 돌아왔다. 서연은 잠시 침묵하다가 물었다.

"오피스텔로 바로 안 가고 여기서 밥 먹자고 한 건 미행을 확인하려고 그런 거예요?"

그가 침묵으로 긍정했다. 서연은 창밖을 보았다. 날이 참 맑았다. 하늘도 푸르고 구름도 한가롭다. 잘 정돈된 정원의 꽃과 나무는 봄기운을 물씬 풍기며 새로운 시작을 만천하에 알리고 있었다. 아이들 두 명이 뛰어놀고 있었다. 몇 걸음 뒤에선 엄마와 아빠로 보이는 어른 둘이 아이들에게 뭐라고 한다. 아마 조용히 해라, 뛰지 말라, 훈계를 하겠지.

평화로워 보였다.

"그런 날이 올까요?"

문득 서연이 말했다. 그가 쳐다보는 것이 느껴진다.

"아무에게도 쫓기지 않고 미행도 안 당하고 감시의 눈길도 느끼지 않고 의심이나 경계하지 않고 그냥 편하게 살 수 있는, 그런 날이 정말 올까요?"

"……."

아무런 대꾸가 없다. 서연은 천천히 고개를 돌려 그를 보았다. 대답, 어려운 건가? 그가 그렇다고 해주면 믿을 것 같은데, 제법 큰 희망을 안고 살 수 있을 것 같은데…… 그는 대답이 없다.

냉면이 도착했다. 그녀의 앞에는 살얼음이 풍성한 물냉면이 놓여졌고 그의 앞에는 식감을 자극하는 빨간색의 비빔냉면이 놓였다. 선뜻 손이 가지 않았다. 하지만 서연은 젓가락을 들었다. 그때였다.

"적어도 우린 함께 있을 거야."

문득 들려오는 목소리에 서연은 젓가락질을 멈췄다.

"결과가 어떻던, 앞으로 어떤 일이 일어나도 한 가지는 안 변할 거야. 우리가 함께 있을 거라는 거."

코끝이 찡해진다. 진심어린 사과와 진실한 고백 정도를 원했었다. 그런데 더 한 것을 얻은 기분이 든다.

약속. 그는 나에게 더 이상 외롭지 않을 거라는 약속을 해주고 있었다.

한강다리 위에서 차가 멈췄다. 동준이 그녀를 돌아보았다.

"내가 말하면 차에서 내려. 그리고 바로 뒤에 있는 차로 옮겨타."

서연의 시선이 뒤에 있는 차로 향했다. 운전석에 앉아 있는 진호가 보였다. 그녀의 시선이 다시 차동준을 향했다.

"당신은요?"

"미행하는 놈 정체를 알아내야지."

"어떻게요?"

"이번엔 이쪽에서 쫓아갈 생각이야."

"잡힐까요?"

그가 피식, 웃는다.

"내 실력을 몰라서 하는 말이니까 용서해주지."

자만심 가득한 말투에 서연도 웃었다.

"잘난 척은……!"

괜히 투덜거리며 중얼거리던 그녀는 흠칫, 놀랐다. 뺨에 와 닿는 따뜻한 입술의 감촉에 몸이 굳었다. 천천히 고개를 돌려 그를 보았다. 진지한 눈빛이 그녀를 향하고 있었다. 그리고 그 눈길이 아래로 내려가더니 그녀의 입술에 머문다. 천천히 다가오는 그의 입술을 보며 그녀는 호흡이 가빠지는 것을 느꼈다.

솜사탕처럼 부드럽고 달콤했다. 찰나의 순간이었지만 눈물이 날 만큼 따스했다. 심장이 난리를 치며 쿵쾅거리는 걸 그가 알 것 같았다.

"미안."

조용한 속삭임. 이 시점에 나올 적절한 대사는 아니었다.

"뭐가요?"

서연도 속삭이듯 물었다.

"속여서."

사과다. 그녀를 속이고 기만했던 일에 대한 사과.

"참, 간단하네요. 게다가 많이 늦었고."

그가 웃는다. 서연도 웃음이 나왔지만 애써 참으며 말했다.

참, 이상하다. 그토록 미친 듯 화가 났었고 죽을 때까지 용서하지 못할 거라고 생각했던 게 엊그제 같은데 나는 이렇게 변덕쟁이처럼 그를 용서하고 있다. 조금씩 풀어져 흐물거리던 분노는 인주 언니와의 깜짝 만남과 그의 고백, 그리고 사과 한 마디에 눈 녹듯 사라져버린다.

"그래서 나도 바로 용서해주진 않으려고요."

너무 쉬운 것 같아서 괜히 뻗대 보았다. 그가 인상을 쓴다.

"얼마나?"

"모르죠. 내 맘이 언제 풀릴지는."

이런 게 연애의 묘미인가 보다. 서연은 이 짜릿한 밀당이 즐거웠다. 그가 뒤를 슬쩍 보는가 싶더니 혼잣말처럼 말했다.

"가는 게 좋겠어. 껄렁이 눈이 아예 튀어나오기 전에."

서연의 눈길이 뒤로 향했다. 진호가 경악스러운 표정으로 이쪽을 보고 있었다. 이런 상황에 두 사람이 키스하는 장면을 봤으니 놀랄 만도 하다.

그런데 난? 참, 실감이 안 난다. 지금은 긴박한 상황이고 마음 편하게 이렇게 노닥거릴 상황이 아닌데 이상하게 편하다. 그 이유는 이 남자 때문이있다. 이 사람이 느긋하니까 나도 느긋해진다.

"가."

그가 미소 지으며 말했다. 서연은 그를 잠시 보다가 차문을 열고 내렸다. 문을 닫기 전 그녀는 충동적으로 몸을 숙여 그를 보며 말했다.

"조심해요."

그가 웃는다. 탁, 문을 닫은 그녀는 거침없는 발걸음으로 진호의 차로 다가가 조수석에 올라탔다. 그 순간, 차동준의 차가 급하게 출발하더니 끼이익, 찢어지는 타이어 마찰음을 내며 유턴을 한다. 그리고 진호가 차를 출발시켰다. 서연은 빠르게 멀어지는 그의 차를 돌아보았다.

"걱정 말아요. 대장은 프로 중의 프로니까."

안다. 그런데 말이다. 나는 걱정이 된다. 그가 아무리 뛰어난 능력자라고 해도 나는 자꾸만 불안해진단 말이다. 매일 밤, 또다시 홀로 남는 꿈을 꾸는 것처럼 오늘도 나는 불안하고 두렵다.

부아아아앙!

놈이 경기도 외곽으로 빠지는가 싶더니 이내 외진 길로 들어선다. 동준은 액셀러레이터를 세차게 밟아 속도를 최대한 끌어올렸다. 굉음을 내며 튀어나간 그의 차는 똑같이 속도를 올리는 놈의 차를 바짝 뒤쫓았고 급기야는 '쾅!' 소리를 내며 뒤 범퍼를 박았다. 놈이 흔들렸다. 기회를 놓치지 않고 동준은 속도를 더 내어 차를 나란히 붙이는가 싶더니 '콰앙!' 옆으로 밀어붙였다.

끼이이이익, 타이어가 찢어지는 듯한 소리를 내며 놈의 차가 멈췄다. 동준은 브레이크를 밟아 차를 세운 다음 곧바로 뛰어내렸다. 운전석에서 뛰어내려 도망치려는 놈을 향해 달려든 동준은 그대로 놈을 덮쳤다.

"으윽."

놈의 목을 옥죄고 팔을 비틀어 꼼짝 못하게 한 동준은 거칠게 물었다.

"누구야? 누가 시켰어?"

"모, 몰라. 모른다고. 시팔!"

동준의 손에 힘이 들어갔다. 그러자 팔에서 우두둑, 소리가 났다. 놈이 날카로운 비명을 지르며 발악을 한다.

"허, 허억, 모른다고. 몰라. 진짜 모른다고. 난 우리 두목이 시키는 대로 했을 뿐이야."

간헐적으로 신음소리를 내고 놈이 숨을 몰아쉬며 말했다. 오랫동안 이런 험한 세상에서 잔뼈가 굵은 덕분인지 자신이 상대하

고 있는 놈이 잔챙인지, 굵직한 생선인지 정도는 쉽게 감을 잡을
수 있다. 이놈은 잔챙이다. 동준은 물었다.

"날 미행하라고 시킨 놈이 조영철인가?"

놈이 고개를 끄덕인다.

"예, 예. 맞아요. 그 형님이 들키지 않게 미행만 잘하면 백만
원 준다고 해서…… 으으으."

신음하는 놈을 놓아주고 동준은 세워뒀던 자신의 차로 갔다.
기어를 넣고 거칠게 차를 출발시킨 그는 곧바로 서울을 향해 운
전대를 돌렸다.

퍼억.

"으윽!"

조영철이 벽에 몸을 부딪치는가 싶더니 피를 토하며 엎어졌
다. 동준은 그 앞에 한쪽 무릎을 꿇고 앉아 조금 전과 같은 질문
을 반복했다.

"너를 부리는 놈이 누구야?"

"모…… 몰라요."

"전에 그 여자 집에 침입했을 때도 모른다고 했었지."

"이번엔 별일 아니라고 생각했어요. 그냥 따라다니기만 하면
된다고. 주기적으로 연락만 해주면 된다고……."

"뭘로?"

동준이 묻자 놈이 주머니에서 휴대폰을 꺼냈다.

"그 사람이 줬어요."

휴대폰을 받아서 열어 보았다. 틀림없이 정상적으로 개통된 휴대폰은 아닐 것이다. 전화번호는 딱 하나가 저장되어 있었다. 동준은 망설이지 않고 유일하게 저장된 번호로 통화를 시도했다.

몇 번의 신호음이 울리는가 싶더니 끊어졌다. 상대는 말을 하지 않았다. 프로다. 함부로 자신을 절대 노출하지 않는 사람이라는 뜻이다. 동준도 잠시 기다리다가 입을 열었다.

"누구냐?"

[……]

"널 찾을 거야."

동준이 차갑게 말했다. 잠시 놈의 숨소리가 들리는 듯했다. 그리고 전화는 끊어졌다. 이미 예상했던 일이다. 동준은 일어서서 전화기를 벽에 던졌다. 벽에 부딪쳐 박살이 나서 사방으로 파편이 튕겨져 나간다.

"잘 들어, 조영철. 그놈이 다시 너한테 접촉할 일은 없겠지만 만약 접촉하게 된다면 아무리 많은 돈을 준다고 해도 거절해."

놈이 멍한 시선으로 쳐다보자 동준은 싸늘하게 말했다.

"다음엔 죽인다."

조영철의 얼굴에서 핏기가 가셨다. 동준은 머뭇거리지 않고 그 자리를 떠났다. 차로 돌아가는 그의 머릿속에는 조금 전 전화기를 통해 들려온 놈의 숨소리가 안개처럼 부유하고 있었다.

"이건 당신과 나, 둘만의 문제가 아니야. 시간을 끌면 끌수록 우리에겐 불리해."

[예, 알고 있습니다. 그런데 섣불리 움직이다간 더 일이 틀어질 수 있으니…….]

"그런 변명 들으려고 내가 황 원장에 전화를 했겠습니까?"

언짢은 티를 팍 내는 목소리에 전화기 너머 황 원장이 죄송하다고 중얼거린다. 정 의원은 목소리를 낮추며 말했다.

"수고가 많은 거, 알고 있습니다. 그런데 이 일에 나라의 안위가 달려 있습니다. 그 점을 명심해서 좀 더 서둘러 봐요."

[……알겠습니다.]

전화를 끊은 정 의원은 신경질적으로 들고 있던 볼펜을 내동댕이쳤다.

"무능한 인간."

입술을 일그러트리며 새어나온 그 한 마디가 황 원장을 향한 것이라는 건 누구나 알 수 있었다. 시근덕거리며 화를 참아내던 정 의원은 문득 전화기를 다시 집어 올려 번호를 누르기 시작했다. 그리고.

"나야."

[…….]

"듣고 있나? 그래, 듣고 있겠지. 좀 만났으면 하는데. 장소는 내 아들 편에 알려주지. 그럼 그때 그 장소에 약속시간을 넣어놓겠네."

정 의원은 자신의 할 말만 하고 전화를 끊었다. 상대의 목소리를 듣지 않았지만 대수로운 표정이 아니었다. 늘상 있는 일인 듯

자연스러웠다. 의자에서 일어난 정 의원은 책상을 돌아 걸어가더니 문을 열고 서재를 나갔다.

"정 의원 아들 차에 위치추적기 달아놓은 거, 잘하셨네요."

안나는 재빨리 키보드를 두들겨 화면을 띄웠다. 정 의원 자택의 지하주차장 화면이 나타나고 아들의 것인 스포츠카를 확인했다.

"집에 있으니 곧바로 움직이겠죠."

서연이 정 의원의 서재에 설치한 도청장치는 꽤 쓸모가 있었다. 전화선 쪽에 부착한 기기도 잘 작동되고 있었다. 며칠째 정 의원의 서재를 도청하던 그들은 뭔가 단서를 잡은 듯 기뻐하고 있었다.

"근데 마지막 전화 통화 상대는 누굴까요? 왜 대답을 안 하죠?"

진호가 물었다. 안나도 궁금한 표정으로 동준을 쳐다보았다.

"아마도 우리가 모르는 그 인물이겠지."

"그…… 해리 집에 침입하고 앙카라공원 때 대장한테 똘마니 보낸 그놈이요?"

"이틀 전, 날 미행하기도 했고."

안나와 진호는 고개를 끄덕였다. 옆에 잠자코 앉아 있던 서연이 조용히 중얼거렸다.

"누군지 궁금해요. 너무 베일에 싸여 있어서 답답하고……"

"그래도 성과는 있어. 놈이 정 의원과 내통하고 있다는 건 알았으니까."

동준이 말하자 안나도 고개를 끄덕였다.

"큰 성과죠. 더불어 국정원, 황 원장은 정 의원의 꼭두각시일 확률이 높아졌고요."

점점 편 가르기가 정리되고 있었다. 황 원장이 우리 편이라고 단정 지을 수는 없지만 잘만 이용하면 우리 편으로 만들 수도 있다는 희망이 있었다. 황 원장과 정 의원의 고리를 끊으면 국정원이 우리 편으로 서게 된다는 의미다. 그렇다고 절대적인 희망이 있는 것도 아니었다. 황 원장은 정치인과 고리를 엮고 있다. 실리를 위해서는 절대 그 고리를 끊으려 하지 않을 것이다. 황 원장을 움직이는 것은 결코 쉬운 일이 아니라는 의미다.

"어, 움직입니다."

안나가 소리쳤다. 세 사람은 동시에 안나가 가리키는 모니터로 눈길을 돌렸다. 정 의원 아들의 차가 주차장을 빠져나가고 있었다.

"진호는 차를 타고 움직여. 위치는 안나가 알려줄 거야."

"예, 알겠습니다."

동준이 지시하자 진호가 재빨리 일어서 뛰어나갔다. 안나는 차량의 위치를 나타내는 빨간 불빛을 주시하며 잠시 후 헤드셋을 쓰고 말했다.

"껄렁이, 타깃이 종로 3가 쪽으로 가고 있어."

"대체 언제까지 기다리라는 거야?"

윤주철은 이를 갈며 욕설을 씹었다. 조금 전 배달시킨 짜장면이 도착했고 그릇 아래쪽에 감춰져 있던 쪽지를 본 윤주철은 화가 나서 방 안을 서성거리고 있었다. 짜증이 잔뜩 배인 얼굴로 다시 쪽지를 펴 보았다.

'연락할 때까지 기다리시오.'

"빌어먹을."

놈이 누구인지는 모른다. 하지만 서연의 위치를 알고 있는 것만은 확실했다. 앙카라공원에서의 일도 알고 있었고 지금 이 방을 감시하고 있는 어떤 조직에 대해서도 알고 있었다. 감시를 당하고 있으니 섣불리 움직이지 말라고 한 것도 이 의문의 남자였다. 모텔로 들어오기 전에 스치듯 지나간 남자의 모습을 정확하게 보지 못한 것이 아쉬웠다. 놈의 얼굴을 확인했어야 했는데…….

'모텔로 들어가서 쥐 죽은 듯이 기다려. 파일을 찾고 싶으면 내가 시키는 대로 해.'

어깨를 부딪치며 스쳐 지나가는 그 찰나의 순간에 놈이 속삭였다. 그리고 음식을 배달시킬 때마다 그릇 아래쪽에 쪽지를 숨겨서 메시지를 보내오고 있었다. 국정원은 아니다.

'국정원도 윤 박사를 주시하고 있음.'

알고 있었다. 오래전부터 국정원은 나를 쫓고 있는 것이 아니었다. 내게 파일이 없다는 걸 안 이후부터는 나를 이용해 아내와 딸을 찾으려고 했었다.

"망할 년……."

모든 게 예상을 빗나갔다. 이토록 철저하게 오랫동안 도망을 다닐 수 있으리라고는 생각지도 못했는데…… 아내가 죽고 난 후에는 이제 끝났다고 자신했었다. 딸을 찾는 건 아내를 찾는 것보다 훨씬 쉬울 거라고…… 그런데 아니었다. 제 어미를 그대로 빼닮은 딸년도 그만큼이나 지독하고 끈질겼다.

"이번에는 끝을 내야지."

윤주철은 잘 깎아놓은 연필을 똑 부러트리며 중얼거렸다. 그 누구보다 먼저 파일을 회수해야 한다. 국정원보다도, 이 의문의 남자보다도 가장 먼저 파일을 회수해야 한다. 그렇다면 우선 서연의 위치부터 파악해야겠지.

"기다리라고? 그래, 기다려주지. 지금껏 기다려왔는데 기껏 며칠 더 못 기다릴까 봐."

흐흐, 웃음을 흘렸다. 내게 정보를 주는 이놈도 결국 파일을 원하는 거겠지. 하지만 놈도 알고 있을 것이다. 서연이 가지고 있는 파일로는 퍼즐이 맞지 않는다는 걸. 내가 가진 것이 합쳐져야 완벽한 퍼즐이 완성된다는 걸. 국정원이 나를 가만히 둘 수밖에 없는 것처럼, 놈도 결국 내가 필요할 것이다!

헤드셋을 끼고 백팩을 멘 채 껄렁껄렁한 몸을 흔들면서 걸어가는 모습은 힙합에 푹 빠진 청년이었다. 음악소리에 박자를 맞추듯 고개를 까딱거리고 몸을 흔들면서 걷는 폼을 눈여겨보는 사람은 없었다.

[28번.]

헤드셋에서는 음악소리 대신 안나의 목소리가 흘러나왔다. 진호는 껌을 짝짝 씹으며 지하철 사물함 쪽을 흘낏 보았다. 기둥에 기대어 누군가를 기다리는 것처럼 손목시계를 들여다보기도 하고 휴대폰을 만지작거리고 있었지만 실상은 정 의원의 아들이 쪽지를 넣고 사라진 사물함을 감시 중이었다.

안나는 지하철 역사 CCTV를 해킹해 감시 중이었고 진호는 현장에서 바로 움직일 수 있도록 대기 중이었다. 진호의 눈길을 슬쩍 오른쪽으로 틀어졌다. 긴 벤치 의자 앞에 나란히 앉아 있는 보스와 서연이 보였다. 오늘도 서연의 변장은 끝내준다. 긴 머리에 하얀 블라우스와 빨간색 미니스커트를 입은 그녀는 예뻤다. 화장을 하긴 했지만 전처럼 진하지는 않았다.

'너무 진하게 하면 사람들한테 더 관심을 받게 돼. 그러니까 다른 방식으로 해야지. 그건 나한테 맡겨.'

안나가 두 손 걷어붙이고 나서더니 제법 잘해냈다. 화장이 옅은데도 전혀 다른 사람처럼 보이게 만들어놓았다. 하얀 얼굴과 짙은 눈썹, 콧날은 더 오똑하게. 볼터치로 실제 나이보다 더 어려 보이게 만들고 오른쪽 눈꼬리 아래쪽에 점 하나를 찍으니 이건 뭐, 자세히 들여다보지 않으면 절대로 '윤서연'이라고 생각 못할 판이다.

진호는 보스가 팔을 들어 해리의 어깨를 감싸는 걸 보고 씨익, 웃었다.

"살판나셨구만. 기회를 너무 잘 잡으시는데."

혼잣말을 중얼거리자 안나가 대꾸한다.

[보스도 네가 하는 말, 다 듣는다.]

아차. 진호는 냉큼 입을 다물었다. 모두 같은 주파수를 쓰는 헤드셋과 이어폰을 끼고 있는 걸 깜박했다. 제 발이 저려서 보스 쪽으로는 시선도 주지 않았다.

[자, 집중. 28번으로 낯선 남자 한 명 접근 중.]

진호는 긴장한 걸 숨긴 채, 관심 없는 척하며 사물함으로 접근하는 마른 남자에게 집중하기 시작했다.

사물함으로 접근하는 남자에게 집중한 건 진호뿐이 아니었다. 연인 행세를 하며 대기 중이던 동준과 서연도 마른 남자에게 신경을 집중하기 시작했다.

남자는 주변을 살피는 기색도 없었다. 거침없이 28번 사물함 앞으로 다가가서더니 주머니에서 열쇠를 꺼내어 꽂아서 돌린다. 문이 열리자 손을 쑥 집어넣어 종이를 꺼냈다. 그리고.

서연은 눈을 크게 떴다. 진호가 '저 새끼, 뭐야?' 하며 중얼거리는 소리가 들려왔다. 서연은 고개를 돌려 동준을 쳐다보았다. 그의 얼굴도 굳어 있었다. 다시 시선을 돌려 마른 남자를 보았다. 남자는 쪽지를 열어보지도 않고 그 자리에서 찢었다. 갈가리 찢더니 성큼성큼 걸어서 휴지통 속에 툭, 던져버렸다. 그러더니 뒤도 돌아보지 않고 걸어가기 시작했다.

[보스.]

진호가 다음 지시를 내려달라는 신호를 보냈다. 서연은 동준을 쳐다보았다. 그가 굳은 입을 열었다.

"전부 철수해."

[예? 저 자식, 안 쫓아가고요?]

진호가 되묻는다. 동준이 다시 지시했다.

"철수해."

그리고 서연의 팔을 잡더니 일으켜 세웠다.

"가자."

서연은 영문도 모른 체 그를 따라 걸을 수밖에 없었다. 귓가에는 진호와 안나의 대화가 들려왔다.

[진짜 철수라고요?]

[철수하라잖아. 빨랑 빠져.]

[아씨, 알았어요.]

서연은 빠르게 걷는 그를 쫓아 보폭을 더 크게 할 수밖에 없었다.

그가 문을 열어주었다. 서연은 묻고 싶은 게 많았지만 지금은 때가 아니라는 생각에 할 수 없이 그를 지나쳐 조수석에 올라탔다. 그가 차체를 빙 돌아와 운전석에 앉자마자 차를 출발시킨다.

주차장을 빠르게 빠져나가 도로로 들어서도 두 사람은 침묵했다. 그러다가 그가 이어폰을 꽂더니 안나와 진호에게 지시를 내린다.

"오피스텔은 철수합니다."

그럼 어디로 가느냐고 묻는 사람은 없었다. 이런 때를 대비해

오피스텔을 철수하면 곧바로 가평 가옥으로 이동하도록 계획이
짜져 있었다. 그는 신호등 앞에 차를 세웠다. 좌회전 신호를 넣는
가 싶더니 갑자기 운전대를 틀어 직진을 했다. 뒤에서 오던 차가
큰소리로 클랙슨을 울렸다. 하지만 그는 욕을 하며 지나치는 차
량은 신경도 안 쓰고 백미러를 살피고 있었다. 미행이 있는지 살
피고 있는 것이다. 서연의 시선도 사이드미러를 향했다. 급하게
직진해서 쫓아오는 차가 없는지 살폈지만 그녀의 눈에는 안 보였
다. 하지만 그는 그 후에도 두어 번을 더 미행이 있는지 확인을
하며 가평 쪽으로 향하고 있었다.

30분이면 될 길을 한 시간 반이 넘도록 빙빙 돌아서야 비로소
가평으로 향하는 고속도로에 올랐다. 톨게이트를 지나자 조금 안
도한 서연은 그에게 가장 궁금했던 것을 물었다.

"왜 그 남자를 그냥 보내줬어요?"

"……."

"잡아서 물어보는 게 더 낫지 않나?"

"소용없어."

"어째서요?"

"아무것도 모를 게 뻔하니까. 그 남자는 그냥 심부름꾼일 뿐이
었어."

서연은 설명을 기다렸다. 잠시 후, 그가 쓴 미소를 지으며 말
했다.

"놈은 우리가 거기에 있다는 걸 알고 있었어. 우리가 보란 듯
이 심부름꾼을 보내 약속장소가 적힌 종이를 찢어 보인 거지."

서연의 얼굴은 굳었다.

"어떻게 알았을까요? 우리가 감시를 당하고 있었다는 건가요? 혹시 도청당하고 있었던 거, 아닐까요?"

"아니, 그건 아니야. 안나가 그렇게 호락호락한 사람은 아니니까. 그 짧은 시간 안에 안나의 방어시스템을 해제할 수 있는 사람은 없어."

"그럼……?"

그녀의 질문에 그의 눈빛이 눈에 띄게 어두워진다.

"우리를 아는 사람."

"네?"

그가 굳은 얼굴로 혼잣말을 하듯 말했다.

"우리를 아주 잘 아는 사람이라면 가능하지. 내가 움직이는 패턴을 유추할 수 있는 사람이라면……"

서연은 짐작할 수도 없었다. 그가 무슨 생각을 하고 있는지.

노을이 지는 도로 위로 자동차는 속도를 내며 달리고 있었다.

22. 장미의 비밀

    서연은 한숨을 내쉬며 일어나 앉았다. 창밖에서 흘러들어오는 희미한 빛이 있긴 했지만 시간을 확인할 수 있을 만큼은 아니었다. 손을 뻗어 더듬거리며 휴대폰을 손에 쥐었다. 버튼을 누르자 휴대폰 화면이 켜지며 시간이 보였다.

    새벽 한 시…… 늦으면서도 너무 이른 시간.

    일찌감치 잠자리에 들었지만 근 세 시간째 뒤척거리기만 했다. 다시 눕는다고 해서 잠이 들 것 같지가 않다.

    "따뜻한 우유."

    서연은 혼자 중얼거리며 침대에서 내려섰다. 어릴 때부터 버릇이었다. 잠이 안 올 때 따뜻하게 우유 한 잔을 마시면 좀 낫다. 간단하게 입은 트레이닝복 차림이니 뭘 걸치고 할 것도 없이 방을 나섰다. 어두울 걸 대비해 휴대폰의 불빛을 의지하며 복도를 지나 계단을 내려갔다. 발을 헛디딜까 봐 천천히, 조심해서 내려갔다. 마지막 계단 두 개를 남겨뒀을 때였다.

"잠이 안 오나?"

서연은 흠칫, 놀라 고개를 돌렸다. 어두운 창을 등지고 누군가 서 있는 것이 보였다. 목소리를 듣는 것만으로도 이미 누군지 알고 있었다. 그녀는 나머지 계단을 다 내려온 후에 되물었다.

"그러는 그쪽은요?"

"보다시피."

다가온 그가 유리잔을 들어 보인다. 유리잔 안에 붉은색 액체가 들어 있었다.

"술이에요?"

"음. 한 잔 줄까?"

"아뇨. 난 우유 한 잔이면 돼요."

그가 피식, 웃는다. 아이 같다고 비웃는 거라고 해도 상관없다. 서연은 그냥 주방으로 가서 불을 켰다. 그가 뒤따라오는 것이 느껴졌지만 뒤돌아보지 않고 냉장고 앞까지 걸었다. 사실은…… 가슴이 콩닥거린다. 그의 목소리를 들은 순간부터 이놈의 심장이 고장이라도 난 것처럼 제멋대로 날뛴다. 그걸 들키기 싫어서 일부러 더 태연한 척, 무심한 척 연기를 하고 있는 중이다.

우유를 꺼내어 커다란 잔에 따랐다. 우유가 든 컵을 그대로 전자레인지에 넣고 작동시켰다. 위잉, 소리를 내며 전자레인지가 돌기 시작한다.

"우유 한 잔 마시면 잠이 오나?"

엄마 쫓는 아기처럼 졸졸 따라온 그가 뒤에서 묻는다. 이죽거리는 것 같지는 않았다. 그래서 대답해주고 싶어졌다.

"버릇이에요. 어릴 때부터 그랬거든요."

잠시 침묵하던 그가 또 묻는다.

"어릴 땐 잠이 많은 거 아닌가?"

서연은 희미하게 미소를 지었다.

"예민했거든요."

"……"

"엄마가 늘 긴장하고 조심하고 신경을 곤두세우고 있으니까 어린애였던 나도 그랬던 것 같아요. 뭔지는 모르지만 그냥 무섭고 두렵고…… 한곳에 정착을 못 하고 주기적으로 이동하는 것도 한몫했겠죠. 어릴 때부터 잠을 잘 못 잤어요. 특히 새로운 곳으로 가면 늘 잠을 못 잤고 그래서 늘 힘이 없었죠. 피곤한데 정신을 말짱하고…… 그럴 때마다 엄마가 우유 한 잔을 데워주셨어요. 아주 잘 들진 않았지만 그래도 안 마시는 것보단 나았죠."

"……힘들었겠군."

"정말, 미치게 힘들었어요. 근데 그게 또 시간이 오래 흐르다 보면 그냥저냥 견뎌지더라고요. 잠이 안 오면 책을 읽으면서 시간을 보내고…… 딱히 어딜 갈 일도 없으니까 잠이 올 때 자면 돼지, 생각하면서 편안해졌죠. 그래도 잠들고 싶은데 잠이 안 오면 따뜻한 우유 한 잔과 책 한 권은 꼭 필요해요. 마시지 않아도, 안 읽어도 옆에 있으면 위안이 되거든."

말을 하는 사이에 전자레인지가 멈췄다. 서연은 문을 열고 컵을 꺼냈다. 손잡이가 따끈했다. 김도 모락모락 나는 것이 따뜻하게 데워진 것 같았다.

"나가서 마실까?"

그가 묻는다. 서연은 그를 올려다보며 물었다.

"어디서요?"

"어디든. 시원한 공기 마시면서 한 잔."

종류가 같은 한 잔은 아니지만 같이 있을 수 있는 시간에 대한 유혹을 거절할 수가 없었다.

"그러던지."

서연은 무심하게 대꾸했다. 그가 희미하게 웃으며 주방 뒷문 쪽으로 향한다. 서연은 그가 향하는 쪽으로 따라갔다. '난 가고 싶지 않은데 당신이 가자고 하니까 가주는 거예요.' 라는 의미가 팍팍 풍기도록 최대한 느린 걸음으로 걸었다.

"와."

서연은 밤하늘에 총총하게 박힌 무수한 별들에 절로 입이 벌어졌다.

"보석을 뿌려놓은 것 같다."

시골에서 살아본 적이 있어서 밤하늘을 볼 기회도 많았었다. 그런데 오늘은 그 어느 때보다 별이 많았다. 구름이 없는 맑은 날이라서 그런가? 정말이지 쏟아질 것처럼 많았다.

"많군."

그가 중얼거린다. 서연도 고개를 끄덕였다.

"진짜 많네요."

서연은 그가 고개를 돌려 자신을 쳐다보는 걸 느꼈다. 하지만 마주 볼 수가 없었다. 자신이 그를 의식해서 긴장하고 있다는 걸 들키고 싶지 않았다. 침묵이 흐른다. 하늘을 올려다보고 있는 목이 뻐근해지고 있었다.

"언젠가 내가 물었던 거, 기억나?"

서연은 천천히 고개를 내렸지만 그를 보지는 않았다. 시선을 내려 하얀 우유를 들여다보며 되물었다.

"뭐요?"

"지금 이 순간, 가장 하고 싶은 게 뭐냐고 물었었지."

"아."

기억난다. 뭐라고 대답했더라?

'뚜껑 열린 스포츠카 타고 압구정 한복판을 달리는 거요.'

품, 웃음이 났다. 속마음을 들키기 싫어서 말도 안 되는 대답을 했었는데…….

"해주고 싶다."

얼토당토않은 대답을 기억해내고 미소 짓던 서연은 갑자기 들려오는 나지막한 목소리에 얼굴이 굳어졌다.

"다시 말하지."

"……."

"네가 해보고 싶었던 거, 해보고 싶은 거, 전부 리스트 작성해."

서연은 쓴 미소를 지었다.

"왜요? 다 해주게요?"

"반드시."

서연은 고개를 돌렸다. 그의 진지한 눈빛이 그녀를 기다리고 있었다. 마주친 눈빛이 얽혀들어 끊어졌던 고리를 다시 잇는다. 믿었고 좋아했고 사랑했던 그 마음이 다시 용솟음치며 아우성을 쳐댄다.

다시 믿어봐. 다시 좋아해봐. 다시 사랑해.

정말이지 그러고 싶다. 기대고 싶고 안겨서 위로받고 싶다. 더 이상은 혼자가 아니라는 확신을 얻고 싶다. 다시는 혼자가 되지 않을 거라는 절대적인 믿음을 얻고 싶다.

"처음……."

목이 메인다. 목을 가다듬고 다시 입을 열었다.

"처음 나한테 키스했을 때, 진짜였어요? 아니면 내 신뢰를 얻으려고 일부러 그런 거예요?"

그를 다시 믿기 전에 따지고 싶었다. 그에게 상처를 주고 당신이 내게 무슨 짓을 했는지 다시 기억하게 만들고 싶다, 그래서 두 번 다시는 나를 배신하지 않겠다는 맹세를 받고 싶다.

"반반."

"제대로 대답해요."

"이성은 침착하게 아니라고 하는데 심장은 미쳐 날뛰었거든. 그게 뭘 의미하는지 그땐 몰랐지."

원하던 대답은 아니다. 그런데 뭔가 기분이 좋아지는 대답이다. 넘어가기로 했다.

"나랑…… 잤을 때 어떤 생각이 들었어요?"

"……."

"후회? 아니면 날 완전히 믿게 만들어서 좋았어요?"

그가 침묵한다. 애가 탔다. 서연은 대답을 재촉하려고 입을 열었다. 하지만 그가 더 빨랐다.

"처참했지."

놀라는 서연에게 그가 쓴 미소를 지어 보였다.

"참을 수 없어서 널 안아놓고 작전의 일부였다고 스스로에게 말하는 내가 비열하게 느껴졌지. 안 된다고 생각하면서도 자꾸만 너한테 눈길이 가고 손이 가는 내 자신이 아주 한심하게 느껴졌고…… 개자식이라는 걸 인정할 수밖에 없다는 게 미치게 싫었지."

차분하고 낮은 톤으로 고백을 한다. 그래, 고백…… 그는 지금 고백하고 있었다. 아니라고 부정했지만 그때 그는 나를 좋아했다고, 나에게 끌렸었다고…… 진지하게 고백하고 있는 것이다.

서연은 우유가 든 컵을 내려놓았다. 그리고 그를 향해 몸을 틀었다.

"내가 다시…… 기회를 주면 어쩔래요?"

그의 눈빛이 어두워진다. 그녀는 흠흠, 목을 가다듬고 다시 작게 속삭였다.

"그러니까 내가 당신을 용서하고 다시……!"

그녀는 말을 끝내지 못했다. 그가 자신의 목을 홱 잡아당기는 순간 서연은 말을 멈출 수밖에 없었다. 입술이 맞닿았다. 뜨거웠다. 부드러운 감촉에 심장이 뛴다. 미친 듯이 방망이질치고 피가 끓어오르듯 빠르게 휘돈다.

기억을 지우려고 했다. 그의 온기, 따스한 살 냄새, 그의 입술의 촉감까지 모두 잊으려고 애썼었다. 하지만 몸은 전부 기억하고 있었다. 머리로 기억해내기 전에 몸이 이미 반응한다. 입술이 열리고 두 사람의 숨결이 뒤엉키며 호흡이 거칠어졌다.

서연은 몸을 반쯤 일으키며 그에게 매달렸다. 그가 그녀의 허리를 잡는가 싶더니 번쩍 안아 자신의 다리 위에 올렸다. 서연은 그의 다리 위에 걸터앉아 눈을 감았다. 키스가 깊어졌다. 갈비뼈를 가만히 쓰다듬는 그의 엄지손가락이 느껴진다. 그녀의 모든 숨결을 단번에 삼켜버리려는 듯 거칠게 파고드는 남자의 공격에 머릿속이 아득해지는 것 같았다.

티셔츠 안쪽으로 들어오는 남자의 손길에 그녀는 거친 숨을 들이켰다. 입술을 벗어나 하얀 목선을 타고 흐르는 그의 입술에 뜨거운 화염을 느꼈다. 그의 목에 매달려 거친 호흡을 내뱉는 것 말고는 아무것도 할 수가 없었다.

"하아."

그녀의 뜨거운 숨결이 그의 목을 눌렀다. 좋은 냄새, 익숙한 향기, 그의 살 냄새는 기억보다 훨씬 더 좋았다.

그가 갑자기 키스를 멈췄다. 티셔츠 안에서 손도 뺐다. 옷매무새를 가다듬어준 그가 속삭인다.

"방으로."

허스키하게 갈라지는 목소리는 열기에 잠겨 있었다. 서연은 그제야 자신들이 있는 곳이 누구나 볼 수 있는 바깥이라는 걸 깨달았다. 열기가 확 몰려든다. 그제서야 창피함이 밀려들었다. 서둘러 그의 다리에서 내려온 그녀는 차마 고개를 들지도 못했다. 도망가고 싶어졌다. 단 한 번의 손길에 정신을 잃고 매달렸던 조금 전의 상황으로부터 도망치고 싶다. 하지만 그는 용납하지 않았다. 갑자기 그녀의 손목을 잡고 집 안으로 끌기 시작한다.

서연은 반항하지도 거부하지도 않았다. 그가 이끄는 대로 집 안으로 들어가 계단을 올라갔다. 자신의 방을 지나쳐 복도 끝, 그의 방으로 향할 때도 그녀는 거부하지 않았다. 마침내 방 안으로 들어가 오롯이 둘만 남게 되었을 때, 그 누구에게도 들킬 염려가 없는 안전한 공간이라는 걸 인식했는데도 두 사람은 섣불리 움직이지 않았다.

어색한 시간이 흘렀다. 무거운 정적만큼이나 어두운 공기가 흘렀다. 숨이 막혀온다. 심장이 너무 빨리 뛰어서 목을 옥죄는 듯했다. 신선한 공기가 필요했다. 뒤돌아서 나가야겠다고 생각하던 그때였다.

그가 와락 다가왔다. 그리고 서연은 기다렸던 사람처럼 그의 입술을 맞았다. 팔을 들어 그의 목을 휘어 감고 입술을 열어 그를 환영했다. 도망가고 싶은 적이 없었던 사람처럼 열렬히 그에게 매달렸다.

그가 그녀를 안아 올렸다. 침대로 이동하는 그 순간에도 두 사람의 입술은 떨어지지 않았다. 푹신한 침대로 내려졌을 때, 윗옷을 벗어 던지고 다가온 그가 그녀의 티셔츠를 들추었을 때, 드러난 브래지어 위로 따스하게 입술을 묻고 거친 숨을 들이켤 때, 서연은 그 모든 순간이 아득했다.

옷이 하나씩 벗겨져 나가고 살과 살이 맞닿아 서로가 더 깊이 얽어들었다. 쉼 없는 키스가 이어지고 거침없는 손길이 서로의 몸 구석구석을 더듬었다. 그리고 마침내 두 사람이 하나가 되었을 때 서연은 미소 지었다.

후회…… 않을 거야. 이 순간이 또 거짓일지라도, 또다시 배신의 상처에 고통스러워하게 될지라도 지금을 후회하진 않을 거야.

서연은 자신의 몸 위에서 거친 숨을 내쉬는 그를 올려다보았다. 흐릿한 눈에 그의 열기어린 눈빛이 보였다.

"하아."

황홀한 탄식을 내뱉는 그녀에게 그가 키스했다. 그녀는 그의 목을 끌어안아 당겼다. 두 사람의 몸이 하나인 것처럼 밀착했다. 여전히 그는 거칠게 움직이고 있었고 그녀는 그 뜨거운 율동에 흔들리고 있었다.

"사……랑해요."

뜨거운 숨을 내뱉으며 그의 귓가에 속삭였다. 흠칫, 그가 잠시 멈춘다. 하지만 이내 조금 전보다 더 빠르게 움직이기 시작했다. 서연은 극으로 치닫는 희열이 점점 가속화되어 최고점을 향해 다가가고 있다는 것을 느꼈다.

"아아!"

부르르, 몸이 극도의 황홀함을 느끼며 진저리를 쳤다. 그가 신음소리를 내며 무너져 내린다. 그 뜨거운 몸을 감싸 안으며 서연은 미소를 지었다. 그때였다.

"널 지켜줄 거야. 반드시."

서연은 웃으며 눈을 감았다.

고백이다. 이 사람은 나에게 사랑한다고 고백을 하는 것이다. 서연은 미소 지은 채 속삭였다.

"날 속인 거, 용서해줄게요."

그가 그녀의 어깨에 입술을 대고 웃는 것이 느껴졌다. 희미한 달빛이 두 사람의 젖은 몸을 부드럽게 비추고 있었다.

밖이 밝아지고 있었다. 곧 해가 완전히 뜨게 될 것이다. 동준은 엎드린 채, 매끈한 등을 드러내고 곤히 잠들어 있는 그녀를 부드럽게 바라보았다. 짧은 머리칼은 헝클어져 있었고 그 아래로 드러난 가녀린 목과 어깨로 시선이 내려갔다. 다소 마른 듯 보이는 등은 엉덩이를 겨우 아슬아슬하게 가린 시트 아래로 쭉 뻗어 있었다.

동준은 참지 못하고 손을 뻗었다. 그녀가 깰까 봐 직접 만지지는 못했지만 채 1센티미터의 간격도 두지 않은 채 살결을 더듬듯 손가락을 미끄러뜨렸다. 등줄기를 따라 내려가 엉덩이가 슬쩍 보이는 곳까지 이르자 다시 열기가 꿈틀거린다. 지난밤, 격정적으로 그녀를 안았던 기억이 한꺼번에 떠오르는가 싶더니 욕망의 덩어리가 빳빳하게 굳어지는 것을 느껴졌다.

충동을 억제하지 못하고 고개를 숙여 그녀의 목에 코를 묻었다. 그녀가 살짝 움찔한다. 조금 전까지는 깨우고 싶지 않았지만 지금은 아니었다. 이젠 그녀를 깨워 지난밤의 열기를 다시 불태우고 싶어졌다.

그녀의 온몸에 키스하고 뜨거운 몸속으로 들어가 마음껏 휘젓고 싶었다. 그녀의 몸에 자신의 몸을 완벽하게 묻고 폭발하고 싶었다.

동준은 입술을 미끄러트려 어깨를 더듬었다. 가느다란 선을 어루만지듯 손으로 둥근 어깨를 감쌌다.

"으음."

그녀가 가만히 몸을 뒤튼다. 다디단 잠에서 깨어나는 듯했다. 동준은 희미한 미소를 지었다. 슬쩍 고개를 들어 그녀의 얼굴을 들여다보았다.

"졸려요……."

갈라지는 목소리로 그녀가 웅얼거린다. 동준은 그런 그녀의 입술에 쪽하고 입을 맞추며 속삭였다.

"계속 자."

"건드리지 말아야지."

졸린 목소리가 말한다. 동준은 다시 미소를 지었다. 아무래도 참아야 할 것 같았다. 피곤한 기색의 그녀의 얼굴을 보는 순간, 욕망은 잠시 억눌러야겠다는 생각이 들었다.

그는 아쉬운 손길로 그녀의 어깨와 팔을 쓰다듬었다. 어깨 바로 아래에서 화려하게 핀 장미 문신을 가만히 쳐다보았다. 예전에 처음 봤을 땐 이렇게 정교한지는 몰랐다. 지금 자세히 보니 장미 이파리에서부터 줄기와 가시까지, 문신치고는 아주 정교했다.

동준은 손으로 장미 이파리를 가만히 쓸었다. 문득, 눈이 가늘게 좁혀진다. 그의 손이 다시 장미 문신을 더듬었다. 분명히 뭔가가 느껴진다.

"진짜……."

그녀가 가는 한숨을 쉬더니 몸을 뒤집으려고 했다. 동준은 재빨리 그녀의 어깨를 잡고 살짝 누르며 말했다.

"잠깐."

"응?"

"잠깐만 그대로 있어."

동준은 정신이 번쩍 드는 것 같았다. 찬물을 뒤집어쓴 듯 머릿속이 확 밝아졌다. 손끝에 신경을 집중시켰다. 부드럽게 더듬으며 오돌도돌한 감촉을 느꼈다.

"뭐…… 하는 거예요?"

그녀가 이상하다는 듯 묻는다. 동준은 몸을 일으켜 그녀를 내려다보았다.

"장미 문신에 뭔가 있어."

"어? 뭐가 있다니 그게 무슨?"

"내 생각엔…… 점자야."

그녀가 눈을 커다랗게 떴다.

"점자? 그 시각장애인들이 쓰는……."

"그래."

그가 완전히 몸을 일으키자 서연도 일어나 앉았다. 그녀는 손을 뻗어 어깨 뒤를 매만졌다.

"몰랐어?"

서연은 시트로 가슴을 가리며 그를 돌아보았다.

"우둘두둘한 게 있다는 건 알았어요. 근데 그게 점자일 거라고는 생각 못했어요. 그냥 문신할 때 피부가 놀라서 뭔가 생긴 거라고……."

"그러기엔 너무 규칙적이지."

"몰랐어요. 대수롭게 생각 안 했어요. 그럼 내 어깨에 있는 건……?"

뭘까? 새겨진 점자는 무슨 뜻일까?

"옷 입어."

그가 일어서서 티셔츠를 뒤집어쓰더니 그녀의 옷도 건네주었다.

"안나를 불러올 거야. 안나가 점자를 읽을 줄 알아."

그가 바지를 입고 문으로 향하는 것을 보며 서연도 서둘러 옷을 입기 시작했다. 그가 방을 나갔다. 옷을 재빨리 입고 침대에서 내려서 헝클어진 머리를 정리하던 그녀는 화들짝 놀랐다.

"젠장, 여긴 그 사람 방이잖아!"

자기 방 놔두고 여기에 있는 걸 변명할 길이 없다. 게다가 지금 내 얼굴은…….

서연은 거울에 비친 자신의 모습을 보았다. 얼굴에 다 드러나 있었다. '나, 어젯밤에 남자랑 잤어요.' 하고.

방으로 돌아가 자신의 모습을 수습하기에는 너무 늦었다. 복도를 걸어오는 발소리가 나더니 이내 문이 열리고 동준과 함께 들어오는 안나가 보였다. 자다가 끌려온 사람답게 안나도 온통 헝클어진 모습이었다. 서연은 어색한 미소를 지으며 말했다.

  "좋은 아침이에요."

  안나의 손끝이 신중하게 서연의 어깨를 더듬고 있었다. 처음엔 부드럽게 쓰윽 훑는가 싶더니 이내 고개를 끄덕였다.

  "점자 맞아요. 근데 좀 흐트러졌어요."

  "흐드러져?"

  그가 묻자 안나가 대답했다.

  "점자가 새겨진 후로부터 시간이 흘러서 어떤 부분은 흐려졌다고 해야 되나? 사람 몸이라는 게 느리긴 하지만 계속 변하니까. 피부는 특히 외부 자극에 민감하고."

  "해석은?"

  서연은 긴장했다. 자신의 몸에 뭔가가 새겨져 있을 거라고는 한 번도 상상해보지 않았었다. 그런데 뭔가가 있단다. 이건 엄마의 작품이다. 그녀도 모르게 엄마가 문신하는 사람에게 새겨달라고 주문했을 것이다. 뭘 새겼을까? 그 당시의 엄마는 여유가 없는 사람이었다.

  '문신?'

  엄마의 손에 이끌려 문신 가게에 갔을 때가 기억난다. 가게 앞에서 무슨 뚱딴지같은 소리냐며 물었던 기억도 난다.

'등에 예쁜 꽃 문신하자.'

사진까지 준비해서 보여주는 엄마가 이상했었다. 하지만 일탈을 꿈꾸던 소녀에게 그것은 유혹이었다. 해보고 싶은 욕구가 더해져 아무 생각 없이 등을 내보였었다.

정말 몰랐다. 꿈에서도 상상해본 적이 없었다.

"몇 군데가 끊기긴 하지만 뜻은 알 수 있어요."

안나가 다시 그녀의 문신을 더듬기 시작했다.

"워……얼드……스……크……."

그녀의 등을 매만지는 손가락이 움직일 때마다 안나의 입술을 비집고 정리되지 않은 단어들이 나오기 시작했다.

"그다음은 KE…… 나머진 지워져서 모르겠어요. 알파벳으로 두어 개가 더 있는데……."

옆에 있던 동준이 중얼거린다.

"월드라는 단어."

"SE, 그다음엔 K, 그리고…… KE……."

기대했던 것보다 명확하지가 않았다. 단서가 되는 단어들을 연결해서 유추해볼 수밖에 없는 상황이었다.

"그래도 아랫줄은 비교적 양호하네요."

아랫줄? 서연은 눈을 동그랗게 떴다. 또 있다는 얘긴가?

"4003692087."

안나가 단숨에 읽었다. 그리고 말한다.

"이게 끝이에요."

서연은 옷을 바로 입고 그를 바라보았다. 안나가 불러준 단어를 받아 적은 메모지를 날카로운 눈빛으로 응시하고 있었다. 빠른 걸음걸이가 들리는가 싶더니 벌컥 문이 열렸다. 열린 방문 안으로 진호가 달려 들어왔다. 그리고 다급하게 소리를 질렀다.

"윤주철 박사가 연락을 취해왔어요!"

네 명은 주방에 모여앉아 있었다. 모두들 얼굴이 진지했다. 생각하지 않았던 단서가 튀어나왔고 예상하지도 못했던 접촉이 왔다.

'내 딸을 만나야겠어.'

윤주철이 보내온 메시지는 간단명료했다. 서연을 만나게 해달라는 당당한 요구. 그런데 이 메시지 내용이 문제가 아니었다. 문제는 윤 박사가 어떻게 안나에게 메일을 보냈는가, 이다. 정확히 말하면 블랙홀 출판사 메일 주소로 메시지를 보내왔다. 윤주철은 블랙홀의 정체를 아는 것이다.

"국정원은 아니겠죠?"

진호가 묻는다. 윤주철에게 정보를 제공한 배후를 묻는 것이다.

"아니라고 해도 윤 박사가 안다면 국정원도 알고 있다고 봐야겠지."

안나가 대답했다. 전에 없이 심각한 공기가 흘렀다. 작전 중에 이쪽이 드러날 때도 있긴 있었다. 하지만 이렇게 상대를 알지 못하는 때는 없었다. 목표는 있지만 그 목표의 내용 파악이 안 되는 것도 처음이었다. 모든 것이 어지럽고 복잡했고 안개에 싸인 것처럼 답답했다.

"그리고 이건 뭘까요? 이게 뭘 의미하는 건지……."

진호가 서연의 어깨에서 읽어낸 점자가 적힌 내용을 훑어보며 중얼거린다.

"월드에다가 SE? 설마 SES? 걸그룹도 아니고……."

"쯧쯧, 그게 그렇게밖에 연상이 안 되냐? 상상력을 좀 발휘해 봐."

"아줌마는요? 그럼 아줌마가 그 잘난 상상력 좀 발휘해 보든지요."

"SE. 그러니까 시리얼, 세븐, 서바이블…… 또 뭐가 있더라……."

"시크릿."

안나가 단어들을 나열하자 서연은 자신도 모르게 단어 하나를 떠올렸다. 그러자 모두의 눈길이 서연을 향했다.

"왜요? 그냥 생각나는 거, 말해본 건데."

갑자기 동준이 메모지를 휙 낚아채 간다. 그러더니 눈을 빛냈다.

"월드 시크릿…… 킵."

"월드 시크릿 킵?"

진호가 무슨 단언지 모르겠다는 얼굴로 되뇌었다. 서연도 모르긴 마찬가지였다. 하지만 안나는 자신의 무릎을 탁, 치며 소리 질렀다.

"대여금고!"

진호와 서연의 눈이 커졌다. 동준이 미소를 짓는다. 안나는 재빨리 노트북을 열어 검색창에 '월드 시크릿 킵'이라고 쳤다. 그러자 국내 유일한 대여금고 전용 은행이라는 기사가 떴다. 안나가 기사의 일부를 읊기 시작했다.

"세계에서 알아주는 대여금고 은행, 월드 시크릿 킵은 올 초에 한국 지점을 오픈한다고 공표했다. 주 고객 대상은 재력이 있는 사람들이 될 것으로 예상되나 일각에서는 대여금고 전용 은행이 자금세탁, 세금탈루의 온상이 될 것이라고 우려하고 있다. 월드 시크릿 킵은 대여금고 이용자에 제한을 두지 않을 것이며 가격의 고하를 불구하고 소중한 물건을 보관하기 위한 안전한 보물창고가 될 것이라고 밝혔다. 10년 전, 기사네요."

엄마가 돌아가시기 전이다. 금고에 뭘 넣어둔 걸까? 의문이 떠올랐지만 이내 답도 떠올랐다.

"파일이…… 거기 있는 걸까요?"

서연이 중얼거리듯 물었다.

"아마도."

차동준이 조용히 대구한다.

"확인 먼저 해보죠."

안나가 컴퓨터와 연결된 전화기를 집어 올렸다. 위치추적을 방지하는 프로그램도 돌기 시작했다. 인터넷에 나와 있는 전화번호를 누르자 신호가 가기 시작했다. 스피커를 통해 울리는 신호음이 오늘따라 더 크고 지루하게 울렸다.

[안녕하세요. 월드 시크릿 킵입니다. 회원이시면 1번을, 비회

원이시면 2번을 눌러주세요.]

안나가 망설이지 않고 1번을 눌렀다.

[회원번호 열 자리를 입력하시고 # 버튼을 눌러주세요.]

안나가 차동준을 보았다. 그러자 그가 쪽지를 내밀었다. 안나는 서연의 등에서 읽어냈던 번호를 입력하기 시작했다.

4003692087

마지막에 '#' 버튼을 누르자 띠리리, 하는 경쾌한 음이 울렸다. 그리고 잠시 후 진짜 사람의 목소리가 들려왔다.

[반갑습니다. 이영희 회원님. 무엇을 도와드릴까요?]

생뚱맞은 이름에 안나가 잠시 당황했지만 이내 전화기에 대고 말했다.

"거기 보관 중인 물건을 찾으러 가려는데요. 하도 오래전에 맡겨서 절차를 잊어버렸어요."

[아, 그러시군요. 회원님. 다른 절차는 없으시고요, 직접 내방하셔서 방금 입력하신 회원번호를 누르고 입장하시면 됩니다. 5년 전부터 무인자동시스템을 갖추어서 회원번호만으로 언제나 금고를 확인할 수 있도록 되어 있습니다.]

듣던 중 반가운 소리였다. 절차가 생각보다 훨씬 단순했다. 하지만 안내멘트가 다시 이어지자 안나의 눈빛이 어두워졌다.

[물론 금고를 여는 키는 가지고 오셔야 합니다. 키가 없으시면 금고를 여실 수 없으니까요.]

"네, 알겠습니다. 감사합니다."

[네, 회원님. 즐거운 하루 보내시길 바랍니다. 감사합니다.]

전화를 끊는 안나를 보자마자 진호가 중얼거렸다.

"그럼 그렇지. 어쩐지 너무 쉽더라."

회원번호만 있으면 되는 줄 알았다가 키를 가져오라는 복병을 만난 진호는 실망한 표정이었다.

"쉬워."

갑자기 동준이 진호의 말에 대꾸했다.

"예?"

진호가 되물었지만 동준은 서연을 보았다. 서연도 그를 마주 보았다. 두 사람은 이미 생각이 통한 듯 마주 미소 지었다. 안나가 그 모습을 보고 말한다.

"뭐야? 두 사람은 그 키가 어디 있는지 알고 있나 보네."

"예에? 진짜요?"

진호가 물었다. 동준이 고개를 끄덕였다.

"있지."

서연이 환한 미소를 지은 채 모두를 향해 말했다.

"그 키는 나한테 있어요."

엄마가 목사님께 맡겼을 것이다. 엄마가 세상에서 가장 믿었던 분이니까. 그리고 목사님은 오랜 세월 그 열쇠를 보관해오다가 돌아가셨고 인주 언니가 그걸 공구함에서 발견한 것이다. 엉킨 실타래가 조금씩 풀리는 것 같은 기분. 이제 모두가 찾으려고 하던 그 물건을 잡을 기회가 왔다.

"그런데 이영희라는 사람은 누굴까요? 김은혜 씨가 신분 노출을 안 하려고 대리인을 쓴 거겠죠?"

"알면서 뭘 물어? 그런 당연한 건 좀 묻지 말자."

진호의 물음에 안나가 핀잔을 준다.

서연은 동준을 쳐다보았다. 이젠 한 발 더 가까워진 걸까? 자유와, 평범. 이 두 단어에 행복이라는 단어까지 추가해서 이 사람과 웃으며 살 수 있게 되는 걸까?

마주 보는 그의 눈빛이 말하고 있었다.

반드시 그렇게 될 거야.

"퀵?"

"예, 방금 도착했습니다."

비서가 내미는 상자를 받아든 정 의원은 겉면에 있는 익숙한 모양의 표식을 보자마자 비서를 향해 말했다.

"알았어. 나가봐. 당분간 아무도 연결시키지 말고."

"예, 의원님."

비서가 나가자 정 의원은 상자를 뜯었다. 안에는 구형 휴대폰 하나가 덩그러니 들어 있었다. 옆에 있는 작은 쪽지를 펴 보았다.

'전원을 켜고 등록된 번호로 전화를 걸으시오.'

정 의원은 메모지에 적힌 대로 휴대폰의 전원을 넣고 유일하게 저장되어 있는 번호로 통화를 시도했다. 서너 번의 신호음이 간 후에 상대가 전화를 받는다.

[듣기만 해요.]

"약속장소엔 왜 안 나온······."

[듣기만 하라고 했습니다. 지금 당신은 도청당하고 있어요.]

흠칫, 정 의원의 얼굴이 굳었다.

[당신 집 서재는 분명히 도청당하고 있어. 사무실도 안전하지 않습니다.]

"어떻게……?"

[내가 그랬잖소. 당신이 생각하는 것보다 훨씬 뛰어난 놈이라고.]

정 의원의 입매가 딱딱하게 굳어졌다. 프리랜서라고 했던가? 한때 국정원의 최정예 요원이었다고 하더니…….

"놈의 정체를 알아봐 달라고 했을 텐데."

상대가 느리게 웃음을 흘린다.

[그건 불가하다고 말했을 텐데요? 다시 말하지만 난 당신 편이 아니야.]

"물건을 다른 놈에게 넘겨주고 싶은 것도 아닐 텐데?"

[당신한테 넘기고 싶지도 않아.]

"목적이 뭔가?"

[폐기. 당신이 욕심만 부리지 않는다면 그게 더 이득일 텐데 말이야.]

"난 그 파일이 필요해."

상대가 다시 웃는다. 정 의원은 비웃음을 당해도 그 파일을 손에 넣어야 했다. 그래야 그 파일을 이용해 이 나라를 마음대로 주무를 수 있으니까.

"파일을 내게 넘겨주시오. 대가는 충분히 지불할 용의가 있으니."

[내가 원하는 건, 돈이 아닙니다.]

정 의원은 짜증이 일었다. 국정원의 황 원장도 그 파일을 추적하고 있지만 성과는 지지부진했다. 그런데 어느 날 갑자기 연락을 취해온 이 의문의 사내는 상당한 진전을 보였다. 확률적으로 이 사내가 파일을 회수할 확률이 높다. 대체 무슨 수로 이놈을 회유해야 한단 말인가.

"뭐든 말하시오. 원하는 건 뭐든지 해줄 테니까."

[평화.]

"뭐?"

[나는 이 땅의 평화를 원하오.]

무슨 시답잖은 소린가. 우스웠지만 장단을 맞춰주는 게 이롭다.

"나도 원하는 바요. 그 파일이 공개되는 일은 절대 없어야 하니까."

[회수 즉시 폐기할 겁니다.]

"내가 어떻게 믿지? 내 눈으로 확인하기 전에는 믿을 수 없소."

[…….]

"내 눈앞에서 폐기하시오. 그래야 믿을 수 있지."

[믿든 말든 상관없소.]

"상관이 있을 텐데? 무슨 이윤지는 모르겠지만 당신은 내가 이 일에서 영원히 손을 떼기를 바라고 있어. 그 파일에 대한 어떠한 언급도 하지 않기를 바라는 거지. 안 그런가?"

얼마 되지 않았지만 이 의문의 사내와 내통하면서 직감적으로 알아차린 것들이었다. 놈이 대꾸하지 못한다. 정 의원은 회심의 미소를 지었다.

"내 눈으로 확인하기 전에는 죽을 때까지 파일을 뒤쫓을 거요."

침묵하던 상대가 가라앉은 목소리로 말했다.

[회수하면 연락드리죠.]

정 의원은 만족스러운 미소를 지었다.

"기다리지."

[의원님께서 한 가지 해줘야 할 일이 있는데…….]

"뭔지 말해요."

[윤주철. 놈을 처리해주시오.]

정 의원은 눈살을 찌푸렸다. 지금까지 별 이용 가치가 없긴 했지만 앞으로는 모를 일이다. 혹시 모를 나중을 대비해 처리하지 않고 놔두었던 건데 이제 와서 처리해달라고?

"직접 하지 않고."

[내 손에 더 이상의 피는 묻히지 않습니다.]

전화가 끊어졌다. 정 의원은 전화기를 내려놓으며 인상을 썼다.

더 이상의 피는 묻히지 않는다고? 대체 뭐하는 놈이기에…….

"출발합니다."

먼저 출발한 앞차가 저 멀리 사라지자 진호가 기어를 넣고 차를 출발시켰다. 서연은 뒤꽁무니만 겨우 보이는 앞차를 보고 있었다. 거기엔 안나와 차동준이 타고 있었다. 안나는 마치 얼굴을 가리는 것처럼 모자를 푹 뒤집어썼고 서연이 입던 옷에 가방까지 맞춰 입었다. 그 옆에서 차동준은 마치 귀한 사람을 보호하듯 했다. 안나가 서연처럼 보이도록 계획한 것이었다. 누군지 모르지만 자신들이 미행을 당하고 있을 수도 있다는 전제하에 꾸민 계획이었다.

서연은 진호가 운전하는 차에 앉아 있었다. 중절모를 쓰고 남자들이 입는 양복을 입은 채였다. 얼핏 보면 이 차에는 두 명의 남자가 앉아 있는 걸로 속을 것이다.

차는 무리 없이 달리고 있었다. 따라오는 차도 없는 듯했다. 시내로 들어서면 약속했던 지점에서 안나와 차동준을 조우할 것이다. 서연은 어서 그곳으로 가고 싶었다. 엄마가 그렇게까지 숨기려고 했던 물건이 그 파일이 맞는지, 아니면 다른 것인지 어서 알고 싶었다.

회원번호를 누르자 자동으로 열리는 문틈으로 걸어 들어갔다. 떨린다. 두렵기도 하고 긴장이 되기도 한다. 옆에서 걷던 그가 가만히 손을 잡아준다. 서연은 그를 올려다보며 희미하게 미소를 지었다. 밖에선 안나와 진호가 대기하고 있었다. 옆에는 이 남자가 있다. 무서워할 것 없다.

난 혼자가 아니니까.

기나긴 복도가 나왔다. 긴 복도에는 촘촘하게 문이 나열되어 있었다. 문마다 번호가 적혀 있었다. 서연은 자신의 회원번호와 일치하는 문 앞에 섰다. 키를 꽂을 수 있도록 되어 있었다. 무인 자동시스템이라는 최첨단을 자랑하면서 정작 금고로 들어가는 문은 아날로그적이라는 사실이 우스웠다.

서연은 그가 열쇠를 꽂고 돌리는 것을 지켜보았다. 찰칵, 경쾌한 소리와 함께 문이 열렸다. 그가 열어준 문틈으로 들어간 서연은 테이블 위에 덩그러니 놓여 있는 금고를 보았다. 철제로 만들어진 금고는 생각했던 것보다 작았다.

천천히 앞으로 다가간 그녀는 또다시 열쇠를 꽂도록 되어 있는 금고 앞에서 그를 쳐다보았다. 이번에도 그가 열쇠를 넣고 돌렸다. 철컥, 조금 전과 같은 소리를 내며 금고가 열렸다. 그가 금고를 활짝 열었다.

서연은 왠지 허무한 기분이 들었다. 금고가 작다고 생각했는데 그 안은 더 간소했다.

작은 이동식디스크 하나와 곱게 잘 접힌 종이 한 장. 이게 전부였다. 종이를 집은 그가 그녀에게 건넨다. 서연은 반으로 접힌 종이를 받아서 폈다.

'내 딸, 서연이에게.'

예상했던 대로 엄마의 필체였다. 울컥, 목이 메인다. 코끝에 찡한 느낌이 일었다.

'네가 여길 왔다는 건 이미 이 물건의 존재를 알았다는 뜻이겠지. 어쩌면 네가 아닐지도 모르고 또 자의가 아닌 타의에 의해 온 것일지도 모르겠다. 하지만 그런 의심들을 떠올리면 이런 편지조차 남길 수 없으니까 오직 네가 원해서, 스스로 왔다고 가정하고 글을 쓸게. 서연아, 이 물건은 우리 둘을 지켜주는 유일한 목숨줄이야. 이걸 가지고 도망쳤기에 우리는 지금껏 살아 있었다. 지금 너 혼자 여길 온 거라면 이미 나는 죽고 없겠지. 그렇지만 서연아, 이걸 보관해라. 널 지켜줄 거야. 이 무정한 나라도, 괴물 같은 네 아버지도, 이 물건을 노리는 그 누군가도 널 해칠 수는 없을 거야. 이 물건이 너한테 있는 한, 그들은 절대 널 해칠 수 없어. 난 이 물건의 용도를 모른다. 이게 왜 중요한 건지도 몰라. 다만 많은 사람들이 이 물건을 가지려고 혈안이 되어 있다는 건 알아. 특히 윤주철, 그자는 이 물건으로 이 나라의 영웅이 될 수 있다는 환상을 가지고 있어. 절대 포기하지 않겠지. 하지만 넘겨줘선 안 돼. 이 걸 넘겨주면 넌 목숨이 위태로워질 테니까. 이 물건의 존재에 대해 아는 사람은 죽었어. 그러니까 너도 죽게 될 거야. 그러니 끝까지 숨겨둬라. 포기하지 말고 버텨라. 미안하다, 딸아. 너에게 이런 굴레를 지어줘서. 이 못난 어미를 용서하렴.'

서연은 허망한 표정으로 편지를 내렸다. 왜일까, 왜 이토록 허무하고 씁쓸할까.

"포기하지 말래요."

조용히 말했다. 그는 아무런 말도 하지 않았다. 서연은 쓰게 웃었다.

"여기까지 와서도 그렇게 말하네요. 포기하지 말고 도망치라고. 엄만 그저 살아남기만 하면 된다고 생각했던 걸까요? 어떻게 사는지에 대해선 생각조차 하지 않았던 걸까? 내가 행복한지, 어떤지 관심은 없고 오직 살기만 바랐던 걸까?"

"……그분으로선 그게 최선이었을 테니까."

서연은 촉촉해진 눈으로 그를 올려다보았다.

"그분이 할 수 있는 건 그게 전부였을 테니까. 널 행복하게 해줄 순 없어도 살아가게 해줄 수는 있다고 위안했을 거야."

"그게 무슨 의미가 있다고?"

"어머니로선 최선이었어."

목이 멘다. 지금껏 도망친 시간이 아깝고 억울하다. 이런 것의 존재를 알았다면 다르게 살았을 텐데. 비루하게 도망치며 사는 삶보다 목숨을 걸고 부딪치는 방법을 택할 수도 있었을 텐데.

"그래서 난 어머니께 고맙고."

그가 희미하게 웃으며 말한다. 서연이 무슨 뜻이냐는 얼굴로 쳐다보자 그가 웃어 보이며 입을 열었다.

"날 만나게 해줬으니까. 도망치는 널 붙잡을 수 있는 기회를 주셨으니까."

그런가? 듣고 보니 그렇다. 엄마는 상상이나 했을까? 이런 남자가 딸에게 나타날 줄. 희망이라도 가졌을까? 어두운 터널에 비친 한 줄기 햇살 같은 남자가 딸의 곁에 서게 될 줄. 어쩌면 그렇게 되도록 기도했을지도 모르겠다. 지금도 저 세상에서 목사님과 함께 간절히 바라고 있을지도 모르겠다.

서연은 그를 보며 마주 미소 지었다. 그리고 편지를 내밀었다. 아무런 말이 필요 없었다. 이제 그와 모든 것을 공유할 테니까.

우린 동지니까.

그가 편지를 빠르게 읽어 내려갔다. 그리고 금고 안에 있는 이동식디스크를 들어 안주머니에 넣더니 그녀에게 말했다.

"가자."

서연은 그의 손을 잡았다. 문을 나서는 그들의 걸음은 어느 때보다 진지했고 간절한 희망에 들떠 있었다.

안나는 심각한 얼굴로 고개를 저었다.

"안 됩니다."

동준과 진호, 서연은 안나의 설명을 기다렸다.

"다른 조각이 필요해요."

"그게 무슨 뜻이에요? 뭔 조각?"

진호가 그건 또 무슨 귀신 씨나락 까먹는 소리냐는 듯 물었다. 금고에서 찾아온 이동식디스크를 컴퓨터에 꽂고 파일을 재생시키려고 했다. 하지만 암호가 걸려 있었다. 안나는 신이 나서 암호를 해독하기 시작했다. 하지만 얼마 가지 못하고 밝고 기대에 찼던 얼굴이 어두워졌다.

"이걸 뭐라고 설명을 해야 하나······ 그러니까, 이 파일은 완전하지 않다는 거예요. 일부가 떨어져나간 거죠. 암호해독을 해도 떨어져나간 파일이 없으면 재생시킬 수가 없어요. 본 파일이 맞긴 한데 재생 명령을 실행하기 위해서 계속 떨어져 나간 그 일부 파일을 호출하는 방식이거든."

다 된 밥이라고 생각했는데 또다시 난관에 부딪치자 진호와 서연은 풀이 죽었다.

"젠장, 그럼 그 떨어져나간 파일은 또 어디서 찾아요?"

진호가 짜증을 냈다.

"그러게 말이다. 산 넘어 산이라더니…… 이건 뭐, 끝이 없네."

안나가 대꾸했다. 서연은 한숨을 푹, 내쉬었다. 이제 뭔가 보이는가, 싶었는데…….

"그걸 가지고 있는 사람을 알 것 같군."

문득 들려오는 중얼거림에 세 사람의 얼굴이 일제히 동준을 향했다.

"그게 무슨 말이에요? 가지고 있는 사람을 알아요? 그게 누군데요?"

진호가 다급하게 물었다. 안나와 서연도 궁금한 표정을 숨길 수 없었다. 동준이 서연을 똑바로 응시했다. 그리고 확신이 깃든 목소리로 말했다.

"윤주철 박사."

서연의 눈이 커졌다. 혼란스러웠지만 그가 왜 그렇게 생각하는지 이유를 알아야 했다.

"어째서요?"

"지금 윤 박사는 무사하니까."

간단명료한 대답이었다. 서연은 알 것 같았다.

'이 물건이 너한테 있는 한, 그들은 절대 널 해칠 수 없어.'

엄마는 편지에 그렇게 썼었다. 국정원, 파일을 노리는 또 다른 누군가. 그들 모두 한 가지 목적을 이루기 위해 움직인다. 파일을 찾기 위해서 기다리고 추적하고 이용한다. 이용 가치가 있다면 살려두는 것. 그들의 방식이었다. 엄마는 그렇게 믿었다. 그리고 지금에서야 알 것 같다. 엄마가 왜 그렇게 생각했는지.

"그…… 사람이 일부를 가지고 있다는 걸 아는군요."

"그래."

"이미 뺏었을 수도 있잖아요."

"그랬다면 윤 박사의 이용 가치는 없어졌겠지. 이용 가치가 없으면……."

제거.

서연은 소름이 돋았다. 치 떨리도록 싫은 괴물이지만 그 사람도 결국 다른 누군가에게 이용 가치가 있기에 목숨을 부지하는 존재일 뿐이라니. 왠지 막연하게 느꼈던 두려움이 가신다. 그 괴물을 떠올리면 자동반사적으로 무섭고 두려운 기분이 들었었는데 이젠 옅어진다. 그리고 그 빈자리에 동병상련의 '측은함'이 자리를 잡는다.

"그럼 그 사람이 아직 가지고 있겠군요."

서연이 중얼거렸다.

"우리가 뺏으면 되죠."

진호의 얼굴이 다시 활기차졌다. 안나도 손을 비빈다.

"자, 또 작전 짜봅시다. 이제 고지가 눈앞인데 그까짓 거, 뺏어오죠. 뭐."

그때였다. 갑자기 동준이 자리에서 일어섰다.

"오늘은 여기까지. 그 문제에 대해선 좀 더 생각을 해봅시다."

한껏 의욕이 불타오르고 있는 시점에서 그가 접자고 나서자 모두들 이해할 수 없는 표정을 지었다.

"생각이요? 뭔 생각을 해요? 그냥 쭉 밀어붙이시죠."

진호가 의견을 피력했다.

"그래요. 어렵진 않을 거 같은데요. 윤 박사 위치도 알고 있고 그쪽이 원하는 바도 알고 있으니까……."

"모두들 피곤할 테니 오늘은 쉬어요."

안나도 거들었지만 동준은 강경했다. 주방을 나가는 그의 뒷모습을 보며 서연은 눈살을 찌푸렸다. 뭔가 개운치가 않다.

"뭐야? 무슨 꿍꿍이지?"

안나가 중얼거린다. 옆에서 진호도 고개를 갸웃거렸다.

"뭔가 걸리는 게 있는 모양인데요? 아무 이유 없이 방향 틀 대장이 아니잖아요."

"어쨌든 쉬라고 하니까 쉬어야지. 별수 없잖아. 보스도 뭔가 생각해야 할 게 있는 모양이지. 아, 배고프다. 밥이나 해먹자."

"아, 진짜. 지금 한가하게 밥이나 먹을 때예요?"

"그럼 밥 먹을 때지. 나, 오늘 점심도 못 먹었거든? 이제 저녁 먹을 시간이다."

"한 끼 굶는다고 죽어요? 그거 좀 굶으면 어때서……."

안나를 향해 대거리를 하던 진호의 배에서 꾸르륵, 하는 소리가 크게 울렸다. 가까이에서 앉아 있던 안나와 서연의 귀에 선명하게 들릴 만큼 큰소리였다. 서연은 푹, 웃었고 안나는 혀를 찼다.

"야, 이 자식아. 본능은 숨길래야 숨길 수가 없는 것이여!"

동준은 창밖의 풍경을 바라보고 있었다. 아니, 언뜻 보면 그래 보였지만 실상 그의 눈은 어느 한 곳을 응시한 채 고정되어 있었다. 언제 저런 걸 만들었는지, 집 뒷마당 한구석에는 작은 텃밭이 생겨 있었다. 그걸 만든 장본인들로 보이는 두 여자, 안나와 서연이 머리를 맞대고 쭈그리고 앉아 있는 것이 보인다. 안나는 웃으며 뭔가를 계속 떠들고 있었고 그 옆에서 서연은 잔잔한 미소를 지은 채 가끔씩 고개를 끄덕이고 있다.

아직 완벽하지는 않지만 서연의 얼굴빛은 확실히 밝아졌다. 웃어도 늘 주변을 경계했었는데 이젠 그 긴장감도 많이 옅어졌다. 그래도 여전히 그녀는 두려워한다. 가끔씩 시선을 돌려 주변을 돌아보는 눈빛이나 작은 소리에도 흠칫 놀라서 뒤돌아보는 몸짓을 봐도 알 수 있었다.

이제 스물여섯. 나이에 걸맞지 않게 깊은 그녀의 눈빛이 마음에 들지 않았다. 그 또래의 쾌활한 청춘을 찾아주고 싶었다. 그러기 위해서 이번 일을 반드시 해내야 한다.

동준의 눈빛이 어두워졌다.

'황 원장이 자네 정체에 대해 의문을 품기 시작했어.'

얼마 전 만난 마태용 차장이 했던 말이 떠올랐다.

'주한 미군 오산기지에서 폐기물 불법투기로 세간이 떠들썩했었지. 그런데 세상에 알려진 건 꽤 축소된 빙산의 일각이었어. 미군의 간곡한 부탁을 정부와 국정원에서 받아들여줘서 사건을 축소한 거지. 물론 미군과 정부 간에 모종의 물밑 거래가 오간 건 당연하고. 거기에 국정원의 황 원장이 개입되어 있었어. 황 원장은 미군 측에 은밀한 요청을 하나 했고 미군 측은 일급 시크릿이라는 전직 특수요원의 신상정보를 오픈해줬지. 그 특수요원이 누굴 것 같나?'

나다. 황 원장은 나에 대한 정보를 요구했고 미군 측에서 그 요구를 받아줬다.

'미군 측에선 기본적인 인적사항만 보내왔고 황 원장이 그걸 미국 측 사설탐정기관에 보내서 조사를 의뢰했어. 조만간 보고가 들어오겠지. 나도 그 결과를 기다리고 있고.'

결국, 자신의 정체가 드러날 거라는 것이다. 20년 전 사건의 핵심 요원이었던 차대훈의 아들이라는 것을 알아내겠지.

동준은 컵을 들고 있는 손에 지그시 힘을 주었다.

개의치 않는다. 어차피 평생 숨길 생각도 없었고 이유도 없으니까. 그런데 너무 촉박하다. 계획대로라면 그 동영상을 손에 넣은 후여야 했다. 국정원까지 적敵으로 만들어서 소모전을 벌일 필요는 없으니까.

두 여자가 일어서서 집 안으로 들어가는 것이 보였다. 서연이 들고 있는 바구니에 초록 잎이 가득 들어 있었다. 평온하고 평범한 일상, 그녀가 누리지 못했던 모든 것을 보상해주고 싶다. 그러기 위해선…… 되도록 빠른 시간 안에, 윤주철 박사가 가지고 있는 파일을 회수해야 한다!

서연은 똑똑, 노크를 하고 기다렸다. 잠시 후, 문이 벌컥 열리더니 그가 나타났다. 상체의 근육질 몸이 완벽히 드러나는 검은색 티셔츠와 바지를 입은 그는 좀 위험스러워 보였다.

"어디 가요?"

왠지 그럴 것 같았다. 괜히 긴장이 된다.

"잠깐 다녀올 데가 있어서. 그건 뭐야?"

그가 손을 내밀었다. 서연은 들고 있던 접시를 내밀며 말했다.

"안나 언니가 김치전을 부쳤어요. 텃밭에서 키운 고추랑 피망도 들어간 거예요."

"언니?"

그가 웃으며 물었다. 서연은 미소를 지었다.

"그렇게 부르래요."

그녀의 미소가 깊어지자 그가 다시 묻는다.

"좋네. 이제 스물여섯 된 아가씨 같다. 들어와. 같이 먹자."

그가 문을 활짝 열었다. 서연은 고개를 저었다.

"내려가서 언니 도와줘야 돼요. 설거지 거리가 잔뜩……."

"나 먼저 보고."

그녀가 안 된다고 말하는데 그가 손목을 잡고 당겼다. 서연은 어쩔 수 없이 방 안으로 끌려 들어갔다. 접시를 테이블 위에 올린 그가 돌아서더니 그녀를 끌어안았다. 서연은 어색하게 웃으며 속삭였다.

"뭐예요? 김치전 먹으라니까."

"우선 급한 것부터 해결하고."

갑자기 그가 그녀를 슬쩍 밀었다. 서연은 작은 탄성을 지르며 침대로 넘어졌다. 벌떡 일어나려는 그녀에게 그가 와락 덤벼들어 몸을 짓눌렀다. 장난기가 넘치지만 그 이면에는 뜨겁게 이글거리는 눈빛. 서연은 가슴이 미친 듯 두근거렸다. 하지만 그의 어깨를 밀었다.

"안 돼요. 안나 언니가 내가 왜 안 내려오는지 궁금해할 거예요."

"안 궁금해할 거야."

그가 막무가내로 몸을 숙이더니 그녀의 입술을 삼켰다. 서연은 그의 어깨를 쳤다. 하지만 자신의 가슴을 덮는 그의 손을 느끼는 순간, 어깨를 치던 손이 멈추었다. 그의 손이 부드럽게 가슴을 어루만지기 시작했다. 서연은 저도 모르게 허리를 뒤틀며 무릎을 세웠다. 남자의 손이 가슴 아래를 부드럽게 쓸더니 내려간다.

"안 돼……."

그의 입술이 목으로 내려가자 서연은 다시 반항했다. 하지만 그뿐이었다. 그를 밀어내기는커녕 어깨를 잡고 거친 숨을 들이켜는 그녀는 누가 봐도 황홀한 열기에 휩싸인 여자였다.

거부할 수 없었다. 그의 입술, 손길, 그 어느 것도 밀어낼 수 없었다. 티셔츠 안으로 들어오는 은밀한 손길, 가슴께에 닿는 뜨거운 숨결에 그녀의 심장은 미친 듯이 쿵쾅거리고 있었다.

뜨겁고 어지러웠다. 흐린 눈은 이미 거절보다는 허락을 나타내고 있었고 더 깊은 무언가를 갈구하듯 열정으로 덮여 있었다. 치맛자락을 밀어 올리며 허벅지를 쓰다듬는 손길에 신음을 흘렸다. 머릿속이 아득해진다. 팔을 들어 그의 목을 끌어안으며 더 깊은 키스를 유도했다.

그가 미소 짓는 것이 느껴졌다. 입술을 뗀 그녀는 남자를 올려다보며 수줍은 미소를 지었다. 그의 입술이 다시 다가온다. 입술이 마주치기 직전, 어디선가 소리가 났다. 서연은 부딪치기 직전의 입술을 피하고 창 쪽으로 시선을 홱 돌렸다.

"언니 목소리, 아니에요?"

"아닌데?"

그가 다시 입술을 내렸다. 그녀가 이번에도 피하자 입술은 볼을 스치고 목에 내려앉는다.

"아이고, 볕이 좋네. 빨래 잘 마르겠다."

창밖에서 안나의 목소리가 들리고 탁탁, 빨래를 터는 소리가 들렸다.

"안나 언니 목소리예요."

서연은 그의 가슴을 밀어내고 앉아 말려 올라간 치마를 끌어내렸다.

"안나는 이해할 거라니까."

그녀는 팔꿈치를 대고 비스듬히 누운 그를 흘겨보았다. 여전히 장난기와 열정이 뒤섞인 눈빛이 그녀를 향하고 있었다.

"내가 안 돼요. 창피하다고요."

"남녀상열지사에 부끄러움이 어딨어? 아직 많이 배워야겠군."

서연은 피식, 웃었다.

"배운다고 해도 이런 대낮에 남자랑 사랑을 나누는 건 못할 것 같네요."

"하게 될걸?"

그의 손이 은근하게 다가와 그녀의 치맛자락을 다시 들친다. 순간적으로 열기가 다시 올랐다. 하지만 서연은 매정하게 그 손을 쳐서 밀어냈다.

"그만."

그리고 침대에서 내려서서 그를 돌아보며 물었다.

"언제 와요?"

어디 가는지 묻고 싶은데 대답해주지 않을 것 같아서 대신 언제 오는지 물었다.

"되도록 빨리."

이상하다. 왜 이렇게 불안하지? 그와 떨어지는 게 싫다. 아이처럼 왜 이러는지 모르겠다.

서연은 자신의 나약함을 보여주기 싫어서 시선을 내렸다. 그러다가 문득 눈살을 찌푸렸다.

"그거……."

그녀가 손가락을 들어 가리키자 그가 묻는다.

"응?"

"그 시계……."

그가 손목에 찬 시계를 들어 보였다.

"왜?"

서연은 몸을 숙여 그의 손목을 잡고 시계를 들여다보았다. 은회색 시계는 한눈에 보기에도 고급스러워 보였다. 고급스럽다고 해서 럭셔리한 것도 아니었다. 실용적이고 튼튼하게 생기면서도 개성이 묻어나는 디자인이었다. 하지만 그녀의 눈에는 한 가지만 보였다. 동그란 시계 안쪽에 그려진 문양. 작았다. 아주 작아서 가까이에서 보지 못했다면 몰랐을 것이다. 지금껏 그가 이 시계를 차고 있는 걸 봤지만 안쪽에 이런 문양이 있는 줄은 몰랐으니까.

"이 모양, 본 적 있어요. 이상하게 생긴 동물 모양이라 기억이 똑똑히 나요."

"……어디서?"

그가 몸을 일으켜 세워 앉더니 낮은 목소리로 묻는다. 서연은 고개를 들고 그를 마주 보며 말했다.

"정 의원 집에서. 서재 책상, 그리고 그 아들 방에서 이것과 똑같은 모양의 펜던트를 봤어요."

"황 원장은 자네가 그 파일을 가지고 있다는 사실에 대해 백프로 확신을 못한다고 했어."

마태용의 말에 동준은 희미한 미소를 지었다.

"믿든 안 믿든, 그건 자유지만 만약 내가 파일을 가지고 있다는 게 사실이 아니라 할지라도 황 원장은 둘 중 한 명의 손은 잡아야 할 겁니다."

마태용은 동준을 쳐다보며 진지하게 물었다.

"자네가 말한 거, 확실한 건가? 정명수 의원이 그 파일을 가지고 개인적인 이득을 취할 거라는 거."

"제가 굳이 말하지 않았다 하더라도 황 원장은 이미 눈치를 채고 있었을 텐데요. 현재 정치적 상황이 정 의원에게는 불리하게 돌아가고 있고 앞으로 개각될 여당에서 밀려날 확률이 커지고 있는 시점입니다. 이런 상황에서 정 의원이 그 파일을 회수하기 위해 기를 쓰고 있다면 진짜 목적이 뭐라고 생각할 수 있겠습니까?"

"······."

마태용은 침묵했다. 확실히 정명수 의원의 요즘 분위기가 다운되어 있는 건 맞다. 불법 정치자금 조성 문제가 터지고 청와대에서 미운털이 박힌 상황이라 입지가 흔들리고는 있었다. 곧 개각의 밑그림이 완성되면 정 의원의 퇴출이 기정사실화될 거라는 소문도 암암리에 돌고 있을 정도였다. 이쯤 되면 정 의원으로서는 지푸라기라도 잡아야 한다. 그렇다면 정 의원이 잡을 수 있는 지푸라기는 뭘까?

마태용은 동준을 쳐다보았다.

가능성이 있다. 20년 전 사건에 관련된 사람 중 한 명인 정 의원이라면 그 파일을 가지고 개인의 실리에 이용할 생각도 할 수 있을 것이다.

'한동안은 양쪽에 다리를 걸쳐두자고. 정 의원의 불순한 의도가 사실이든 아니든 우리가 먼저 그 파일을 회수하는 게 가장 이상적인 방법이니까. 파일을 가지고 있다는 프리랜서에게도 한쪽 다리를 걸쳐두고 정 의원의 주변 상황도 면밀히 감시하고.'

황 원장이 했던 말이 떠올랐다. 마태용도 황 원장과 생각이 같았다. 처음엔 황 원장이 자신을 방패막이로 이용할 거라고 생각했지만 정 의원의 일이 수면 위로 떠오르자 둘은 같은 편이 될 수밖에 없었다.

옛말에 민심의 이반離反을 막기 위해 전쟁을 치른다는 말이 있다. 조직을 견고하게 하기 위해 내부에서 소소한 개인을 희생시키는 게 아무렇지 않다가도 외부의 적이 나타나면 똘똘 뭉치는 것이 진리다. 마태용과 황 원장은 정 의원이 사리사욕을 채우기 위해 나라의 안위를 해치는 일을 막기 위해 한편이 될 수밖에 없었다. 그런 면에서 앞에 서 있는 프리랜서도 경계해야 할 대상이다.

'미국 이름은 칼 에반입니다. 한국과 미국의 이중국적을 사용하고 있고 미군 쪽에서는 한국식 이름과 생년월일에 대한 기본적인 정보만 제공할 수 있다고 연락을 취해 왔습니다. 그러니까 다 오픈은 못하겠으니까 알아서 조사해보라는 거죠.'

미군 측에 프리랜서의 정보를 요구한 답이었다. 차동준. 프리랜서의 한국 이름이다.

마태용은 차동준이라는 이름을 가진 남자를 새삼스러운 눈으로 쳐다보았다. 차동준이 그런 마태용에게 말했다.

"그래서? 황 원장은 제가 부탁한 건을 내주셨습니까?"

마태용은 고개를 끄덕였다.

"파일을 가지고 있다면 그 정도쯤 알려주는 건 아무 일도 아니라고 하시더군. 20년 전, 악어새라는 작전명에 투입되어 살아 돌아온 요원은 두 명이었어. 한 명은 우리 국정원 소속의 특수요원이었고 자네도 알다시피 얼마 안 돼 죽었지. 그리고 베일에 싸인 요원 한 명이 더 있었어. 그 요원에 대한 기록이 전무해서 나도 궁금했었는데 아는 사람이 거의 없어. 황 원장님도 그 요원에 대해 아는 건 코드명이 네온이라는 것과 어떤 데이터베이스에도 등록되어 있지 않은 특수요원이라는 것."

"고스트군요."

동준이 중얼거렸다.

"맞아."

"네온……."

"고스트에 대해선 우리도 알아내기가 아주 힘들어. 오랜 시간이 지나서 정보가 남아 있지도 않고. 황 원장은 그 요원은 죽었을 거라고 하던데. 악어새 작전에서 살아 돌아오긴 했지만 그 후로 어디서도 흔적을 찾지 못했다더군."

동준이 침묵하자 마태용이 물었다.

"왜 갑자기 살아 돌아온 또 한 명의 요원이 궁금해진 거야? 파일과 무슨 연관이라도 있는 건가?"

마태용을 향해 동준이 희미하게 웃어 보였다.

"당연히 연관이 있지 않겠습니까? 그 작전에서 살아 돌아온 사람 중 한 명인데. 나머지 한 명은 죽었으니 만약 네온이라는 그 고스트 요원이 살아 있다면 유일한 증인이 될 테니까요."

"증인? 그 파일은 무조건 회수되어 폐기되어야 하는데 왜 증인이 필요하지?"

"폐기해야 할지, 보존해야 할지는 동영상을 재생해봐야 아는 거, 아니겠습니까."

마태용은 인상을 썼다.

"이봐. 다른 생각은 안 하는 게 좋을 거야. 파일은 국정원에 넘겨. 우리가 알아서 판단할 테니까. 자넨 이제 이 일에서 손을 떼."

동준이 쓰게 웃었다.

"그러기엔 너무 멀리 왔죠. 끝을 내기 전엔 멈출 수 없습니다."

찰칵, 찰칵.

사진기를 내리는 남자에게 다른 남자가 물었다.

"제대로 찍었어?"

"예. 디테일하게 싹 다 찍었습니다. 그런데 진짜 저 자식, 어딘지 구린내가 나는데요? 의뢰인이 의심을 할 만하겠어요."

"개인감정 금지. 잊었냐? 고객이나 타켓에 대한 어떤 이해도 필요 없어. 우린 그냥 의뢰인의 요청대로 타켓에 대한 뒷조사만 성실히 하면 돼."

"그건 그렇죠. 근데 가끔 쳐 죽일 놈을 보면 감정이입이 확 된다니까요."

부하의 말에 한경식은 희미하게 미소를 지었다. 이 바닥이 다 이 모양이다. 의심과 배신이 난무하는 세상. 오늘만 해도 동업자의 배신이 의심스럽다는 의뢰로 다른 동업자의 뒷조사를 하는 중이었다. '아니 땐 굴뚝에 연기 나랴?' 라는 말은 이 바닥에서 꽤 적절하게 사용되는 속담이었다. 의심이 곧 사실이 되는 경우가 허다하니까. 이번 경우도 그렇고.

"우린 의뢰받은 일만 하면 돼. 세상 더러운 건 대통령도 어쩌지 못해."

"그러게요. 진짜 가난이 문제가 아니라 세상이 썩어가고 있다니까요."

부하의 동조에 고개를 끄덕이며 돌아서던 한경식은 흠칫, 걸음을 멈추었다. 눈앞에 나타난 낯익은 인물에 놀란 표정으로 입을 열었다.

"자네……."

"한경식 대표님."

"여긴 웬일이야? 어떻게……?"

한경식은 얼마 전에 자신의 앞에 나타났던 차대훈의 아들을 보며 황당한 표정을 감추지 못했다. 이름이 뭐라고 했더라? 아, 그래. 차동준.

그가 말한다.

"대표님께 정식으로 의뢰할 일이 있습니다."

"의뢰? 나한테?"

"비용은 걱정 말고 반드시 실수 없이 해주셔야 할 일입니다."

차동준의 진지한 표정에 한경식은 저도 모르게 긴장하고 있었다.

이상하게 초조한 기분이 든다. 서연은 어두운 창밖을 보며 자동차 불빛이 나타나기를 기다리고 있었다. 그가 아직 돌아오지 않았다.

'언제 와요?'

'되도록 빨리.'

불안하다. 살얼음판 위에 서 있는 듯, 태풍의 눈 한가운데에 서 있는 듯, 아슬아슬하고 불안하기만 하다.

깊은 한숨을 내쉬고 몸을 돌리려던 서연은 문득 눈 끝에 잡히는 희미한 빛을 느끼고 다시 창밖을 보았다.

멀리서 불빛이 보였다. 정말 작은 빛이었지만 이쪽으로 움직이고 있었다. 서연은 몸을 돌려 방을 뛰쳐나갔다. 계단을 달려 내려가 현관문을 열어젖히고 마당으로 나갔다.

"왜 그래? 무슨 일이야?"

뒤에서 안나가 놀란 목소리로 묻는다. 서연은 희미하게 웃으며 대답했다.

"그 사람이 와요."

"그 사람?"

잠시 무슨 소린지 몰라 어리둥절해 하던 안나가 웃는 소리가 바람을 타고 들려왔다.

"그럼 마중해."

뒤에서 현관문 닫히는 소리가 들렸다. 서연은 집에서 흘러나오는 불빛을 등지고 빠르게 다가오는 불빛을 응시했다. 마당으로 들어오는 차를 피해 한쪽으로 비켜선 그녀는 차창 너머로 보이는 그를 발견하고 활짝 웃었다.

차에서 내린 그가 다가왔다.

"왜 나와 있어?"

서연은 그를 올려다보았다.

"당신 기다렸어요."

"날? 왜?"

그의 눈빛이 집 쪽으로 향했다. 무슨 일이라도 생겼는가 하는 눈빛이다.

"보고 싶어서."

그녀가 속삭이듯 조용히 말하자 그가 천천히 고개를 돌렸다. 조금은 멍하던 그의 표정이 순식간에 미소를 머금고 환해진다. 마주 보는 눈빛이 얽혀들었다.

어둠 속, 희미한 달빛을 배경으로 두 사람은 깊어가는 봄바람을 젖어들고 있었다.

그가 고개를 숙여 그녀에게 입을 맞춘다. 서연은 미소를 지었다. 그녀는 그의 입술이 주는 따뜻함에 가슴이 설레었다. 그의 입술이 부드럽게 움직였다. 마주한 입술을 살짝 움직이자 그녀는 저도 모르게 입술을 열었다. 머릿속은 북을 울리는 것처럼 둥둥거리고 자잘하게 신경을 쓰던 것들이나 한시도 떠나지 않던 걱정

거리들이 일시에 사라져버렸다.

살포시 닿았던 입맞춤이 갑자기 깊어진다. 아랫입술을 부드럽게 빨아들여 훑는다. 입술 끝에 뜨거운 감촉이 느껴지자 그녀는 익숙한 열기를 느꼈다. 몸속 깊은 곳에서 울컥거리며 솟아나는 은밀한 열기가 피를 타고 흐르기 시작했다.

그의 손이 그녀의 목을 감싸 쥐고 더 강하게 파고든다. 그러자 서연의 고개가 뒤로 젖혀졌다. 그의 입술이 점점 더 깊이 파고들기 시작했다. 입술선을 따라 움직이던 온기는 스르르, 열린 틈 사이를 비집고 단숨에 안으로 파고들었다.

그의 허리춤을 붙잡고 있던 서연의 손이 단단한 살을 더듬고 올라가 어깨를 잡았다. 손바닥 아래에서 느껴지는 긴장된 근육이 열정을 부추기며 거친 숨을 터트리게 만들었다. 맞닿은 입술 사이로 누구의 것인지 모를 뜨거운 숨소리가 새어나왔다. 깊어지는 키스만큼 그녀의 몸을 짓누르는 그의 무게가 크게 느껴진다. 그 무게를 감당할 수 없는 그녀는 저도 모르게 뒷걸음질 쳤고 급기야 다리가 침대 모서리에 닿았다.

침대에 앉아 옷을 벗었다. 두 사람은 누가 먼저랄 것도 없이 알몸이 되었다. 침대에 누운 서연은 상기된 그의 얼굴을 올려다보았다. 열기로 가득한 눈빛이 그녀를 향하고 있었다. 이 눈빛을 어떻게 거절할 수 있을까?

서연은 손을 뻗어 그의 머리칼을 어루만졌다. 그의 눈빛이 더욱 깊어진다. 가만히 내려오는 입술을 보며 천천히 눈을 감았다. 부드럽게 시작한 입맞춤이 거칠게 변하는 데는 단 몇 초도 걸리지 않았다.

몸, 구석구석을 쓰다듬고 어루만지는 손길이 호흡이 가빠졌다. 허리를 뒤틀고 몸을 휘어 갈증을 억눌렀다. 더 뜨거운 열기와 황홀한 감각을 기대하는 몸은 열에 들뜬 것처럼 헐떡거렸다.

입술이 지나간 자리는 불꽃이 지나간 것처럼 뜨거웠다. 온전하지 못한 존재, 둘이 하나가 되어 완전체가 되기를 소망하는 몸놀림이 아우성을 쳐댄다. 그가 몸을 세웠다. 그녀의 입술을 비집고 달뜬 호흡이 터져 나왔다. 뜨거운 눈길이 그녀를 어루만진다. 그의 손길이 빠르게 움직이는가 싶더니 어느새 그가 그녀의 몸을 가르고 들어왔다.

서연은 몸을 휘었다. 황홀한 감각이 명치를 두드린다. 심장에 전율이 일고 피가 뜨겁게 용솟음치고 있었다. 그와 함께 움직였다. 처음으로 여자가 되었던 그날처럼 아득한 자유가 느껴졌다.

결말이 어떻게 되던, 앞으로 시간이 어떤 식으로 흘러가든, 한 가지 만은 확실하다. 내 어두운 인생에도 이렇게 환하고 밝은 시간이 존재한다는 거, 이렇게 짜릿하고 흥분되고 황홀한 시간이 있다는 거. 심장은 이 남자 때문에 두근거리고 미래를 꿈꾸게 되고 희망을 기대하게 되고…… 행복이라는 거, 나도 그게 뭔지 알게 되었다는 것이다.

서연은 탄성을 지르며 날아올랐다. 완전한 자유를 만끽하며 마음껏 날아올랐다.

동준은 조용히 침대에서 내려섰다. 엎드려 잠들어 있는 서연이

깨지 않도록 일어서서 티셔츠를 집어 머리 위로 뒤집어썼다. 바지까지 찾아 입은 후 돌아서던 그는 다시 침대 위의 여체를 바라보았다.

둥근 어깨와 매끈한 등을 바라보던 그는 결국 참지 못하고 다가가 가만히 몸을 숙였다. 여린 살갗에 입술이 닿자 절로 눈이 감겼다. 은은한 살 냄새에 그녀만의 향이 느껴졌다. 심장이 아릿하게 전율한다.

보는 것만으로도, 만지고 키스하는 것만으로도 참을 수 없는 심장의 저림이 느껴진다. 이런 존재가 나타날 거라고는 상상조차 한 적이 없었다. 여자로 인해 이토록 충만한 행복을 느낄 수 있을 거라고도 생각한 적이 없었다.

그녀를 깊이 들여다보던 그는 천천히 몸을 일으켰다.

이젠 끝을 봐야 한다. 더 이상 시간을 끌 수 없었다.

동준은 잠든 서연을 다시 안고 싶은 유혹을 떨치고 몸을 돌려 소리 없이 방을 나갔다.

"별로 좋은 계획이 아니에요."

안나가 고개를 젓는다. 동준은 침묵했다. 그러자 안나가 다시 말했다.

"혼자 만나겠다는 거잖아요. 애들을 데리고 가서 주변에 포진시켜놓고……."

"혼자 갑니다."

"보스."

동준은 테이블에 기대선 채 머그잔 안에 든 커피를 한 모금 들이켰다. 안나는 한숨을 내쉬었다.

"보스가 능력이 되는 건 알겠는데, 안전빵으로 갑시다. 저쪽에서 누가 나올지도 모르고 어떻게 나올지도 모르는데 혈혈단신으로 간다는 건 너무 위험부담이 크잖아요."

"성공할 확률이 가장 높기도 하고."

"난 대체 그 성공이라는 말이 의미하는 바를 모르겠네. 윤 박사가 가지고 있는 거, 뺏으면 게임 오버 아닌가? 근데 왜 지뢰밭을 건드려서……."

동준이 피식, 웃자 안나가 말을 멈추었다. 그리고 '왜 웃어?'라는 눈빛으로 동준을 쳐다보았다.

"파일 회수가 이번 일의 끝이라고 생각합니까?"

"그야……."

"파일은 일의 시작일 뿐입니다. 파일이 풀리면 대한민국에 대형 토네이도 급 파장이 일 겁니다."

"……."

안나는 반대 의견을 낼 수 없었다. 이 나라에서 한자리한다는 인물들이 다 그 파일을 찾으려고 혈안이다. 이쯤 되면 그 파일이 가지는 파급력을 대충이나마 짐작할 수 있다.

안나는 동준을 쳐다보았다.

"그럼, 보스의 진짜 목표가 뭡니까? 이 일을 싹 다 정리할 계획이 있긴 있어요?"

동준이 머그잔을 내려놓았다. 그리고 기댔던 몸을 일으키더니 말한다.

"맞불. 그게 내 계획입니다."

"네에?"

안나가 물었지만 동준은 주방을 나가고 있었다. 안나는 그런 보스의 뒷모습을 보며 의아한 표정을 감출 수가 없었다.

맞불이라니…… 대체 누구와 누가 맞붙는다는 거지?

어디선가 커피 향이 난다. 서연은 잠에서 깨어나는 순간 코끝으로 밀려오는 커피 향을 느꼈다. 천천히 눈을 떴다. 햇살이 눈부셨다. 눈살을 찡그리다가 문득 창가에 서 있는 인영을 발견하고 눈을 가늘게 좁혔다.

남자였다. 키가 크고 단단한 몸을 가진 남자. 그가 양손에 머그잔 두 개를 들고 있었다. 그리고 하나를 들어 보이며 물었다.

"모닝커피?"

서연은 미소를 지었다. 몸을 뒤척여 일어나 앉으면서 시트를 벗은 가슴께로 끌어올렸다. 그가 다가와 커피 잔을 내밀었다. 서연은 잔을 받아들고 코끝으로 향을 맡았다.

"냄새 좋다."

그가 그녀의 옆에 앉더니 몸을 기울여 입술에 짧은 입맞춤을 했다.

"커피보다 내가 먼저 모닝인사를 해야지."

코끝이 닿을 듯 가까운 거리에서 웃는 그를 향해 그녀도 미소를 지어 보였다. 그가 일어서서 다시 창가로 간다. 서연은 커피를 한 모금 들이켰다. 남아 있던 잠이 완전히 깨는 것 같았다.

"오늘 작전이 있어."

갑작스러운 그의 말에 서연은 고개를 홱 돌렸다.

"무슨 작전?"

창을 등지고 선 그의 얼굴을 표정을 읽을 수가 없었다. 하지만 그의 목소리에 웃음기가 있다는 것은 알 수 있었다.

"일을 마무리해야지."

"어떻게요? 계획이 있어요?"

"계획은 늘 있지."

이상하다. 가볍게 말하는 그가 어쩐지 더 불안하다. 왠지 일부러 나를 안심시키려는 의도처럼 느껴진다. 그래도 상관없다. 우린 한편이니까, 어차피 같은 길을 갈 거니까.

"우리, 오늘 바쁘겠네요."

서연은 부드럽게 말했다. 그가 침묵한다. 불길하다.

"넌 여기서 기다려."

불길한 예감은 이상하게 늘 맞아떨어진다. 역시 이번에도 그랬다. 서연은 컵을 옆의 테이블을 내려놓고 똑바로 앉아 그를 쳐다보았다.

"어째서요?"

"나 혼자 해결하는 게 빠르고 더 확실하니까."

"누가 그래요? 그건 당신 혼자 생각 아니에요? 안나도 동의했어요? 아니, 다 필요 없어요. 우선 그 계획이 뭔지 나한테 말해요. 그다음에 다 같이 의논해서 결정해요."

다시 침묵. 묵직한 고집이 느껴진다. 아무리 화를 내고 졸라도 그의 결정은 변하지 않을 것 같은 느낌이 강하게 든다.

서연은 굳은 얼굴로 시트를 몸에 두른 채 침대에서 일어섰다. 그리고 그가 보든지 말든지 상관하지 않고 옷을 찾아 입었다. 옷을 모두 입은 그녀는 그를 향해 당당히 말했다.

"1층으로 내려가요. 가서 다시 얘기해요."

그를 스치고 지나가려는 순간 서연을 팔을 붙잡혔다. 그와 눈이 마주쳤다. 아무 말도 하지 않는다. 그녀는 그가 자신의 이해를 구하려는 것이 아니라는 걸 깨달았다. 이건 통보였다.

"내가…… 뭐라고 해도 안 변해요?"

"……."

"위험한 일이잖아요."

"때로는 나 혼자 처리할 때가 덜 위험할 때도 있어."

안다. 나는 도움이 되지 않는다는 걸. 어쩌면 거추장스러운 짐이 될 수도 있다. 그런데 그를 혼자 보내고 싶지 않다. 아니, 다시는 혼자가 되고 싶지 않은 거다.

"다신…… 못 살 것 같아요."

서연은 시선을 피하며 중얼거렸다. 그가 자신을 바라보는 걸 느끼며 다시 입을 열었다.

"예전처럼 그렇게는 못 살 것 같아…… 다시는 그렇게……."

와락, 팔을 잡아당겨지는가 싶더니 어느새 그녀는 그의 품 안에 있었다. 몸을 꽉 끌어안은 남자의 품에서 그녀는 눈을 감았다.

"돌아가지 않아도 돼."

짧고 단호한 말투. 서연은 믿고 싶었다. 그가 하는 말을, 그가 하는 약속을 철석같이 믿고 싶었다. 믿지 않고서는 도리가 없으니까, 이젠 다른 대안은 없으니까. 이 사람 외의 어떤 차선책도 원하지 않으니까!

서연은 자동차가 저 멀리 사라진 후에도 쉽게 창가를 벗어나지 못하고 있었다. 그러자 안나가 다가와 어깨를 가만히 두드리며 말했다.

"걱정 마. 잘될 테니까."

"혼자라서 마음에 걸려요."

"늘 혼자서 일해오던 사람이야. 매번 잘해왔고."

"......."

"이번엔 더 조심할 거야."

서연이 쳐다보자 안나가 웃었다.

"남자라는 동물들은 말이야. 자기가 지켜야 할 존재가 생기면 굉장히 강해지거든. 그 존재에게 자신이 절대적으로 필요한 사람이라는 걸 느끼면 세상에서 못할 일이 없는 천하무적이 되지."

안나의 말에 서연은 희미하게 웃었다.

"못 믿어? 내가 산 경험자라니까. 내가 두 번 결혼했었잖아. 그냥 결혼을 했겠어? 결혼할 당시의 내 전남편들은 진짜 슈퍼맨이 따로 없었다니까. 그런데 결혼해서 살다 보니 자기가 슈퍼맨도 아니고 나보다 특별히 강하지도 않다는 걸 느끼게 되면서 보통 인간이 되어버린 거지. 사실은 보통 인간만 돼도 이혼까지는 안 가거든. 근데 내 전남편들은 찌질한 인간들이 되더란 말이지."

서연은 안나가 장난스럽게 말을 하자 조심스럽게 물었다.

"또 결혼할 거예요?"

그러자 안나가 정색을 한다.

"그럼, 이 꽃다운 나이에 수절하라고?"

질문을 한 서연이 도리어 놀랐다.

"또 한다고요?"

"당연하지. 난 열린 마음으로 기다리고 있어. 누구든 내 심장을 흔드는 남자가 나타나면 언제든 사랑에 빠질 준비가 되어 있거든."

서연은 웃고 말았다. 그러자 안나가 말했다.

"내 말은, 그러니까 사랑은 위대하다는 거야. 절대로 포기가 안 되는 거거든. 지금 보스는 널 위해서 전부를 걸었어. 안 그래도 능력 만땅인 남자가 자기가 지켜야 할 여자를 위해서 슈퍼맨이 됐으니 어떤 놈인들 두렵겠냐? 걱정 마. 보스가 싹 다 쳐부술 테니까."

호언장담하는 안나 때문에 조금은 위로가 된다. 하지만 그래도 두렵다. 이렇게 손 놓고 기다릴 수밖에 없어서 더 불안한 것이다.

드르르르륵.

경기도 외곽, 예전의 물류창고였던 건물의 철제문이 열렸다. 집기들과 물건들이 모두 빠진 빈 공간은 작은 소리에도 울림을 크게 만들어 공허한 메아리로 돌아왔다. 미처 정리하지 못한 철제 드럼통이 쌓여 있고 빈 박스들이 이리저리 뒹굴거리며 최근에 사람의 손길이 전혀 닿지 않았다는 것을 증명하고 있었다.

저벅, 저벅, 저벅.

그 빈 공간에 한 남자가 들어섰다. 남자는 크고 넓은 공간을 휘둘러보았다. 날카로운 눈빛이 어떤 움직임도 놓치지 않겠다는 듯 날카롭고 집요했다. 조용히 공간의 모든 곳을 샅샅이 훑어 내리던 남자는 몸을 숨길 적당한 곳을 포착하고 그쪽으로 걸음을 옮기기 시작했다.

기둥과 기둥 사이, 분명히 예전에는 쓸모없는 공간이었겠지만 다른 누군가의 눈을 임시로 피해 있기로는 적격인 곳이었다.

남자는 자신의 몸이 딱 들어갈 수 있게 만들어진 좁은 공간에 들어갔다. 몸을 똑바로 세우고 신경을 곤두세운 채 돌처럼 굳은 자세를 유지하기 시작했다. 어렵지 않았다. 매복에 능한 그의 몸은 지금은 비록 쇠퇴했지만 여전히 그 옛날의 활약을 기억하고 있었다.

시간이 흘렀다. 10분, 20분, 30분이 지났다. 남자는 몸이 경직되고 불편하다는 신호를 보내오는 것을 무시한 채 견디고 있었다. 그렇게 또 10분이 더 흘렀다. 그때였다.

드르르륵.

거침없이 열리는 문소리. 남자는 몸을 긴장시켰다. 저벅, 저벅, 건물 안으로 들어오는 걸음걸이. 누군가? 윤주철? 아니다. 윤주철의 걸음이 아니다. 조금 더 힘차고 빠르다. 그렇다면……

"윤주철 박사는 오지 않습니다."

빈 공간을 공허하게 쳐대는 깊숙한 울림. 남자의 얼굴이 얼어붙었다.

윤주철이 오지 않는다. 그렇다면?

"나오시죠."

낯익은 목소리가 말한다. 남자는 주먹을 움켜쥐었다.

저건 나를 향한 목소리다. 이곳에 내가 있다는 걸 이미 아는 것이다.

남자는 주머니 속의 권총을 더듬었다. 가능하면 피하고 싶었던 순간이 이제 곧 닥칠 것 같은 예감이 강하게 들었다. 그리고 역시 불길한 예감은 적중했다.

"박희태!"

남자는 질끈 눈을 감았다. 그러자 다시 힘찬 목소리가 울린다.

"암호명, 네온! 박희태! 당신이 여기 있다는 걸 알고 있습니다!"

한때 친구였던 동지의 아들, 호랑이 새끼를 키우는 것이라는 걸 알면서도 위험을 감수했던 대상……

차동준! 놈이 모든 걸 알았다!

동준은 천천히 다가오는 박희태를 보았다. 지팡이를 짚은 채 절룩거리는 걸음걸이로 시선이 간다. 하지만 속임수일 수도 있다. 긴장을 늦출 수 없었다.

암호명, 네온. 국정원의 최상등급의 고스트였던 요원이다. 나이가 들고 병이 들었다 한들 아직은 온몸이 무기일 것이다.

아버지와 같은 분이었다. 돌아가신 아버지 대신으로 의지했었다. 믿음을 바쳤고 신뢰를 드렸던 분이다. 하나씩 드러나는 정황들이 한 사람을 가리킬수록 부정하고 싶었다. 서연을 노리는 제3의 인물이 박희태라는 걸 인정하고 싶지 않았다.

배신감은 상상 이상이었다. 나를 믿고 의지했던 서연이 속았다는 걸 알았을 때 그 배신감이 얼마나 지독했을지 이젠 알고 있다. 나 또한 이 남자 앞에서 뼈가 사무치는 배신감에 치를 떨고 있으니까.

"훗, 결국 알아냈구나."

동준은 대꾸할 수 없었다. 속이 쓰렸다. 파일을 가지고 있으니 서연의 자유를 조건으로 협상을 하자는 메일을 윤주철에게 보냈다. 메일을 보냈지만 애초에 타깃은 박희태였다. 윤주철을 움직이는 사람이 박희태일 것이라고 예상했으니까.

'우리 말고 국정원도 말고 윤주철의 메일을 감시하는 또 다른 인물이 있어요. IP주소가 수시로 변하고 방어시스템을 철저히 가동 중이라 추적은 안 되는데 한 가지는 확실해요. 윤주철과 그 의문의 사람이 두 번 이상의 연락을 주고받았다는 것.'

안나의 보고로 이런 상황이 될 것을 예측했다. 파일이 있다는 걸 알면 윤주철이 아닌 박희태가 나타날 것이라는 걸.

동준은 주머니에서 이동식디스크를 꺼냈다. 그러자 박희태의 눈이 빛을 발한다.

"이 파일 안에 당신이 있습니까?"

잠시 침묵하던 박희태가 보일 듯 말 듯 고개를 끄덕였다.

"그래."

"점점 궁금해지는군요. 이 동영상에 어떤 내용이 들어 있을지."

"넌 그걸 영원히 볼 수 없을 거야."

"그렇게 생각하십니까?"

순간, 박희태가 주머니에서 총을 꺼내 동준을 겨눴다. 동준은 미동도 하지 않았다.

"그걸 내게 넘겨라."

동준의 눈빛이 깊어졌다.

"넘기면 어쩔 겁니까?"

"폐기. 두 번 다시는 이 세상에 나와선 안 되는 물건이니까."

"단지 그게 목적입니까? 정 의원은 다른 용도로 쓰고 싶어 하는 것 같던데."

"정명수의 의도는 나와 상관없어. 놈은 이미 사리사욕에 눈이 멀었으니까."

동준은 자신의 손목에 채워져 있는 시계를 풀어 바닥으로 던졌다. 박희태의 눈길이 슬쩍 그쪽으로 향했지만 그건 찰나였다.

"그 몬스터 문양. 그건 어떤 조직입니까?"

동준이 묻자 박희태가 희미한 미소를 지으며 대꾸했다.

"조국을 지키는 수호자, 네온. 우린 음지에서 정체를 드러내지 않은 채 조국의 이익을 위해 일한다."

박희태의 말에 동준은 실소를 지었다.

"조직의 이익을 위해 죄 없는 목숨을 희생시키는 것이 조국을 위한 일입니까?"

"때로는 대의를 위해 소수의 희생이 필요한 법이지."

"그 대의라는 것이 이 나라가 원하는 것이라 확신하는군요."

"우린 이 나라를 위해 창조되었고 지금껏 그 하나의 목표만을 위해 살아왔다."

동준은 디스크를 들어보였다.

"여기에 들어 있는 영상은 당신이 말하는 조직에 치명타를 입힐 수 있는 것이 들어 있겠군요."

"네 아버지만 아니었다면 세상에 존재하지 않았을 파일이지."

"20년 전, 모스크바에서 무슨 일이 있었던 건지는 이 파일을 확인해보면 알겠군요. 더불어 세상에 공개되어선 안 될 것일 테고 또, 당신이 말하는 그 조국을 위해 탄생한 조직 또한 세상에 드러나선 안 되겠군요."

"두말하면 잔소리."

"그런데 그 조직이라는 것이 개인의 이익보다는 못한 것 같습니다. 정 의원은……."

"놈은 제거될 거다."

동준의 눈이 빛났다.

"한 나라의 정치인을 죽이겠다고?"

"조직에 해가 되고 조국에 해를 끼칠 존재라면 마땅히 제거되어야지."

"당신들에겐 사람 목숨이 하찮은 파리 목숨보다 못하군."

잠시 침묵하던 박희태가 말했다.

"그걸 내게 넘겨라. 널 쏘고 싶지 않다."

"날 살려 보내면 후환을 감당하지 못하실 텐데요."

"난 파일만 없애면 돼. 내 임무는 그걸로 끝이야. 정 의원은 다른 조직원이 제거할 거다. 나는 여기까지야. 곧 죽을 목숨이니까."

박희태의 얼굴은 병색이 짙었다. 동준은 쓴 미소를 삼켜야 했다. 죽음을 목전에 두고도 집요하게 목표를 달성하려는 박희태의 끈질김이 감탄스러워야 마땅하지만 그렇지가 않다. 저 끈질김은 잘못된 사상과 고집으로 점철된 병적인 집착이다.

"어떻게 알았냐? 조직의 문양?"

박희태가 묻는다. 동준은 순순히 대답했다.

"물론 정 의원 집에 있는 문양과 당신이 내게 선물한 시계의 문양이 일치한다는 것도 하나의 단서가 되긴 했습니다."

"그것만 가지고는 확신할 수 없었을 텐데."

"내가 윤서연을 확보하고 있다는 걸 아는 유일한 사람이었으니까."

"……."

"나는 당신에게 말했고 그 후에 그녀의 집에 침입자를 보냈지만 단순 도둑으로 위장한 점. 당신은 그녀에게 겁을 주어서 다시 도망치길 바랐던 거겠죠. 내가 그녀와 함께 있으면 파일을 찾을 확률이 높아질 걸 알았으니까. 또, 당신은 나에 대해 많은 걸 아는 유일한 사람이었으니까. 앙카라공원에서의 조인, 윤서연을 쫓는 나를 저지하기 위해 사람을 보냈고 지하철 사물함을 열어 우리가 보란 듯이 약속장소가 적힌 종이를 찢었지. 당신은 완벽했어. 난 당신을 완벽하게 믿었으니까 의심할 수 없었지. 하지만 당신도 실수를 했지."

"……."

"윤서연의 집에 침입을 사주했던 양아치를 믿지 말았어야죠. 그런 놈들은 만약을 위해 의뢰인 얼굴 정도는 파악해두려는 습성이 있거든. 아마도 신경을 쓰지 않았겠지. 놈은 당신보다 훨씬 하수니까 우습게 여겼던 거겠지."

"놈에게…… 내 사진을 대조시켰구나."

"놈은 정확히 당신 얼굴을 기억하고 있더군요."

박희태의 얼굴이 일그러졌다. 하지만 이내 총을 잡은 손에 힘을 주더니 말했다.

"이제 안부는 여기까지. 그걸 내게 넘겨라."

"못하겠다면?"

동준의 도발에 박희태가 대답한다.

"네 여자가 무사하길 바란다면 넘기는 게 좋을 거야."

순간, 동준의 눈빛이 흔들렸다.

"내가 여기까지 오면서 아무런 대안도 없이 왔을 것 같으냐? 너 또한 대안을 만들어 놓았겠지. 윤주철이 여기 나타나지 않은 걸 보면 이미 네가 손을 썼단 얘기겠지. 누구냐? 국정원의 마태용이냐?"

역시 노장은 죽지 않았다. 정확히 집어내는 박희태를 보며 동준은 진심으로 애통했다. 왜곡된 사상에 물들지 않았다면 지금보다 훨씬 평화로운 노년을 보내고 있었을 텐데.

동준이 대답하지 않자 박희태가 다시 입을 열었다.

"네가 그렇게 손을 쓴 것처럼 나도 손을 썼지. 난 너를 쏘고 싶지 않다. 그걸 넘기고 네 여자와 멀리 가서 살아. 미국으로 다시 돌아가서 평범하게 살아라."

"그게 가능할 거라고 생각합니까? 이걸 당신에게 넘기고 폐기돼도 국정원은 믿지 않을 겁니다. 정 의원을 비롯한 당신 조직원들은 비밀을 알고 있는 나와 윤서연을 끝까지 추적하려 하겠지."

"내가 해줄 수 있는 건 여기까지다. 그 후의 일은 네 몫이야. 지금 당장 눈앞에서 솟아오르는 불부터 꺼야지. 네 여자부터 살려야 하지 않을까?"

동준의 얼굴에 냉기가 흘렀다. 차갑고 어두운 빛이 그의 눈 속 깊은 곳에서 싸늘한 냉기를 머금으며 가라앉고 있었다.

커튼 틈 사이로 밖을 보고 있던 안나는 뒤에서 긴장한 채 서 있는 서연을 돌아보며 말했다.

"피해야겠어요."

서연의 두려움은 극에 달했다. 하지만 이성은 차가웠다. 오랜 세월 몸에 익은 본능이 되살아나고 있었다.

도망, 밖에는 정체 모를 사람들이 거리를 좁혀오고 있다. 몸의 신경세포 전부가 일제히 일어나 도망치라고 아우성을 쳐댄다.

안나가 서둘기 시작했다. 컴퓨터에서 중요한 데이터를 다운받고 혹시 모를 정보가 남아 있을지도 몰라서 시스템이 스스로 지워지는 프로그램을 가동시켰다.

"뭘 도와야 하죠?"

서연은 자신의 도망 본능을 억눌렀다. 예전 같았으면 위험을 느끼는 즉시 그 무엇도 상관하지 않은 채 자리를 떴을 것이다. 살고자 하는 욕망과 모든 것을 버리고 떠나는 습관이 먼저 앞서서 안나를 두고 떠났을 것이다. 하지만 이젠 달랐다. '같은 편'이라는 의미가 바로 이런 것인 모양이다. 안나를 두고 떠날 수가 없었다. 혼자 가면 놈들을 피해 달아날 확률이 높아질 것을 알면서도 서연은 남았다.

"저거, 챙기고. 저것도 챙기고. 이 가방에 전부 담아."

안나가 가방을 던져주며 말한다. 서연은 시키는 대로 가방에 담기 시작했다. 그러면서 차갑게 경고했다.

"이제 떠나야 해요. 포기할 건 그냥 버리세요."

차가운 그녀의 말투 때문일까? 안나가 쳐다본다. 그리고 농담처럼 말했다.

"자긴 쫓길 때 냉정해지는구나."

그 한 마디만을 툭 던지고 다시 증거를 없애는데 몰두한다. 서연은 미소를 지었다. 이상하다. 쫓아오는 위험을 느끼면서 어떻게 이렇게 농담을 주고받을 수 있는지. 뭔가 단단히 믿는 구석이 있는 건가?

그래, 있다. 차동준, 내가 잡혀도 그는 날 찾아올 것이다. 하지만 난 그의 짐이 되진 않을 것이다.

서연은 가방을 어깨에 메고 안나를 쳐다보았다.

"준비됐어요?"

"오케이."

안나가 지하실 쪽으로 달리기 시작했다. 서연도 따라 뛰었다. 미리 예상해두었던 탈출 경로를 따라 두 여자는 다급하게 몸을 움직이고 있었다.

타앙!

총성이 울렸다. 동준은 자신의 얼굴의 1센티미터 정도 옆을 스치고 지나가는 총알을 느꼈다. 탕! 다시 총성이 울렸다. 이번에는 안전하게 피했다. 몸을 굴려 철제 드럼통 뒤로 몸을 숨겼지만 안전한 것은 아니다. 총알은 드럼통을 가볍게 뚫을 수 있다. 다만, 제대로 목표물을 조준하지 못한 상태에서 총알을 남발하게 되는 위험을 감수하지 않을 것이다.

총알이 떨어지면 노장은 젊은 요원에게 제압당할 테니까.

박희태도 그걸 잘 안다. 그러니 섣불리 총을 쏘지 않을 것이다. 동준은 그 점을 이용해야 했다. 천천히 몸을 움직였다.

"차동준!"

박희태의 목소리가 들리는 쪽으로 재빨리 몸을 굴렸다.

"물건을 넘기고 떠나라! 난 널 죽이고 싶지 않아!"

침묵의 기다림. 동준은 포기하지 않았다. 박희태와의 거리는 채 50미터도 남지 않았다.

"난 이제 얼마 살지 못해! 죽어서 네 아버지를 만난 후에 용서를 빌 거야."

30미터. 특수훈련에서 기본이 되는 포복자세는 그에겐 식은 죽 먹기였다.

안나와 서연은 최선을 다해 도망쳤다. 미리 봐두었던 탈출로를 따라 뛰었지만 너무 늦게 몸을 피하는 바람에 놈들의 추적을 따돌릴 수 없었다. 대충만 봐도 두 사람을 쫓아오는 사람들의 수는 열 명 남짓이었다. 어떻게 해볼 수가 아니었다.

숲 속 언덕 위에 선 안나는 서연을 쳐다보았다. 서연은 안나가 말하지 않아도 그 눈빛을 이해했다.

"잡히지 마."

안나가 말한다. 서연은 침울한 얼굴로 고개를 끄덕였다.

"언니도요."

"넌 도망에 선수니까."

"언니도 빠르잖아요."

"오피스텔에서 보자."

서연은 고개를 끄덕였다.

"어서 가!"

"언니도 가세요."

두 사람은 갈라졌다. 안나는 오른쪽으로, 서연은 왼쪽 길로 달리기 시작했다. 나뭇가지에 긁히고 벌레들이 사정없이 달려들었지만 서연은 멈추지 않았다. 그때였다. 반대쪽에서 큰소리가 들렸다.

서연은 고개를 홱 돌렸다. 나뭇잎 틈으로 사람들이 안나가 도망간 방향으로 달려가는 것이 보였다. 또다시 고함소리가 들려왔다. 안나의 목소리였다!

서연의 눈이 커졌다.

왜?

다음 순간, 누군가 몽둥이로 머리를 내려친 것 같은 섬뜩함이 느껴졌다.

안 돼!

서연은 비명을 지르려고 했다. 하지만 일말의 이성이 그걸 제지했다. 안나가 일부러 추적을 자신 쪽으로 향하게 하고 있었다.

일부러 고함을 질러 놈들을 내게서 멀어지게 하고 있어!

'둘 중 하나가 무사해야 한다면 너여야지. 네가 더 중요한 포인트니까. 우린 또 중요한 걸 뺏기는 건 질색이거든.'

도망치면서 안나가 농담처럼 했던 말이다. 조금이라도 덜 중요한 패를 내놓는 것이 승률을 높이는 길이라던 말. 서연은 그 말을 저버릴 수가 없었다. 눈앞이 흐려졌다.

'안나 아줌마요? 그 아줌마 컴퓨터 앞에만 앉아 있다고 무시하면 안 돼요. 각종 무술 유단자에 특수훈련까지 다 받은 병기예요, 병기. 그 아줌마는 위기상황에서 특히 능력을 발휘한다니까요. 생긴 거하고는 완전 반전이죠.'

273

진호가 했던 말이 떠올랐다.

'아, 그리고 승산 없는 일에 힘 안 써요. 할 만하다 싶은 일에만 덤빈다고요.'

그때 들은 말이 지금 이렇게 도움이 될 줄이야…….

서연은 안나를 믿을 수밖에 없었다. 놈들을 유인하는 그녀에게 계획이 있을 것이다. 지금 충동적으로 안나를 구하겠답시고 달려가는 게 더 위험할 수도 있다.

"무사할 거야. 그래, 무사할 거야."

서연은 혼잣말을 중얼거리며 다시 달리기 시작했다. 볼을 타고 흐르는 눈물을 닦을 생각도 하지 않은 채 숲 속 깊숙이 파고들었다.

타앙!

움찔. 동준은 숨을 멈췄다. 바로 옆에 놓여 있던 박스가 날아갔다. 간발의 차였다. 숨을 고른 동준은 또다시 움직이기 시작했다. 멈추면 죽는다.

20미터, 10미터. 타앙! 또다시 총성이 울렸다. 하지만 이미 동준은 박희태를 향해 몸을 날린 후였다. 조준을 잘못한 박희태의 옆쪽으로 달려들어 목을 내리쳤다. 비틀거리던 박희태가 재빨리 균형을 잡고 총구를 겨누었지만 이미 늦었다. 동준은 손목을 힘껏 내리치는 동시에 몸을 빙 돌려 박희태의 얼굴로 발을 날렸다.

"욱!"

미처 피하지 못하고 휘청거리는 박희태의 어깨를 잡아채어 벽으로 밀어붙였다.

파악! 벽과 사람의 얼굴이 부딪쳐 피가 튀었다. 어깨를 잡은 채 팔을 뒤로 꺾어 꼼짝도 못하게 만들었다. 현역에서 은퇴한 노장은 여전히 전성기를 구가하는 젊은 요원을 이길 수가 없었다.

동준은 박희태에게서 빼앗은 권총을 들었다. 총구를 이마에 가져다댄 채 물었다.

"왜 날 도왔습니까?"

"……."

"한국으로 돌아온 내게 접근하고 친구의 아들로 대해준 이유가 뭡니까?"

"……빚을 갚고 싶었다."

"……."

"네 아버지를 죽일 수밖에 없었지만 난 죄책감을 떨칠 수가 없었다."

동준의 동공이 흔들렸다. 아버지의 죽음과 밀접한 연관이 있을 거라고는 짐작했었다. 하지만 직접 죽였을 거라고는 믿고 싶지 않았었다.

"파일을 내게 넘겨줬다면 죽지는 않았을 거야. 내가 도왔을 테니까. 하지만 다른 도리가 없었어. 네 아버지는 벽창호였다."

"그 점에 있어서는 당신도 다를 바 없지. 그릇된 신념 때문에 죄 없는 친구까지 죽였으니까."

"내 신념은 잘못되지 않았어. 이 세상이 잘못 돌아가고 있는 거야."

275

동준은 그 순간 포기가 되었다. 아버지처럼 믿고 따랐던 분에 대한 마지막 미련도 사라지는 것을 느꼈다.

"당시의 작전명과 한경식에 대한 정보를 준 이유는 내 믿음을 얻으려던 목적이었겠군요."

박희태가 목이 쉰 웃음소리를 냈다.

"네가 윤주철의 딸을 확보하고 있는 걸 알았으니 모험을 걸어야 했거든. 내가 네 편이라는 신뢰를 줘야 날 의심하지 않을 거라고 판단했으니까."

"더불어 정보를 얻어야 했을 테고."

침묵이 흘렀다. 박희태의 호흡이 거칠어지고 있었다.

"당신이 말한 그 조력자는 정 의원이었을 테고."

"……."

동준은 잡고 있던 어깨를 놓아주었다. 두 걸음 멀어졌지만 총구를 내리진 않았다. 박희태는 벽을 짚은 채 가슴을 잡고 무너져 내렸다. 떨리는 손으로 주머니를 뒤지더니 작은 약병을 꺼내 그 속에서 하얀색 알약 두 개를 꺼내 입 안에 털어 넣는다. 동준은 그 모습을 차갑게 지켜보고 있었다.

박희태가 가슴을 움켜쥔 채 등을 벽에 기대더니 동준을 올려다보았다. 얼굴은 이미 푸르스름하게 변해있었다. 지금 죽지 않는다 해도 시간은 그의 편이 아닌 것 같았다.

"파일을 어떻게 할 생각이냐?"

동준은 총구를 내리고 쓰게 웃었다.

"어떻게 할까요? 세상에 퍼트릴까요?"

"그렇게는 못할 거야. 지금쯤 네가 사랑하는 여자가 정 의원의 손아귀에 들어갔을 테니까."

박희태의 파리한 얼굴 위로 씁쓸한 미소가 어렸다. 동준의 얼굴은 굳어 있었다. 총을 주머니에 넣은 동준은 돌아서서 뛰기 시작했다. 그러자 박희태가 소리친다.

"이미 늦었어! 넌 그 파일과 네 여자를 두고 거래를 해야 할 거야!"

동준은 창고를 박차고 나갔다. 순간, 검은색 차량 세 대가 서 있는 것을 보고 걸음을 멈췄다.

"차동준."

건장한 사내들의 무리 속에서 앞으로 나서며 그의 이름을 부른 것은 마태용이었다.

"우리와 같이 가줘야겠네."

마태용이 말했다. 뒤에 서 있는 무리들의 얼굴도 긴장되어 있었다. 제각각 손에 총을 들고 언제든지 이쪽을 겨눌 준비가 되어 있는 자들이었다. 동준의 얼굴은 돌처럼 굳었다. 마태용을 마주 보는 그의 눈빛은 깊이를 알 수 없는 어둠 속으로 치닫고 있었다.

서연은 머리를 묶고 점퍼에 달린 모자를 뒤집어썼다. 곧 날이 저물 것이다. 때마침 보슬비까지 내린다. 시야가 흐려지면 추적자의 속도도 떨어질 것이다. 서연은 날씨가 자신의 편임을 확신했다.

그녀는 언덕 아래쪽, 능선에 몸을 숨기는 방식으로 이동하고 있었다. 얼굴은 진흙투성이가 된 지 오래였고 몸, 여기저기에 나뭇가지에 긁혀 생채기가 난지도 오래였다. 하지만 그까짓 아픔은 이골이 난 그녀다. 숨는 것만이 그녀의 장기는 아니었다. 바로 뒤까지 쫓아오는 추적자를 몇 번이나 벗어난 적이 있었다. 그러니까 이 정도에 무너지지는 않는다.

서연은 이를 악물고 다시 이동하기 시작했다. 가만히 귀를 기울여 보면 추적자들은 아직 포기하지 않았다. 얼마 떨어지지 않은 곳에서 거리를 좁혀 오고 있다는 것을 느낌으로 알 수 있었다.

안나는 어떻게 됐을까? 잡혔을까? 그럼 어디로 데려갔을까? 그녀를 구해야 한다.

서연은 문득 밀려드는 걱정과 상념을 떨치려고 단호하게 고개를 저었다. 걱정은 나중으로 미뤄야 한다. 지금은 추적자를 피하는 것에 집중해야 했다. 서울의 오피스텔로 가면 진호가 있을 것이고 차동준과도 조우할 수 있을 것이다. 그 후에 안나를 구할 대책을 마련하는 것도 늦지 않다.

안나를 구하겠다고 섣불리 뛰어들어 나까지 잡히면 차동준에게 더 큰 부담만 주는 꼴이 될 테니까.

서연은 안나가 자신을 도망치게 해주려고 일부러 추적자들을 유인했다는 미안함과 죄책감을 잠시 머리에서 지우려고 애썼다. 그리고 눈앞에 놓인 지형을 살폈다.

저기, 덩굴 숲이 보인다. 지친 몸을 잠시 쉴 수 있는 공간일 듯 싶었다. 쫓아오는 놈들이 어디 소속인지는 모르지만 이런 날씨에 날까지 저물고 있으면 추적을 멈출 것이다. 그들이 추적을 멈추면 나도 쉬어야 한다. 그래야 다음에 좀 더 빨리 움직일 수 있으니까.

자세를 최대한 낮추고 우거진 수풀을 통과해 바위와 그 사이로 덤불숲이 우거진 틈 안으로 들어갔다. 공간이 제법 컸다. 사방으로 귀를 쫑긋 세웠다. 빗줄기가 굵어졌다. 이러면 곤란한데…… 소리가 들리지 않으면 추적자의 반경도 짐작하기 어려워지는데…….

서연은 불안해졌다. 제발, 저들이 추적을 멈췄기를. 이대로 포기하고 돌아서기를…… 간절하게 빌기 시작했다.

"여기서 기다려."

마태용이 안내한 방 안으로 들어간 동준은 의자 두 개와 테이블 하나가 전부인 공간을 쓰윽 훑었다.

"시간이 좀 걸릴 거야."

마태용이 말한다. 동준은 고개를 돌려 물었다.

"얼마나?"

"내가 대답해줄 수 있는 건이 아니라는 거 알잖나."

"황 원장을 직접 만나겠습니다."

"기다려. 내가 해줄 수 있는 말은 이게 전부야."

동준의 눈빛이 어두워졌다. 마태용이 묻는다.

"파일…… 재생할 수 있는 건 맞아?"

"궁금하면 황 원장에게 직접 오라고 하십시오. 제가 말한 대로 하면 파일이 재생될 수 있는 것인지 알게 되겠죠."

마태용은 희미한 미소를 지으며 고개를 끄덕였다.

"그래, 자네 제안이 꽤나 흥미롭지. 그런데 우리에게는 쉬운 일이 아니라는 거야. 자네도 그건 알고 있겠지. 황 원장도 고심을 하고 있으니까 기다려."

"고민은 짧게 하는 게 좋을 겁니다. 난 인내심이 그렇게 많지 않으니까."

"무슨 소리. 자네만큼 인내심이 많은 사람이 어딨다고. 그 오랜 세월, 정체를 숨긴 채 여기까지 왔잖아."

이제 마태용도 안다. 프리랜서, 차동준의 정체를. 미군의 협조를 받은 국정원이 자신의 정체를 알아내는 것은 시간문제일 뿐이라는 걸 알고 있었다. 20년 전 사건의 마지막 희생자, 차대훈의 아들이 바로 프리랜서라는 코드네임의 전직 고스트라는 사실은 저들을 경악하게 만들었을 것이다.

동준은 다시 입을 열었다.

"윤주철 박사는?"

"자네 말대로 신병 확보했네. 그리고 윤 박사가 가지고 있던 파일도 회수했고. 물론 진짜 파일은 자네가 가지고 있겠지."

"제가 말한 조건을 이행시켜 주시면 파일을 가져올 겁니다."

"이건 속임수일 테고."

마태용이 이동식디스크를 들어보였다. 동준이 박희태를 속이기 위해 가지고 있던 물건이었다. 동준이 그 질문에 굳이 대답하지 않았다. 이미 둘 다 알고 있는 사실이니까.

"박희태는……."

"응급실에 있네. 얼마 남지 않은 것 같더군."

마태용의 대답에 동준은 침묵했다.

"필요한 게 있으면 말해."

"없습니다."

동준은 돌아섰다. 마태용이 방을 나간다. 동준은 높게 달린 창
문을 올려다보았다. 그의 눈빛은 어두웠다. 혼자가 된 그의 머릿
속은 한 가지 생각으로 가득 차오르기 시작했다.

윤서연.

얼마나 시간이 흘렀을까? 오랜 시간 같은 자세를 유지하는 것
은 정말 힘겨운 일이다. 차라리 숨이 턱에 찰 때까지 뛰고 싶은
심정이 된다. 목이 말라 이파리를 타고 흐르는 빗물을 마셨다. 날
이 완전히 어두워졌지만 그녀는 여전히 꼼짝도 하지 않고 있었
다. 조금만 더 있다가 다시 이동할 계획이었다. 비는 멈췄지만 땅
이 질퍽하다. 자칫 잘못 하다간 흔적을 남길 것이다.

서연은 귀를 쫑긋 세웠다. 근처에 흐르는 물이 있으면 좋은데.
발자국을 남기지 않을 수 있으니까. 그런데 그녀가 있는 곳 주변
에는 없는 모양이었다. 물소리가 들리지 않는다.

속으로 한숨을 삼켰다. 지금은 생각하고 싶지 않지만 계속해
서 안나의 안전이 걱정된다. 어떻게 됐을지, 너무 걱정이 되고
다른 사람들도 걱정이 된다. 추적을 당할지도 몰라서 휴대폰을

가지고 오지 않았다. 지금은 그 휴대폰이 절실하다.

아니야. 그에게 전화를 거는 건 어차피 안 될 일이다. 지금 이쪽으로 그가 오면 일은 더 복잡해질 테니까.

"이쪽이야!"

순간, 서연은 굳었다. 사람들의 목소리가 들린다. 젖은 땅을 밟는 발소리도 들린다. 젠장, 놈들이 왔다. 바로 코앞까지 온 것이다.

순간적으로 얼어붙었던 그녀는 입술을 앙다물었다. 여기 있다가는 잡힐 것이다. 소리는 언덕 위쪽에서 들리고 있다. 조심해서 나가 아래쪽으로 이동하면 승산이 있을 것이다.

서연은 덤불숲을 조심해서 기어 나왔다. 사방이 어두웠다. 느낌만으로 움직여야 한다. 엉금엉금 기기 시작했다. 완전히 감각만으로 앞으로 나아갔다. 하지만 그녀는 얼마 가지 못했다.

부스럭.

바로 옆에서 인기척이 들려왔다. 서연은 돌처럼 굳어버렸다. 하지만 곧바로 일어서서 달리기 시작했다. 놈이 쫓아온다. 소리 없이 빠르다. 그녀는 이를 악물고 달렸다. 놈은 프로다. 전혀 소리를 내지 않고 그녀의 바로 옆까지 온 놈이다. 누굴까? 국정원? 아니면 제3의 인물?

빌어먹을! 난 붙잡힐 것이다!

서연이 불길한 예감을 하는 그 순간 누군가가 덮쳤다. 진흙 바닥으로 쓰러졌지만 그녀는 끝까지 포기하지 않았다. 발길질을 하고 주먹을 마구 날렸다. 순순히 놈에게 잡히지 않을 거야. 절대로 이대로 포기하지 않을 거야. 손톱을 세워 놈의 얼굴을 향해 긁었다.

아주 짧은 신음소리가 들렸다. 정말로 작은 소리였다. 진짜 프로다. 서연은 겁이 났다. 그래서 더 발악했다. 하지만 남자의 힘을 당해낼 순 없었다. 두 팔이 남자의 손에 붙잡혀 꼼짝도 할 수 없게 되고 두 다리는 남자의 무릎에 눌려 옴짝달싹도 할 수 없게 되었다. 숨을 헉헉, 내쉬었다. 죽을 각오로 몸을 뒤틀었다. 그때였다.

"젠장. 윤서연 씨, 가만 좀 있어요."

귓가에 들려오는 낮은 목소리. 서연은 동작을 멈췄다.

"차동준이 보내서 왔습니다. 당신을 보호하려고."

서연은 눈을 크게 떴다. 하지만 어둠 속이라 상대의 얼굴이 보이지 않는다. 상대가 다시 속삭인다.

"놈들에게 들키고 싶지 않으면 날 따라와요. 언덕 아래쪽에 차를 대기시켜 놨으니까."

"어떻게……."

어떻게 날 찾았지? 이 사람, 믿을 수 있는 사람인가?

"차동준이 당신 몸에 위치추적기를 붙여놨어요. 당신 목에 걸린 목걸이, 그게 위치추적깁니다."

순간, 그녀는 이 의문의 남자를 믿을 수밖에 없었다.

'풀어봐.'

며칠 전, 차동준이 준 선물상자를 풀 때 서연은 설레었다. 상자 속에 든 예쁜 목걸이를 보는 순간, 얼마나 기뻐했는지 기억이 난다.

'맘에 들어?'

말로는 대답할 수 없을 정도로 기뻤었다. 사랑하는 남자로부터 받은 첫 선물은 기대 이상이었다. 그가 직접 목에 걸어준 목걸이에 감격해 하루에도 몇 번이고 들여다보며 좋아했었는데…….

"날 믿어요. 차동준, 그가 날 보냈으니까."

그는 이미 오늘을 예상했던 것일까? 그래서 내게 위치추적기를 부착하고 이 남자를 보낼 계획까지 세웠던 것일까?

서연은 어둠 속에서 조금은 익숙해진 눈으로 상대를 보며 속삭였다.

"누구……세요?"

남자가 대답한다.

"반갑습니다. 한경식이라고 합니다."

남자가 하얀 이를 드러내며 웃는 것이 보였다.

전화기가 진동했다. 초조함을 억누르지 못하고 서 있던 동준은 재빨리 손을 뻗어 전화기를 들었다.

"네."

[한경식입니다.]

동준은 긴장했다.

[목표물은 안전하게 확보했습니다.]

순간, 안도의 한숨이 절로 새어나왔다. 세포 하나까지 긴장으로 굳어 있었던 몸은 그제야 이완을 시작한다. 버티고 있었지만 한계를 이미 지난 지 오래였었다. 모든 걸 뒤로하고 그녀에게 달려가고픈 순간을 이겨내는 것은 고통이었다.

"이상…… 없습니까?"

[안전합니다. 무척 힘든 과정이었지만 말입니다.]

전화기 너머의 한경식이 웃는 것을 느꼈다. 동준의 목소리에서 긴장이 풀리는 것을 느낀 것이다.

동준은 다시 냉정을 되찾았다.

"다시 연락드리죠."

[알겠습니다. 그럼 이만.]

전화는 끊어졌다. 동준의 아쉬운 눈길이 전화기를 향했다. 목소리라도 듣고 싶다. 그녀가 안전하다는 것을 몸으로 느끼고 싶다. 하지만 때가 아니었다. 일이 마무리되기 전까진 기다려야 한다.

동준은 지루하게 흘러가는 시간 앞에서 인내심을 발휘하기 시작했다. 그녀의 안전이 확인된 이상 이젠 얼마든지 기다릴 수 있었다.

25. 협상

　"들어가시죠."

　서연은 한경식이라는 남자가 문을 열어주자 주춤했다. 차동준이 보내서 왔다고 했고 그때의 상황이 어쩔 수 없었기에 여기까지 따라는 왔지만 여전히 불안했다. 처음 보는 낯선 사람을 따라온 것이 잘한 짓인지, 확신이 서지 않았다. 그런 그녀의 마음을 눈치챈 한경식이 웃으며 말했다.

　"들어가 보시면 반가운 사람이 있을 겁니다."

　반가운 사람? 서연의 시선이 문 안쪽으로 돌려지는 순간 안에서 누군가 나왔다.

　"해리!"

　안나였다. 서연은 너무 놀라 입을 딱 벌렸다. 안나가 달려와 서연을 와락 껴안았다.

　"무사했네. 저 사람이 무사할 거라고 하더니…… 얼마나 걱정을 했는지……."

"어떻게……?"

눈물이 났다. 정말로 너무 걱정을 해서, 분명히 놈들에게 잡혀갔을 거라고 생각하고 있었는데…….

안나가 포옹을 풀고 서연의 손을 잡았다.

"우선 들어가자."

안나가 이끄는 대로 방으로 들어간 서연은 안에 있는 또 다른 반가운 사람을 보고 걸음을 멈췄다.

"하이."

진호가 한 손을 번쩍 들더니 인사를 한다. 차동준을 제외하고 다 모여 있는 셈이었다. 서연은 안나를 돌아보았다.

"어떻게 된 일이에요?"

안나가 웃으며 한경식을 가리키며 말했다.

"보스가 저 사람한테 의뢰를 했대."

"의뢰?"

그녀가 되묻자 한경식이 나서서 설명을 보탠다.

"한국기획 대폽니다. 뭐, 그냥 심부름센터죠. 차동준 씨가 나한테 의뢰를 했어요. 만일의 사태가 발생하면 댁들 안전을 확보해서 여기로 데리고 오라고."

서울 시내 한복판에 있는 유명 오피스텔이었다. 대체 이런 곳은 언제 마련해뒀던 걸까?

"혼자 윤주철 박사를 만나러 간다고 할 때부터 이미 다 계획했던 모양이야."

안나가 말한다.

"윤주철 박사는 국정원에서 데려갔습니다."

진호가 나서서 말했다. 서연은 놀란 표정을 지었다.

"그럼 암호파일은?"

"물론 국정원에서 확보했겠죠. 그런데 본 파일이 없으니 그건 무용지물이고요."

진호의 대답을 들은 서연은 걱정스러운 표정을 지으며 물었다.

"그 사람은요? 차동준, 그는……?"

아무도 대답하지 않는다. 서연은 안나를 쳐다보고 진호를 보고 마지막으로 한경식을 보았다. 하지만 전부 모른다는 얼굴이었다.

"걱정 마. 별일 없을 거야."

소식이 없는 것이다. 누구도 차동준의 소재를 모른다.

"두 시간 전에 전화 통화는 했습니다."

한경식이 말했다. 서연은 홱 고개를 돌려 쳐다보았다.

"직접 통화를 했다고요?"

"그래요. 윤서연 씨가 안전하다는 보고를 하려고."

"그가 뭐래요? 괜찮다고 하던가요?"

서연의 다급한 물음에 한경식이 고개를 끄덕인다.

"전화상으로는 괜찮은 것 같았어요. 다시 연락하겠다고 하고 전화를 끊더군요."

서연은 진호를 쳐다보며 말했다.

"전화기 있죠? 빌려줘요."

한경식이 고개를 저었다.

"연결 안 될 겁니다. 조금 전에 다시 연락을 해봤는데 연결이 안 된다는 안내 메시지만 나왔어요."

하지만 서연은 직접 확인을 해야 했다. 진호가 내민 전화기로 전화를 걸었다. 한경식의 말이 맞았다. 전화기가 꺼져 있다는 안내가 나왔다.

전화기를 내려놓는 서연의 얼굴에는 그림자가 드리워졌다. 안나가 다가와 서연의 어깨를 감쌌다.

"걱정 마. 치밀하게 계획을 세운 사람이야. 자기 안전에 대해서도 계획을 세웠을 거야. 절대로 허튼사람 아니니까."

안다. 얼마나 대단한 사람인지 잘 알고 있다. 하지만 두렵다. 그를 잃을까 봐. 또다시 세상에 홀로 남게 될까 봐 너무나 두려웠다!

정확히 21시간이 지났다. 동준은 의자에 기대앉아 이제 막 도착한 점심 도시락을 먹기 시작했다. 사방이 꽉 막힌 공간에서 그는 계속 혼자 있었다. 하지만 알고 있었다. 저 문만 열고 나가도 감시자들이 겹겹이 있다는 것을. 물론 마음만 먹는다면 인간 방어 시스템을 뚫을 자신이 있다. 그러나 그는 기다리고 있었다. 저들이 탁상공론을 끝내고 결론을 가지고 오기를.

도시락을 깨끗이 먹어 치운 그는 운동을 시작했다. 가벼운 스트레칭으로 시작해 팔굽혀펴기를 했다가 창턱에 매달려 턱걸이를 시작했다. 땀이 흘렀다. 몸을 움직이며 시간을 보내고는 있지만 신경은 닫힌 문을 향해 곤두서 있었다. 누군가 들여다보면 '참 팔자 좋은 놈일세' 하고 생각할지도 모른다. 당연히 그럴 것이다. 감금된 주제에 먹을 것 다 먹고 운동이나 하며 여유를 부리는 것이 이상하다고 생각할 수도 있다. 그러나 저들은 모르는 것이 있었다. 동준이 절대 강압에 의한 감금을 당하고 있는 게 아니라는 사실을.

자발적 감금. 동준은 지금 원해서 갇혀 있는 것이었다. 계획을 성사시키기 위해, 20년 전부터 시작된 악연의 고리를 이젠 모두 끊어내기 위한 일이라면 이까짓 기다림은 아무것도 아니니까.

윤서연. 그녀에게 자유를 주고 평화를 안겨줄 수 있다면 이보다 더한 일도 할 수 있으니까.

동준은 그녀를 떠올렸다. 비로소 미소가 그려진다. 소중한 여자를 떠올리는 것만으로도 그는 더 오래 기다릴 수 있는 인내심이 샘솟는 것을 느꼈다.

문득, 동준은 매달려 있던 창틀에서 내려섰다. 달칵, 문이 열렸다. 문이 열리기 전부터 인기척을 느낀 그는 몸을 돌린 채 안으로 들어오는 마태용을 쳐다보았다.

"오래 기다리게 했군. 회의가 길어졌네."

"결론은 났습니까?"

동준은 단도직입적으로 물었다. 마태용이 고개를 끄덕이며 대답했다.

"대통령께서 기다리고 계시네."

서연은 초조한 얼굴로 창밖을 응시하고 있었다. 오늘 새벽, 안나가 불려갔다. 차동준이 필요로 한다는 연락을 받고 그가 보냈다는 사람을 따라갔다. 안나도 영문을 모른 채 낯선 사람을 따라가기 전 슬쩍 서연에게 속삭였었다.

'청와대 사람이야.'

그 말을 듣는 순간, 얼마나 놀랐던지.

'예전에 본 적이 있어. 분명해.'

청와대라니…… 대체 무슨 일이 일어나고 있는 걸까? 그럼 차동준은 지금 청와대에 있는 건가? 거긴 왜? 뭘, 어쩌려고?

"마음 편히 가지고 기다려요."

뒤에서 한경식의 목소리가 들려왔다. 서연은 고개를 돌렸다. 진호와 한경식이 테이블 앞에 앉아 있었다. 두 사람은 한시도 서연을 떠나지 않고 있었다. 화장실을 갈 때를 제외하고는 단 한 순간도 눈에서 떼어놓지 않는다. 잠도 같은 공간에서 잤다. 겨우 하룻밤이었지만 서연과 안나는 침대에서 잤고 두 사람은 소파에서 쪽잠을 잤다. 물론 침대에서 잠을 잔 두 여자도 편하게 잔 건 아니지만…….

상황을 알 수 없으니 답답했다. 차동준이 곁에 없으니 더욱 두렵다. 불안한 생각이 자꾸 들어서 가만히 기다리는 것이 너무 어려웠다.

"그 친구가 같은 편까지 불러갔다는 건 일이 잘되고 있다는 증

거니까."

한경식이 다시 말했다. 그런 걸까? 그래, 어쩌면 그럴 수도 있
겠다. 그가 위험한 상황으로 안나를 끌어들이진 않았을 테니까.
그런데 만약, 그가 부른 게 아니라면?

"확실한 건가요? 그 사람 연락을 받았어요?"

서연이 물었다. 그러자 한경식이 고개를 끄덕였다.

"짧게 통화했었어요. 안나를 보내달라고 하더라고요."

아릿한 서운함. 전화 통화를 할 수 있는 상태라는 소리에 서운
함이 밀려온다. 아무리 짧아도 목소리 한 번이라도 듣고 싶은 내
마음을 그는 모르는 걸까? 내가 느낄 불안함과 두려움은 그의 안
중에도 없는 걸까? 이토록 기다리고 있는 내 마음을 전혀 모르는
건가?

"내가 말했었나? 예전에 국정원 직원이었던 거."

서연의 얼굴에 드러난 서운한 감정을 본 한경식이 갑자기 밝
은 목소리로 말하기 시작했다. 진호가 장단이라도 맞추는 것처럼
호응을 해준다.

"그래요? 몰랐어요."

"난 뭐 현장에서 뛰는 요원은 아니었지만 그래도 훈련도 받고
작전 중인 요원들도 많이 봐왔으니까 일반인들보다는 그쪽 생리
를 잘 알지. 작전에 투입되는 요원들은 집중력이 대단해. 대부분
의 작전이 한끝만 실수해도 그냥 실패할 수도 있는 민감한 상황
들이거든. 그래서 그런지 작전 중인 요원들은 개인적인 감정들은
다 접어두더라고. 가족들이나 사랑하는 사람들 생각을 하게 되면

잡념이 생기니까. 아예 집에도 안 들어가고 연락도 딱 끊는 사람이 많아. 물론 그러면 집에서 기다리는 사람들이 애가 타지. 어떤 사람은 그런 게 싫어서 아예 독신을 고수하고 연애도 엔조이로만 한다더라니까. 사람 마음이 또 그렇게 마음먹은 대로만 되는 건 아니지만 말이야. 어쨌든 국정원 요원들 가족들은 마음 하나는 비워야 돼. 남편이 작전 나간다고 하면 당분간 연락이 안 되겠구나, 그냥 그렇게 생각해버린다고 하더군. 우리 마누라 말로는 현장직 와이프들이 비현장직 와이프들을 굉장히 부러워했대. 일반 직장 다니는 사람들이 들으면 웃을 일이지만 말이야."

한경식이 하하하, 웃었다. 진호도 따라 웃는다. 아마도 나를 위로하려는 말이지 싶었다.

서연은 마지못해 웃었다. 그리고 그 위로에 자신이 조금은 위안을 받는다는 걸 인정해야 했다. 차동준, 그는 지금 홀로 싸우고 있는 중이다. 그가 그토록 위험을 무릅쓰고 온정신을 다 바쳐 집중하고 있는 이유를 아니까 이해를 해야 한다.

'널 지켜줄 거야. 반드시.'

그는 약속을 했다. 그 약속을 지키기 위해 혼자서 혼신을 다해 싸우고 있는 것이다.

커튼이 쳐서 어두운 공간은 넓었다. 커다란 회의 탁자가 방 한가운데에 놓여 있고 그 맨 끝에는 심각한 얼굴을 한 중년 남자가 앉아 있었다. 그리고 그 양옆으로 각각 세 명과 두 명의 남자들이 앉아 있었다.

중앙에 앉아 있는 중년 남자의 맞은편 벽에는 대형 스크린이 펼쳐져 있다. 하얀색 스크린에는 검은색 네모 상자만이 덩그러니 표현되고 있었지만 그것을 지켜보는 남자들의 표정은 하나같이 진지했다.

"얼마나 기다려야 합니까?"

중년 남자의 오른쪽 옆에 앉아 있던 남자가 말했다. 머리가 하얗게 셌지만 얼굴은 그렇게 나이 들어 보이지 않았다. 그 남자가 다시 독촉하듯 말했다.

"바쁜 사람들 불러 앉혀놓고 지금 뭐하자는 겁니까? 황 원장. 대체 당신이 보여주고 싶다는 게, 뭐요?"

그러자 맨 끝 쪽에 앉아 있던 국정원의 황종국 원장이 대답한다.

"죄송합니다. 파일에 걸려 있는 암호를 푸는데 시간이 걸릴 거라고 대통령님께도 미리 말씀드렸습니다."

황 원장이 중앙에 앉아 있는 중년 남자를 쳐다보았다. 그러자 남자가 고개를 끄덕였다.

"강 장관, 조금 더 기다려봅시다."

머리가 하얀 남자는 자신에게 말하는 대통령의 제안에 고개를 끄덕일 수밖에 없었다. 그리고 시간이 더 흘렀다. 창가 쪽 노트북 앞에 앉아서 열심히 손가락을 두들기던 안나가 옆에 서 있는 동준을 보며 속삭였다.

"됐어요."

동준의 눈이 빛났다. 그는 고개를 돌려 대통령을 향해 말했다.

"파일의 암호가 풀렸습니다. 바로 재생시키겠습니다."

대통령이 짧게 고개를 끄덕였다. 동준은 안나에게 신호를 했고 안나는 곧바로 플레이 버튼을 눌렀다. 하얀색이었던 스크린에 어지러운 화면이 나타나기 시작했다. 노트북에 연결된 스피커에서도 사람들의 고함소리와 총성이 복잡하게 울리기 시작했다.

탕탕탕!

"철수! 모두 대피해! 윽!"

누군가 고함을 치다가 총에 맞았는지 쓰러지는 광경이 보이고 외국인으로 보이는 남자들이 몰려와 총을 마구 쏘아대는 장면도 있었다. 카메라는 고정되어 있었다. 분명 누군가가 보이지 않는 곳에 설치를 한 것이 틀림없었다. 동영상은 광란의 상황을 여과 없이 녹화하고 있었고 결국엔 수많은 사람들이 쓰러져 신음하는 것까지 보여주었다.

누군가 걸어오고 있었다. 죽은 사람들을 넘어서 걸어오던 남자가 아직 살아 있는 사람 앞에 섰다. 그리고 들고 있던 총구를 들더니…… '탕!' 하는 소리와 함께 불꽃이 튀었다.

"빌어먹을. 지금 저거, 뭐야?"

회의실에 앉아 있던 누군가가 소리쳤다. 동준은 화면에서 눈을 떼지 않았다. 오래된 흑백사진 속의 장면을 보는 듯 빛이 바랬지만 살려달라고 애원하는 동포를 죽이는 남자의 얼굴은 알아볼 수 있었다.

박희태. 그는 국정원 요원들로 보이는 사람들을 무참히 죽였다. 마치, 저 화면 속의 장소에서 살아서 나갈 사람은 없어야 한다는 듯 일일이 확인하고 총을 쐈다. 그리고 모든 정리가 끝났다고 판단한 그는 뒤돌아서 유유히 떠났다.

정적이 흘렀다. 화면은 정지되어 있는 것 같았다. 하지만 정지된 것이 아니었다. 미동도 없는 시체들과 움직임이 없는 사물들. 정지된 화면이 아니라는 건 벽을 기어가는 벌레를 보고 알 수 있었다.

얼마나 시간이 지났을까, 무언가 더 있는 것은 아닌지 기대하며 화면을 응시하고 있었지만 아무것도 없었나. 결국 이게 끝인가 싶었다. 그때 사람들이 몰려왔다. 러시아 경찰들로 보이는 사람들과 우리나라 사람들도 보였다. 가슴에 단 배지를 보건대 외교부 사람들인 것 같았다. 그리고 그 무리 속에 낯익은 사람의 얼굴이 보였다.

아버지…… 동준은 아버지의 젊은 시절 얼굴을 발견하고 턱에 힘을 주었다. 일그러진 아버지의 얼굴은 파리했다. 마치 저 아수라장인 곳에 자신이 없었다는 것이 죄스럽다는 듯 죄책감으로 얼룩져 있었다. 그런 아버지가 갑자기 달려온다. 주변에 사람이 없다는 걸 확인하는가 싶더니 이내 카메라 렌즈를 똑바로 응시한다.

답이 나왔다. 동영상을 찍은 카메라는 아버지가 설치한 것이었다. 화면이 꺼졌다. 모든 것이 사라졌다.

"저게 대체…… 뭡니까?"

아까 그 하얀 머리 남자가 물었다. 황 원장이 맞은편에 앉아 있는 남자를 보며 대답했다.

"그건 저 사건이 일어나던 당시 국정원의 고위간부였던 김 의원님께서 잘 아실 거라고 생각됩니다."

김 의원의 얼굴은 하얗게 질려 있었다. 모두의 시선이 자신에게 모아지는 걸 의식하고 있지만 섣불리 입을 떼지 못하는 것이 보였다. 그러자 대통령이 나섰다.

"김 의원은 알고 있는 일입니까?"

"……."

"김 의원!"

대통령의 언성이 높아지자 김 의원이 드디어 입술을 뗐다.

"지금 제가 하는 말은 이 방을 절대 나가선 안 됩니다."

김 의원이 황 원장을 쳐다보았다.

"보장할 수 있습니까?"

"그건 내가 듣고 판단하겠소."

황 의원 대신 대답하는 대통령의 목소리는 단호했다. 잠시 머뭇거리던 김 의원도 결국 입을 열었다.

"당시 국정원은 러시아에서 북한이 이라크와 무기 거래를 한다는 첩보를 입수했습니다. 그 즉시 국정원은 작전요원들을 꾸려 러시아로 파견했고 북한의 첩보원들을 뒤쫓으면서 밀매 장소와 시간을 알아냈습니다. 그리고 디데이 날, 무기 밀매 현장에 요원들이 침투했는데……."

김 의원이 다시 입을 다물자 이번에는 강 장관이 재촉했다.

"했는데? 실패했습니까? 그래서 요원들이 다 죽은 겁니까?"

"아니, 성공했습니다."

회의실이 술렁였다. 동준은 차분하게 김 의원의 다음 말을 기다렸다.

"북한 첩보원들 대부분이 제거되었고 러시아 경찰에도 알려서 이라크 밀수입상들도 체포한 상태였다고 들었습니다."

"그런데? 그런데 저 영상은 뭡니까? 저기 죽은 우리 쪽 요원들은 다 누가 죽인 거요?"

또 다른 사람이 물었다. 김 의원은 흐린 표정으로 대답했다.

"또 다른 조직이 개입했습니다."

"또 다른 조직이라니? 러시아? 이라크?"

강 장관이 황급히 물었다. 김 의원이 천천히 입을 열어 답했다.

"한국."

찬물을 끼얹은 듯 공간 전체가 얼어붙었다. 회의실에 불려와 앉은 정치인들은 도저히 믿을 수 없다는 얼굴로 서로를 쳐다보았다.

"설명해 보시오. 그게 무슨 말인지."

대통령이 엄하게 명령했다.

"그 당시, 우리나라에 조국의 안위를 위해 활동하는 비밀조직이 있었습니다. 조직명은 네온. 그들은 조국의 안위를 위해 결성되었고 법의 테두리 밖에서 활동했습니다."

"법의 테두리 밖이라니? 대체 그런 조직이 어떻게 버젓이 활동을 했다는 겁니까? 말이 됩니까?"

강 장관이 소리를 쳤다.

"그 당시 분위기에는 있을 수 있는 일이었습니다. 경제가 급속히 발달했지만 안팎으로 뒤숭숭했고 북한에서는 핵을 만들어 터트리니 마니, 온갖 협박을 해대면서 위험 수위를 높이는가 하면 미국은 미국대로 저희 측을 압박해서 온갖 억측을 만들어내고…… 나라 안은 평온했지만 밖은 전쟁터였습니다. 그런 와중에 결성된 그 조직은 우리나라에 분명히 힘이 되었습니다."

"법을 상관 않는 조직이 무슨 힘이 되었다는 거요?"

다른 누군가가 비난조로 물었다.

"법을 상관 안 했기에 도움이 됐습니다. 복잡한 체계를 무시하고 누구의 눈치도 보지 않은 채 독자적으로 즉각 반응하며 일을 처리할 수 있었으니까요. 정보력도 꽤 훌륭해서 나중엔 국정원도 그들의 도움을 제법 받았습니다."

"허, 참."

"그런데 그들도 도가 지나치게 되더군요."

"제약이 없으니 고삐 풀린 망아지가 나왔겠지."

강 장관이 비꼬는 투로 말했다. 김 의원은 고개를 끄덕이며 인정했다.

"맞습니다. 결국 조직은 처음 순수했던 목적에서 조금씩 벗어나기 시작했고 결국 돌이킬 수 없는 선을 넘었습니다."

"그게 저 사건입니까?"

대통령이 물었다.

"예. 분명히 저 현장은 국정원 관할이었고 국정원 요원들이 이미 정리를 한 상황이었는데 그들이 끼어들었습니다. 목적은……."

"······돈이군요."

창가에 서 있던 동준이 중얼거렸다. 그러자 강 장관이 벌떡 일어났다.

"뭐요! 저 말이 사실이야? 돈 때문에 우리 요원들을 죽였다고! 저런 쳐 죽일 놈들!"

침묵이 흘렀다. 그러다가 대통령이 침울한 얼굴로 말했다.

"계속하세요."

그러자 김 의원이 무거운 입을 뗐다.

"무기 밀매 현장에 있던 돈은 평범한 사람은 감히 상상도 못할 액수였고 그들은 조직을 견고하게 만들기 위해 자금이 필요했던 것 같습니다. 결국 그 돈을 취하기 위해 저 현장에 끼어들었고 현장에 있던 사람들은 증거인멸을 위해 모두 죽임을 당했습니다. 우리 요원들까지 모두 포함해서."

"그런데 그땐 왜 이슈가 안 된 겁니까? 나도 당시에 청와대에서 근무했지만 저런 이야기는 금시초문인데."

누군가 이상하다는 듯이 물었다.

"덮었으니까요."

"뭐요! 왜!"

"덮어야 했습니다. 그때 죽은 사람은 이라크인들을 포함해 러시아 경찰도 있었습니다. 만약 우리나라 사람에 의해 죽임을 당한 걸 알면 저들이 가만있지 않았을 테니까. 특히 북한은 자신들의 돈을 우리가 가져갔다고 생각하고 전쟁 도발을 했을 수도 있으니까요. 북한에서는 돈은 사라졌지만 우리가 했다는 증거가 없고 무기 밀매를 하려 했다는 약점이 있으니 섣불리 나설 수가 없었죠. 국정원의 일부 사람들만 그 사실을 알았고 모두 입만 다물면 무사히 지나갈 거라고 기대하면서 덮었습니다."

"완벽히 덮은 건 아니었죠."

동준의 목소리에 김 의원이 고개를 들어 쳐다본다.

"맞습니다. 저 동영상을 찍은 요원이 있었습니다. 당시 그 요원은 무기 밀매를 주선했던 북한 주요 인사를 쫓고 있다가 나중에 현장으로 돌아오는 바람에 목숨을 건졌습니다. 그리고 한국으로 살아 돌아온 유일한 요원이었죠. 아니, 한 명이 더 있었습니다. 저 화면에서 숨이 붙어 있던 요원들까지 모두 죽인 국정원의 고스트…… 네온의 조직원이었습니다. 이건 나중에 안 사실입니다. 저 조직원은 당시 현장에서 나간 후로 연기처럼 사라져 찾을 수 없었고 저 영상을 찍은 파일을 가지고 유일하게 살아 돌아온 우리 측 요원은 파일을 공개하려고 했습니다. 그러나 우린 그를 막아야 했습니다."

"또 죽였습니까?"

강 장관이 기가 막힌다는 듯 물었다. 김 의원이 발끈했다.

"그 요원을 죽인 건 국정원이 아닙니다."

"그게 뭐가 다릅니까? 살인자 집단을 옹호하고 그 사건 자체를 덮어줬는데. 결국 같은 편이지!"

강 장관도 지지 않고 소리를 쳤다. 김 의원이 굳은 얼굴을 했다.

"그 살아온 요원은 국정원이 죽인 건 아니지만 결국 변사체로 발견됐습니다. 아마도 그 조직원이 처리를 한 것 같다고 짐작을 했습니다. 그런데 문제는 파일이 사라졌던 거죠. 당시 살아 돌아온 요원을 심문하던 프로파일러가 저 영상 파일을 가지고 달아났습니다. 가족들 전체가 사라지는 바람에 국정원은 비밀리에 추적을 했지만 실패했습니다."

"실패는 아니었습니다."

이제야 황 원장이 나섰다.

"시간이 오래 걸려서 프로파일러를 찾았지만 그는 파일을 가지고 있지 않았고 국정원에서는 작전상 그를 그냥 놓아줬습니다. 그런데 얼마 전, 그 프로파일러가 자신이 그 파일을 가지고 있다면서 공개를 하겠다고 협박하는 일이 벌어졌고 국정원에서는 이번에야말로 파일을 완전히 회수해야 할 필요성을 느낀 후 추적에 나선 것입니다. 결국 그 파일은 프로파일러의 죽은 아내를 거쳐 딸에게 있었습니다."

모든 설명이 끝났다. 무거운 침묵이 내려앉은 회의실 안은 그 어느 때보다 어두운 표정들로 채워져 있었다. 째깍, 째깍, 흐르는 시간들. 하지만 누구도 쉽사리 입을 열지 못했다. 그렇게 헛헛한 시간들이 흐른 후에, 먼저 입을 연 건 대통령이었다.

"황 원장은 그 조직의 명단, 확보할 수 있습니까?"

"……조직은 많이 와해됐고 활동하고 있는 조직원들이라고 해봐야 이제 나이 들어 노쇠해서 현역에서 은퇴한 사람들이 대부분입니다. 하지만 조직원이라는 정체를 숨기고 이 나라를 좌지우지하는 사람들 몇은 존재하며 그 사람들의 명단은 확보하고 있습니다."

"누굽니까?"

"정명수 의원, 박민식 의원, AJ그룹의 차명의 회장, 화성시 안영국 시장, 서울 중부 검찰지방 검찰청장 김영희. 굵직굵직한 이름들이 다시 나열되어 나왔다.

"허허, 참!"

강 장관이 한숨을 내쉬며 혀를 찬다. 대통령의 얼굴도 파리했다. 그도 그럴 것이 웬만한 거물급 인사들이 아닌 것이다. 황 원장의 말대로 이 나라를 좌지우지하는 인물들이었다.

"그런 사람들이 이 나라를 위한답시고 정치를 하고 있었다니…… 사람 목숨을 파리 목숨으로 아는 그런 위험한 사상을 가진 사람들이……."

누군가 개탄어린 말을 이어가다가 결국 말을 맺지 못했다. 또다시 침묵이 흘렀다. 이번에도 대통령이 입을 열었다.

"덮읍시다."

순간, 모두의 눈길이 대통령에게 모아졌다. 반면에 동준은 차분했다. 이미 예상했다는 듯 고요했다.

대통령이 좌중을 둘러보며 말했다.

"이제 와서 분란을 만들기엔 위험부담이 큽니다. 책임을 전가시킬 그 조직 또한 와해되었다고 하고 방금 나열된 사람들에게 책임 추궁을 하려 해도 너무 시간이 지체되어 증거도 없을 테고. 무엇보다 북쪽에서 이 일을 알게 되면 좋은 일이 일어나지 않을 거라는 건 불을 보듯 뻔합니다."

모두들 침묵했다. 다들 알고 있는 사실이었다. 20년이나 지난 일이다. 세상에 드러나면 어떤 파장을 일으킬지 모르는 일인 것이다. 정말로 전쟁이라도 일어날 수 있는 위험천만한 일인 것이다.

"파일은 지금 이 자리에서 폐기하세요."

대통령이 명령했다. 그리고 동준을 쳐다보았다.

"자넨가? 이 자리를 만든 당사자가."

동준은 대통령을 향해 대답했다.

"그렇습니다."

"원하는 바가 뭔가?"

"평화와 완벽한 자유를 원합니다."

마치 기다렸다는 듯 동준은 곧바로 대답했다.

"평화와 자유?"

"저 파일은 유일한 원본입니다. 보셨다시피 오늘 이 자리에서 파일 두 개가 합쳐져 암호가 풀렸고 곧바로 재생시켰습니다. 복사본을 만들 시간적 여유도 없었을 뿐 아니라 이유도 없습니다. 그러니 이제 그만 이 일에서 모두들 손을 떼 주시기를 바랍니다. 프로파일러, 윤주철은 국정원에서 알아서 처리할 것이고 저 영상 속에서 요원들을 죽인 고스트는 현재 병원 응급실에서 죽음의 문턱에 있습니다. 나머지, 그 조직의 명단에 들었던 사람들에 대해서는 여기에 계신 분들이 해결하셔야 할 숙제이니 저와는 상관없는 일이 된 것입니다. 그러니 저 파일이 세상에 오픈될지도 모른다는 쓸데없는 걱정 때문에 또다시 저와 관련된

사람들을 뒤쫓는 일은 없어야 합니다. 그게 바로 제가 바라는
바입니다."

대통령은 고개를 끄덕였다. 그리고 황 원장을 향해 말했다.

"이해했습니까? 괜찮겠습니까?"

황 원장은 고개를 끄덕였다.

"더 이상의 파일이 없다면 저희도 이 일에 더 연연할 필요가
없습니다."

대통령이 동준을 다시 보았다.

"영리한 친구군. 이 자리에서 모든 혐의를 벗고 완전히 자유로
워지기 위해 나까지 소환한 거군. 이 나라의 안위가 걸린 문제라
는 협박을 해대면서까지."

"……."

"자네 이름이 뭔가?"

동준은 대답했다.

"차동준입니다."

황 원장이 끼어들었다.

"저 녹화된 파일을 가지고 살아 돌아온 요원의 아들입니다."

순간, 대통령이 놀란 표정을 지었다. 하지만 그전에 이미 더
놀랄 일이 많았기에 곧 헛헛한 웃음을 짓는다.

"그랬군. 그래, 자네도 희생이 컸군."

혼잣말을 중얼거리던 대통령이 황 원장을 향해 말했다.

"지금 당장 파일을 파기시키고 저 노트북도 내가 보는 자리에
서 파기합시다. 동의합니까?"

모두가 대답한다.

"예."

동준은 원하던 협상이 성공리에 마무리되자 만족한 미소를 머금었다.

26. 꿈같은 자유

일주일째였다. 아니, 잘 모르겠다. 날짜가 어떻게 흘러가고 있는지 인식하지 못한지가 꽤 됐다. 서연은 쏟아지는 잠을 이겨내려고 기를 썼다. 하지만 저절로 감기는 눈을 뜨고 있는 건 정말로 고역이었다.

잠을 못 잔지 서른 시간쯤 됐나? 아니다. 그보다 더 된 것 같다.

덜컹! 철문이 열리는 소리에 서연은 고개를 들었다. 남자 두 명이 들어오고 있었다. 낯이 익다. 얼마 전에도 그녀를 심문하던 사람들이었다. 이 사람들은 잠을 못 자게 하고 사람이 미칠 지경이 되면 갑자기 나타나서 뭔가를 물어댄다. 의식이 흐려져서 제정신이 아닐 때 진실을 말한다고 굳게 믿고 있는 것 같았다.

"이름이 뭡니까?"

서연은 가물거리는 의식 속에서 입을 달싹거렸다.

"해리……."

"본명을 말하세요."

"윤……서연."

"어머니 이름은?"

"김은혜."

"아버지 이름은?"

"괴물."

"정신 차려요. 아버지 이름은?"

서연은 희미하게 웃었다. 아버지란 존재는 없는데 왜 이름을 말하라고 하는 걸까? 이 사람들이 원하는 답은 알면서도 그녀는 말하기가 싫었다. 무의식 속에서 아버지는 곧 괴물이었다. 이게 진실인데 뭐라고 하란 말인가.

"아버지가 윤주철 박사, 맞습니까?"

아니라고 하고 싶은데 서연은 그냥 그렇다고 대답했다.

"네……."

머리가 숙여진다. 그러자 남자가 테이블을 '쾅!' 하고 내리쳤다.

"잠들면 안 됩니다!"

서연은 힘겹게 눈을 떴다.

"동영상 파일에 대해 알고 있습니까?"

"네……."

"그 내용을 본 적 있습니까?"

"아니요."

"파일을 재생시켜 봤습니까?"

"아니요."

수십 번도 더 말했다. 초반에는 암호가 걸려 있어서 재생시켜 볼 수 없었다고 상세한 설명까지 했다. 하지만 반복되는 질문에 더 이상 설명할 기력도 없었다.

"복사본이 있죠?"

"그런 거 없어요."

"있을 거라고 생각합니까?"

"아니요."

거짓말탐지기까지 동원해 했던 질문을 또다시 하는 이유가 뭘까? 이 사람들은 어디까지 해야 내 말을 믿을까? 문득, 다른 사람들의 소식이 궁금해진다. 안나와 진호. 그리고 그 남자…….

"다들 무사한가요? 모두들 잘 있는 거죠?"

가라앉은 목소리로 겨우 물었다. 그러자 남자가 웃는 것이 보였다.

"당신들, 전부 똑같은 걸 묻는군. 다들 잘 있으니까 묻는 거에 성실히 답해요. 당신들이 말썽을 일으키지 않을 거라는 확신이 들면 풀어줄 거니까."

"그 사람…… 그 사람은……?"

"누구? 아, 차동준 씨?"

서연은 그리운 이름이 들려오자 정신이 번쩍 드는 것 같았다. 남자를 간절하게 바라보았다.

"그 사람, 무사한가요?"

오랫동안 보지 못했다. 가평 집에서 헤어진 이후로 목소리조차 들어보지 못했다. 그가 보낸 한경식을 따라간 집에서 갑자기 들이닥친 낯선 사람들에게 끌려와 지금까지 심문을 당하고 있었다. 영문도 모른 채 자신들을 '국정원 소속'이라고 밝힌 사람들에게 끌려왔다. 같이 있던 진호와 한경식도 같이 잡혔다. 하지만 그 후로 헤어졌다. 각자 다른 차에 태워져 간 후로 만나보지 못했다. 이 사람들은 안나도 무사하다고 했다. 모두들 그녀처럼 똑같은 과정을 거치고 있다고 했다. 그런데 차동준에 대해선 말을 해주지 않았다.

"그 사람은 어디 있죠?"

서연은 다시 물었다. 그러자 남자가 고개를 젓는다.

"모릅니다."

"왜 몰라요? 우리 모두 똑같은 과정을 거치고 있다고 했잖아요."

남자가 다른 남자와 시선을 교환했다. 그 시선의 의미가 의미심장했다. 서연은 아득한 정신 속에서도 그걸 눈치챌 수 있었다. 뭔가 있다. 차동준은 우리와 다른 과정을 거치고 있는 것이다.

"뭐죠? 말해줘요. 그 사람한테 무슨 일이 생긴 거죠?"

"아닙니다."

"그럼 말해줘요. 제발 말해달라고요!"

서연은 절규했다. 하지만 목소리가 잘 나오지 않았다. 흥분해서 그런지 몸이 흔들린다. 남자가 다가왔다. 팔에 주사기를 꽂는 걸 느꼈다. 서연은 그대로 의식이 희미해지는 것을 느꼈다.

"다시 말하지만 대화는 안 되네."

마태용이 다시 한 번 다짐을 준다. 동준은 고개를 끄덕였다. 긴 복도를 걸어가던 마태용이 문득 걸음을 멈췄다. 동준도 멈춰섰다. 마태용이 뒤돌아본다.

"길어도 1년이면 될 거야."

"……."

"대통령께서 깊이 고민하셔서 낸 결론이니까 자네도 이해해."

동준은 침묵했다.

"물론 이게 자네가 생각했던 결론이 아닐 수도 있겠지. 그런데 높으신 양반들은 돌다리도 두드려보고 싶어 하는 게 맞아. 알다시피, 세상에서 다시 못 믿을 존재가 바로 인간이니까. 그 사건에 대해 알고 있는 사람이 모여 있으면 당연히 불안해질 수밖에 없어. 황 원장도 같은 생각이고. 자네가 그 친구들하고 같이 있으면 우리가 불안해지는 건 어쩔 수 없는 일이잖아. 자네가 핵심 인물이니까."

이해한다. 동준은 충분히 이해하고 있었다. 대통령이나 그 외의 사람들은 자신들의 위치에서 최선의 결론을 낸 것이다. 그러나 동준은 차마 발길이 떨어지지 않았다.

그녀를 두고 가야 한다. 아직 미숙하고 여린 그녀를 남겨두고 최장 1년이라는 시간을 떨어져 있어야 한다. 가고 싶지 않았다. 아직 모든 것이 완벽하게 안전하지 않다는 생각이 들어서 떠나

고 싶지 않았다. 하지만 일을 마무리 짓기 위해선 그가 떠나야
했다.

"자네가 떠나고 나면 대통령께서는 그 명단에 있던 사람들을
처리하기 시작할 거야. 물론 그때 사건을 거론하거나 그 이상한
조직에 대한 걸로 문책을 하진 않지. 사람은 털어서 먼지 안 나오
는 사람이 없으니까 지능적으로 퇴출 단계를 밟을 거야."

정치인들과 재계 인사, 그리고 법조인이다. 이런 사람들을 퇴
출시키는 방법은 꽤 여러 가지다. 하루가 멀다하고 사회면에 오
르내리는 것들이 그런 사건들이니까. 돈과 얽힌 비리와 일에 관
련된 책임성 문책, 그리고 적절한 압박을 가해 사회적인 동요를
얻어내면 자진사퇴로 물러나게 할 수 있다. 그리고 일반인이 되
면 국정원이 나설 것이다. 힘을 잃은 야수들을 처리하는 건 식은
죽 먹기일 테니까.

"아, 그리고 그 사람 말이야."

마태용이 갑자기 생각난 듯 말했다.

"그 암살자. 전직 고스트라던……."

박희태.

"두 시간 전에 운명했어. 암이 손쓸 수 없는 지경까지 퍼져 있
었다더군. 주치의가 한 말로는 이미 오래전에 환자가 거부해서
치료가 멈춰져 있었다더군. 죽음을 각오했던 거지."

결국 죽었다. 동준은 가슴에 허한 바람이 부는 것을 느꼈다.
오랫동안 유일하게 믿고 의지했던 분이었다. 아버지의 친구라고
굳게 믿고 친아버지처럼 의지했던 분이었다. 아버지를 죽인 악당

이라는 걸 알았다 해도 좋았던 기억마저 지우진 못했나 보다.

동준은 아주 잠깐 박희태를 생각하다가 털어냈다. 더 긴 시간을 애도할 가치가 없는 사람이었다.

"가지. 저쪽 끝 방이야."

마태용이 걷기 시작했다. 동준은 드디어 서연을 볼 생각에 심장이 빠르게 뛰는 것을 느꼈다. 비록 깨어 있는 그녀를 볼 수는 없다고 해도 이제 더욱더 오랫동안 못 볼 사람이기에 눈에 담고 심장에 담을 생각이었다.

동준은 잠든 그녀의 모습을 지그시 응시하고 있었다. 20분째, 미동도 하지 않은 채 앉아 있는 동안 온갖 욕망에 시달리고 있었다. 그녀를 깨워 작별인사를 하고 싶다, 떠나기 전에 그녀를 안고 키스를 하고 싶다, 그녀의 눈을 들여다보고 반드시 돌아오겠다는 약속을 하고 싶다, 기다려 달라고 말하고 싶다…… 저도 모르게 움찔거리며 뻗어나가려는 손길을 붙잡고 기억 속의 그 순간들처럼 그녀에게 입을 맞추고 싶은 욕망을 억누르며 스스로를 고문했다.

이렇게 모든 걸 참고 저들이 바라는 대로 떠나는 이유는 오직 한 가지였다.

더 나은 미래를 위해서.

당분간은 국정원의 감시가 뒤따를 것이다. 그날의 사건을 알고 있는 사람들끼리 모여 무슨 모의를 하는 것이 아닌지, 감시할 것이다. 함께 있으면 저들의 의심을 더 사게 될 것이고 늘 불안한 나날을 보내게 될 건 뻔했다.

우리가 함께 있어도 아무 일도 일어나지 않는다는 것, 저들이 시키는 대로 순순히 따라주어 신경 밖으로 밀어놓게 만드는 것이 중요했다. 그리고 대통령이 일그러진 조직의 명단에 있던 사람들을 정리할 동안 우리는 모두 쥐 죽은 듯이 엎드려 있는 것이 현명하다.

그는 선택의 여지가 없었다. 서연을 데리고 떠날 수도, 이곳에 머물 수도 없었다. 자신이 떠남으로써 국정원과 대통령은 조금은 마음을 놓을 것이다. 리더의 부재는 팀의 결속력을 현저히 떨어 트리니까. 그가 없으면 서연과 안나, 진호는 좀 더 편하게 시간을 보낼 수 있는 것이다.

돌아올 것이다!

동준은 서연의 얼굴을 보았다.

윤서연, 날 믿어. 난 반드시 돌아올 거야.

그의 눈길이 그녀의 얼굴을 쓰다듬고 입술에 입을 맞추었다. 만질 수도 없고 입술을 댈 수도 없지만 그는 진짜인 것처럼 눈을 감았다.

반드시 돌아올 거야!

서연은 천천히 눈을 떴다. 개운했다. 아주 오래, 깊은 잠을 잔 것 같았다. 불안하고 걱정스러운 것투성인데 어떻게 이렇게 푹 잘 수 있었을까? 문득, 기억이 난다.

그 남자가 나한테 주사를 놨어. 그게 수면제였을까? 아마도 신경안정제 같은 거였나 보다.

그녀는 몸을 일으켰다. 수면제든 뭐든, 어쨌든 그게 도움이 된 건 확실했다. 몸이 날아갈 듯 개운하다. 이제 또 어떤 식으로 사람을 괴롭히며 심문을 해댈지 모르지만 당분간은 잘 버틸 수 있을 것 같았다.

그래도…… 소식이라도 알면 좋으련만. 안나와 진호, 그리고…….

서연은 높은 곳에 위치한 창을 올려다보았다. 너무 높은 곳에 있어서 뭔가를 밟고 올라가도 손이 닿지 않을 것 같았다. 햇살이 창을 통해 들어온다. 오랜만에 느껴보는 햇살에 서연은 눈을 감았다.

모두들 무사하겠지? 이봐요, 무사한 거죠? 당신 말이야. 차동준, 당신 진짜 괜찮은 거지?

서연은 감은 두 눈이 뜨거워지는 걸 느꼈다.

이상하다. 왜 슬픈 걸까? 왜 이렇게 심장이 아릿한 걸까?

똑똑, 노크소리가 났다. 서연은 흠칫, 놀라 눈을 뜨고 문 쪽을 응시했다.

"네."

대답을 하자 문이 열렸다. 낯익은 남자의 얼굴이었다.

"내가 깨웠어요?"

분명히 낯이 익은데…… 어디서 봤더라?

"누구……?"

남자가 웃는다.

"마태용입니다. 국정원 차장이죠."

아.

서연은 그제야 기억을 떠올렸다. 한경식과 함께 있을 때 이곳
으로 자신들을 데려온 사람들 중에 끼어 있었던 기억이 난다. 너
무 긴장을 했고 정신도 없어서 잊고 있었다.

"저 사람을 따라가세요."

문득, 마태용이 말했다. 서연은 그제야 문 쪽에 서 있는 다른
사람을 보았다. 건조한 표정의 여자가 있었다.

"이제 여기서 나가야죠."

순간, 시연은 미대용을 쳐다보았다.

"나간……다고요?"

앵무새처럼 같은 말을 반복했다. 마태용이 고개를 끄덕였다.

"저 사람을 따라가서 옷을 갈아입고 나가면 됩니다. 윤서연 씨
가 원하는 곳까지 내가 데려다줄 겁니다."

뭔가 두렵다. 이 모든 것이 사실인지, 아닌지 분간을 할 수 없
어서 더 두렵다.

"아무 일도 없을 겁니다. 그냥 나가서 다른 사람들처럼 살면
되는 겁니다."

마태용은 마치 그녀의 불안한 마음을 읽은 것처럼 말했다.

다른 사람들처럼…… 참, 쉽게도 말한다. 난 세상에서 그게 제
일 어려운 일인데. 아니다. 이젠 변했다. 나도 평범한 사람들과
사는 방법을 배웠으니까. 비록 아직은 많이 미숙하지만…….

"다른 사람들은요?"

서연은 마태용에게 물었다.

"몇 시간 전에 다들 풀려났습니다. 윤서연 씨가 마지막입니다."

내가 마지막이라고?

"그래도 당분간은 만날 수 없을 겁니다. 우리 측 입장이 그렇습니다. 당분간은 연락을 할 생각 말고 조용히 사는 게 좋을 겁니다. 만나거나 연락을 하게 되면 우리도 긴장을 할 수밖에 없으니까. 그 사건에 대해 아는 사람들이니 어쩔 수 없다는 거, 이해해야 할 겁니다."

이해? 그런 건 모르겠다. 하지만 이게 최선이라면 그렇게 해야겠지. 그런데 두렵다. 예전엔 혼자서 얼마든지 잘 살았는데 이젠 혼자 살아야 할 길이 막막하다. 사람이 변한다는 건 참으로 빠르고 간사하다.

"그럼."

마태용이 나갔다. 서연은 여직원의 안내를 받아 옷을 갈아입고 건물 출구를 향해 걸었다. 온통 복도와 일렬로 나열된 방밖에 없는 이 건물은 다시 떠올리고 싶지 않다. 영원히 기억에서 지우고 싶다. 그래서 서연은 관찰하지 않았다. 뭐가 어디에 있고 자신이 어느 방에 있었는지에 대해서 보지 않으려 노력했고 기억하지 않으려고 애썼다.

철컹, 견고한 철문이 열렸다. 서연이 밖으로 나가자 환한 햇살이 기다렸다는 듯 그녀에게 쏟아졌다. 너무 눈이 부셔서 찡그릴 수밖에 없었다.

"가시죠."

바로 앞에서 누군가가 말했다. 눈을 들어 쳐다보니 조금 전 자신을 마태용이라고 소개한 남자였다. 서연은 다시 시선을 더 들어 하늘을 보았다. 맑고 쾌청한 날씨였다. 어느새 봄의 끝자락인지 햇살이 따갑기까지 하다.

"이쪽으로."

마태용이 걷는다. 서연은 잠시 그 모습을 쳐다보다가 따라 걷기 시작했다.

차는 약 30분이 넘도록 달리고 있었다. 차들이 넘치는 밤의 도로를 쉬지 않고 달리더니 갑자기 어느 순간부터 주택가 골목 안이었다. 점점 낯익은 길들이 나타나기 시작했다. 서연의 눈이 커졌다.

"여긴……."

뭔가를 물으려고 하는데 차가 멈춰 섰다. 서연은 '혜미 떡'이라고 적힌 간판을 올려다보고 놀라서 운전석에 앉은 마태용을 쳐다보았다. 골목에 주차를 시킨 그가 그녀를 향해 몸을 돌렸다.

"이건 내가 해줄 수 있는 유일한 배렵니다."

"어째서……?"

"차동준의 부탁도 있었고. 그 친구한테 신세를 진 게 많아서 이 정도 부탁은 안 들어줄 수가 없었어요. 강력하게 선처를 부탁해서 허락을 받았으니까 당분간 여기서 지내도록 해요."

그녀에겐 정말로 최상의 배려였다. 낯선 세상에서 홀로 뚝 떨어진 것이 아니라 인주 언니와 함께 지낼 수 있다는 것만으로도 감사했다.

"그 사람은 어디에 있죠?"

"……."

"한국에 있긴 한가요?"

어쩌면 이미 짐작했는지도 모르겠다. 서연은 그 생각을 일부러 하지 않으려고 했지만 무의식적으로는 이미 그럴 거라고 예상했던 것 같다.

"어제 오후 비행기로 떠났습니다."

뭔가가 툭, 소리를 내며 끊어지는 것 같았다. 팽팽하게 당겨졌던 활시위가 끊어져 가까이에 있던 내 몸을 내려치는 것 같은 충격이 인다.

차동준은 떠났다. 이곳에 없다. 그 사실이 주는 상실감은 생각보다 더 아팠다.

"언제…… 언제 돌아올 수 있죠?"

자의로, 원해서 떠났을 거라는 생각은 전혀 들지 않았다. 그는 어쩔 수 없는 선택을 했을 것이다. 그녀가 순순히 심문에 응하고 저들에게 솔직하게 협조했던 것처럼 그 또한 그것이 최선의 선택이라고 생각하고 그렇게 했을 것이다.

"나도 모릅니다. 아무래도 시간이 좀 걸리겠죠."

그래, 문제는 시간이다. 이 사람들이 얼마나 시간이 지나야 우리를 놓아줘도 된다고 생각할까? 지금도 우리는 그 사건과 관련된 어떤 문제도 일으키지 않을 거라는 걸 믿어줬으면 좋겠지만 의심하고 확인하는 것이 일인 이 사람들에겐 먹히지 않을 것이다.

떡집에서 반가운 얼굴이 나왔다. 인주 언니였다. 미리 연락을 받았었나 보다. 골목을 둘러보며 누군가를 기다리는 눈치였다. 이제 가야 할 시간이다.

서연은 마태용을 바라보았다. 그가 희미하게 미소를 짓는다. 앞으로 볼 일이 있을까? 아마 없을 것 같았다. 미행이 있겠지만 그건 아마 다른 사람이겠지.

"고마워요."

그냥 감사인사가 나왔다. 차동준이 부탁을 했어도 무시할 수 있었을 텐데 들어줘서 고마웠다.

인사를 하고 차문을 열고 나가려는데 문득 마태용이 조용히 말했다.

"어디에 있든."

서연은 동작을 멈추고 돌아보았다. 마태용이 진지하게 말해준다.

"어디에 있든 찾겠다고 했습니다. 이 말을 전해달라고 하더군요."

울컥, 뭔가가 솟아오른다. 꾹꾹, 눌러 담았던 그리움이 한꺼번에 용솟음을 치는 것 같았다. 목이 메었다. 콧잔등이 시큰해지고 눈이 뜨거워진다. 하지만 서연은 울지 않으려고 애썼다. 다시 고맙다는 인사를 하고 싶었지만 입을 열면 눈물이 쏟아질 것 같아서 서둘러 차에서 내렸다. 그러자 저 멀리서 인주가 달려온다. 서연도 뛰었다. 그리고 혈육처럼 살갑게 대해주는 인주의 품에 안겼다.

눈물이 난다. 언니가 반갑고 마침내 찾아온 자유가 반가워서 감정이 북받쳐 오른다. 그리고 그 너머에는 그리움이 서러워서 눈물이 난다. 앞으로 얼마나 더 기다려야 할지 모르는 기약 없는 시간이 두렵고 안타까워서 눈물이 난다. 하지만 견딜 것이다. 의연하게 버틸 것이다.

그가 돌아오는 그날까지.

전화벨이 울렸다. 포장지를 정리하고 있던 서연은 냉큼 달려가서 전화를 받았다.

"감사합니다. 혜미 떡집입니다."

그 모습을 인주가 웃으며 쳐다본다.

"네, 백일 떡케이크요? 크기가 소, 중, 대가 있는데요. 보통 중 짜리로 많이들 하세요. 네, 앙금꽃을 올려서 장식하면 예쁘더라고요. 네, 그리고 수수팥단자도 추가하고요."

서연은 볼펜으로 열심히 메모를 하고 있었다.

"반말이면 되지 않을까요? 케이크도 있으니까요. 보통 백일은 집에서 가족들끼리 오붓이 하시는 편이라 그렇게들 많이 하세요. 네, 알겠습니다. 그럼 이번 주 토요일까지 만들어놓겠습니다. 감사합니다."

주문을 적은 메모지를 쭉 찢어 벽에 걸려 있는 메모판에 붙였다. 그리고 뒤돌아보며 말했다.

"형부, 이번 주 토요일 오전 9시까지 떡케이크 주문 받았어요."

"어, 처제. 알았어."

크고 밝은 소리로 말하는 두 사람을 지켜보던 인주가 말했다.

"너, 학원 갈 시간 안 됐어? 오늘 가서 상담해보고 결정한다며?"

서연은 시계를 보았다. 벌써 시간이 많이 흘러 있었다.

"가야겠다."

"집에 가서 점심 먹고 가."

"응. 형부, 저 먼저 들어가요."

"그래, 점심 꼭 먹고 가."

"네."

서연은 가게를 나섰다. 이제 완전히 익숙해진 골목길을 걸어나가 큰 도로를 끼고 5분 정도를 걷다가 아파트 단지 안으로 들어가면 곧바로 언니네 집이다. 여기에 산 지 벌써 여섯 달째였다. 늦봄에 와서 여름을 보내고 가을을 지내고 있었다. 매일 새벽 먼저 일어나서 가게로 나가는 형부를 배웅하고 애들 학교 보내느라 전쟁 아닌 전쟁을 치르는 언니를 도운 후엔 같이 가게로 나가 일을 돕는 생활을 반복하고 있었다.

사실은, 글을 쓰고 싶어 손이 근질거릴 때가 많았다. 하지만 가게 일을 돕고 집에 오면 파김치가 된다. 컴퓨터 앞에 앉기는커녕 씻을 기운도 없었다. 독립을 하면 되지만 그건 생각도 안 해봤다. 요즘도 가끔 나를 감시하는 눈을 느낀다. 무심코 가게 앞으로 나갈 때 느껴지는 낯선 시선, 버스를 타러 나갈 때도 누군가 미행하는 것 같은 기분. 그래서 웬만하면 잘 나가지 않는다. 집과 가게가 내가 이동하는 반경의 전부였다. 며칠 전, 인주 언니가 뜻밖의 말을 건네기 전에는.

'너, 검정고시 한 번 볼래?'

학교라고는 다녀본 적이 없었다. 엄마와 공부를 같이 해서 초등과정뿐만 아니라 중고등 정규 과정도 모두 학습을 했다. 하지만 검정고시를 친다거나 하는 생각은 해본 적이 없었다.

'아줌마 살아계실 때, 그게 참 속상하다고 하셨어. 너, 학교 못보내주는 거. 이제 와서 중고등학교를 다시 가는 건 너무 늦었지만 검정고시 쳐서 대학은 갈 수 있지 않나? 달리할 것도 없잖아. 설마, 우리 떡 가게 물려받으려는 건 아니지?'

언니가 웃으며 말했었다. 그게 불과 며칠 전 일이다. 그때부터 그녀는 그 일에 대해 깊게 고민했다. 몸을 힘들게 움직이면 상념을 떨칠 수 있어서, 그리움을 잊을 수 있어서 그렇게 했던 건데 검정고시를 준비하다 보면 공부를 하느라 더 바빠질 것 같으니 괜찮을 것 같았다. 안 그래도 요즘은 몸이 벌써 생활에 적응을 해서 그런지 틈만 나면 옛 생각들을 많이 하는데…….

'있을 만큼 있어도 돼. 난 네가 있는 게 좋아. 그런데 서연아, 오래는 있지 마. 넌 못해 본 게 참 많잖아. 세상 누비면서 하고 싶은 거 다 하고 살아. 공부도 하고 여행도 하고 연애도 맘껏 하고. 그런 후에 정착해도 돼. 알았지? 참, 글은 다시 쓰고 있지?'

가끔 인주 언니가 욕심이 참 많다는 생각을 한다. 아이들 공부시키는 것만 봐도 그렇다. 학생 땐 최선을 다해 공부를 해야 한다고 대한민국의 여느 학부모처럼 열성적이다. 그 파장이 서연에게도 번졌다. 그래서 요즘은 매일 잔소리를 듣는다.

어느새 아파트 안으로 들어온 서연은 청소기를 들었다. 창을 열어놓고 나갔더니 어느새 먼지가 한가득이었다. 청소기를 다 돌리고 욕실로 들어가 샤워를 했다. 머리를 말리고 간단한 차림으로 옷을 입고 주방으로 나왔다. 냉장고에서 계란을 꺼내어 프라이를 하고 밥통에서 밥을 반 그릇만 퍼서 식탁 앞에 앉았다. 김치와 계란 프라이가 다였다. 다른 반찬도 있지만 그건 학교에서 돌아온 조카들 먹으라고 남겨두었다.

간단하게 밥을 먹고 치우고 돌아서니 상담시간에 늦을 것 같았다. 서연은 서둘러 가방을 들고 아파트를 나섰다. 오늘 가는 학원에서 상담을 한 후엔 본격적으로 검정고시 준비를 하게 될 것이다.

과연, 내가 할 수 있을까?

서연은 기대 반, 설렘 반의 감정을 느끼며 아파트 단지를 걸어갔다. 이상하다. 오늘따라 미행도 없는 것 같고 지켜보는 눈도 없는 것 같다. 물론 기분 탓일지도 모르지만 왠지 가볍고 상쾌하다.

그래, 늘 이렇게 생각하자. 이제 감시의 눈은 없는 거라고. 이제 조금만 더 기다리면 되는 거라고.

"네, 그럼 다음 주까지 결정해서 수강신청 할게요."

서연은 상담을 끝내고 학원을 나섰다. 학원가라 그런지 사람이 많았다. 버스와 지하철을 갈아타며 와야 하지만 그렇게 긴 시

간이 걸리지는 않고 학원 분위기도 마음에 들어서 여기로 결정을
할 것 같았다.

　서연은 지하철을 타고 내려 버스로 갈아타고 내린 후 길을 걸
었다. 생각보다 늦어버렸다. 서둘러야 할 것 같았다. 조카들이 학
교에서 돌아오고 학원에 갔다가 올 시간인데 간식을 챙겨놓지 않
고 나왔다. 마음이 급한 그녀는 큰 대로변을 외면하고 골목길로
들어섰다. 인적이 드물긴 하지만 지름길이다.

　먼저 가게로 가봐야 할 것 같았다. 아니, 시장을 좀 볼까?

　그녀는 혹시나 싶은 마음에 전화기를 들어 인주 언니의 번호
를 눌렀다. 그때였다. 갑자기 누군가 그녀의 앞을 가로막고 섰다.
위험은 본능적으로 감지되는 것일까? 서연은 몸을 엄습하는 차
가운 한기를 느꼈다.

　앞을 가로막고 선 상대가 그녀가 들고 있던 휴대폰을 홱 낚아
채 가더니 속삭인다.

　"오랜만이구나."

　갈라지듯 탁한 목소리. 서연은 두려움으로 머리가 멍해졌다.
머릿속이 아득해지고 소름이 돋았다. 다 끝났다고 생각했는데,
이젠 그 공포는 다시없을 거라고 믿었는데…….

　"내 딸아."

　상대가 음침한 목소리로 말한다. 서연은 천천히 고개를 들었
다. 초췌한 얼굴로 서 있는 '괴물'을 확인하는 순간 그녀는 두려
움이 목 끝까지 치솟는 걸 느꼈다. 등줄기를 따라 오소소, 소름이
돋는다.

"나와 같이 가자."

초점이 흐려진 눈이 다시 말한다.

"날 떠나고 네가 행복할 거라고 생각했어?"

이상하다. 말투가 마치⋯⋯.

"나쁜 년. 감히 나를 배신해? 내가 그토록 널 믿고 사랑해줬는데 내 딸을 데리고 도망쳐?"

서연은 저도 모르게 뒷걸음질을 쳤다.

미쳤다. 이 사람은 지금 제정신이 아니다. 방금 '내 딸'이라고 해놓고 말하는 건 돌아가신 엄마에게 말하는 것 같다.

괴물이 손을 뻗어온다. 서연은 홱 몸을 돌려 도망치기 시작했다. 저 골목 끝으로만 가면 사람들이 다니는 대로다. 저기까지 가야 한다. 뛰면서 그녀는 가방으로 손을 집어넣었다.

"이년!"

머리채를 잡혔다. 오랜만에 신고 나온 구두가 화근이었다. 제대로 뛸 수가 없었다. 서연은 마침내 손에 잡힌 것을 빼내어 재빨리 돌아섰다. 그리고.

치이이이익.

"으으윽!"

놈의 눈에 정통으로 가스를 발산했다. 언제나 위험에 대비하는 습성이 아직 남아 있었던 것이 천행이다. 서연은 다시 몸을 돌려 달리기 시작했다. 뒤를 돌아보았다. 눈을 부릅뜨고 쫓아오는 괴물이 보였다. 그때였다. 서연은 뭔가에 부딪쳤다. 누군가의 팔이 그녀의 몸을 붙잡았다. 놀라서 쳐다보는 그녀의 눈에 낯선 남자가 보였다.

"잡아!"

남자가 누군가에게 지시를 한다. 서연은 고개를 돌렸다. 남자 둘이 달려가고 방금 전까지 쫓아오던 괴물이 달아나고 있었다. 하지만 이내 붙잡힌다.

서연은 고개를 돌려 자신을 붙잡고 있는 남자를 올려다보며 물었다.

"누구세요? 당신들 누구예요?"

남자가 희미하게 웃었다.

"국정원 소속, 김영민입니다. 개인적으로 차동준 씨의 부탁을 받고 당신을 보호 중이기도 하고."

아…… 서연은 다리에서 힘이 풀리는 것을 느꼈다. 무너지는 그녀를 남자가 부축한다.

차동준, 그 이름을 듣는 것만으로도 이토록 안심이 되다니…….

'해외로 추방될 겁니다. 아마 살아생전엔 두 번 다시 한국 땅을 못 밟을 겁니다.'

국정원 소속이라고 밝힌 김영민은 그 후로 그녀에게 괴물에 대한 소식을 전해주었다. 하지만 그녀는 여전히 겁을 먹은 상태였다. 외출도 할 수 없었다. 가게도 나갈 수 없었다. 그러자 인주 언니에게 짐이 되고 있다는 것도 깨닫고 있었다.

이겨내야 했다. 언니가 가게로 나간 후에 집 청소를 말끔히 한 서연은 용기를 내어 외출 준비를 했다. 집을 나가 대중교통을 이용하며 시내로 나갔다. 인주 언니에게 전화를 걸어 학원에 들렀다가 가겠다고 말했다. 내친김에 학원에 수강신청을 해버렸다.

밖으로 나온 그녀는 따사로운 햇살에 다시 기운이 나는 것을 느꼈다.

이젠 진짜 끝이야. 그래, 정말이야.

조금만 더 가면 홍대다.

'친구 많이 사겨. 네 또래는 없겠지만 그래도 친구를 사겨야 놀러도 다니지. 홍대에 나가면 카페도 많고 먹을 것도 많고 놀 곳이 아주 많다더라.'

인주 언니의 충고가 생각났다. 잔소리에 가까웠지만 틀린 말도 아니다. 이대로 다시 주눅 들어 세상과 단절하면 나는 또 예전으로 돌아가는 것이다. 그러니 이겨내야지. 용기를 내야지.

"한 번 가볼까?"

서연은 활기차게 중얼거리며 지하철 타는 곳으로 걷기 시작했다. 그렇게 몇 발자국을 걸었을 때였다. 갑자기 누군가 앞을 가로막았다. 흠칫, 서연은 순간적으로 불안감에 휩싸였다. 얼마 전에 겪은 두려움이 다시 찾아왔다.

누구지? 괴물은 아니다. 그렇다면? 국정원인가? 이러면 안 되는 거였나? 아직도 저들의 감시를 받고 있는 중인데 이런 긴 외출은 하면 안 되는 거였나?

서연은 불안한 눈빛으로 고개를 들었다. 순간, 그녀의 얼굴에 환한 웃음이 떠올랐다.

"아!"

말문이 막혔다. 하지만 다음 순간 저도 모르게 비명을 질렀다.

"언니!"

너무나 반가워서 저도 모르게 소리를 지르며 안나를 안았다.

"아이고, 반가워라. 우리, 서연이 맞네. 진짜 서연이네!"

안나도 얼싸 안고 깡충깡충 뛰었다. 서연은 너무나 반가워서 목이 멜 정도였다. 포옹을 풀고 꿈이 아닌지 쳐다보았다.

"어떻게…… 여긴 어떻게 알고 왔어요?"

"마 차장이 알려주더라."

"네?"

"오늘 부로 감시 해제래. 해제된 기념으로 네가 있는 위치 알려줬어."

"감시가…… 해제돼요?"

"어. 우리가 더 이상 위험인물이 아니라는 걸 믿기로 한 거지."

"……."

뭐라고 해야 할지 알 수가 없었다. 너무 갑작스럽게 찾아온 완벽한 자유가 혼란스러웠다. 그러다가 퍼뜩 기대가 차오른다.

"그럼 그 사람은…… 그 사람, 돌아오는 건가요?"

서연의 물음에 안나가 안쓰러운 미소를 지었다.

"그건 모르겠다. 아마도 좀 더 기다려야 할 거야. 우리한테 의심을 빨리 거둔 것도 보스가 없으니까 가능했던 걸 테니까."

그래, 그렇겠구나.

서연은 실망했다. 그러자 안나가 어깨를 두드리며 위로를 한다.

"너무 그렇게 티 내지 마라. 애인 없는 사람, 어디 서러워 살겠어? 장거리연애 한다고 생각해. 없는 동안 다른 남자도 좀 두루두루 만나보고."

서연은 웃으며 눈을 흘겼다.

"진심이에요?"

"당연하지. 해리, 넌 너무 세상을 모르잖아. 경험도 너무 없어요. 이제부턴 이 언니가 널 물들일 거야. 해 안 되는 나쁜 짓도 해보고 실컷 놀고 다양한 남자들도 만나봐야지. 그래야, 우리 보스가 진짜 진국인지 아닌지 판별을 할 거 아니야. 처음 만난 남자한테 정 줬다고 그게 전부라고 생각하면 안 된다니까. 내가 첫 결혼을 그래서 실패한 거잖아. 아무것도 모르고 그냥 정을 주는 바람에 이게 똥인지, 된장인지, 구별을 못 했다니까."

하하, 정말 리얼한 비유다. 서연은 이걸 웃어야 할지 말아야 할지 분간이 되지 않았다. 하지만 하나는 분명했다.

안나를 만나니 정말로 좋다는 거, 숨죽여 살다가 마침내 제대로 숨을 쉬게 된 그런 기분이 들었다.

"가자."

갑자기 안나가 서연의 손목을 잡고 끈다.

"어디 가는데요?"

놀란 서연이 묻자 안나가 히죽, 웃으며 대답했다.

"어디긴 어디니? 우리 껄렁이 보러 가야지. 오늘 팀이 다시 뭉치는 거야. 기념으로 죽도록 마시는 거지!"

한 사람이 빠졌지만 그래도 즐거운 만남이었다. 서연은 가슴

한편의 쓸쓸함을 덮어두고 안나를 따라 즐겁게 걷기 시작했다.

껄렁이와 재회할 때도 안나처럼 요란스러웠다. 세 사람은 반가워서 소리를 꺅꺅 지르다가 지나가는 사람들의 눈총을 받고나서야 고깃집으로 이동했다. 고기를 실컷 구워 먹고 술도 마셨다. 2차 가자는 안나의 제안에 맥줏집으로 옮긴 후에도 즐거운 시간이 계속 이어졌다. 그동안 어떻게 지냈는지 수다를 떨면서도 국정원에 끌려가 심문을 당했던 일이나 계속해서 미행을 당하고 감시를 받았다는 이야기는 하지 않았다. 세 사람은 마치 그런 일이 없었던 것처럼 굴었다.

서연은 두 사람 다 자신과 같은 심정일 거라고 이해했다. 그때의 일을 떠올리면 어쩔 수 없이 지금 없는 한 사람을 떠올려야 하니까, 우리를 위해 먼 곳에서 홀로 지내고 있을 그 사람을 떠올려야 하니까. 아마도 안나와 진호는 서연을 배려하고 있는지도 모른다.

그렇게 즐거운 시간이 무르익어 갈 즈음 갑자기 안나가 뜻밖의 제안을 했다.

"나랑 살자."

안주를 집어먹던 서연은 흠칫, 놀라 고개를 돌렸다.

"에?"

안나가 활짝 웃으며 다시 말한다.

"나하고 같이 살자고. 내 아파트에서."

"어……."

"그거 좋은 생각이네."

서연이 말을 잇지 못하고 있는데 진호가 끼어들어 안나의 의견에 동조했다.

"하지만 난 지금……."

"거기 불편하지 않아?"

안나가 물었다. 서연은 대답하지 못했다.

"그분이 좋은 사람이라는 건 나도 알아. 서연 씨한텐 친언니나 다름없다는 것도 알고. 그런데 친자매라도 결혼 안 한 동생이 결혼한 언니 집에 얹혀살면 미안한 기분이 드는 거거든. 형부 보기도 미안하고 조카들 돌보는 언니한테도 민폐일 것 같고. 언니한테 미안하지? 그래서 마음이 편하지만은 않고. 안 그래?"

어쩌면 이렇게 내 마음을 정확히 알고 있을까?

서연은 안나의 통찰력에 감탄했다. 하지만 선뜻 그러겠다는 말이 나오지 않는다.

"인주 언니가 섭섭해 할 거예요. 그리고 미안한 걸로 치면 언니랑 살아도 그건 마찬가지일 것 같고."

"그럼 혼자 살래? 아파트 알아봐줘?"

서연은 그냥 웃었다. 혼자 사는 건 이제 그만하고 싶었다. 그래서 지금껏 인주 언니 집에 붙어 있었던 건지도 모른다. 아무도 없는 집에 혼자 있는 시간을 줄이려고.

"그냥 나랑 같이 살아. 난 애도 없고 남편도 없잖아. 그리고 난 방세도 받을 거야. 생활비도 반반 내고. 일종의 룸메이트지. 어때? 그럼 서로 미안해할 일 없지?"

구미가 당긴다. 혼자 살지 않아도 되고 미안해하지 않아도 된다. 그리고 지금처럼 가게 일을 돕는 대신 다시 글을 쓸 시간이 생길 것이다. 검정고시도 준비하려면 조용한 시간도 필요하고…….

"생각해보고 말해. 지금 당장 대답하라는 거 아니니까. 하지만 난 자기가 나하고 같이 살았으면 좋겠어. 보스도 그걸 바랄 거야."

순간, 서연은 눈을 크게 떴다.

"연락 왔어요? 그 사람 소식 알아요?"

안나는 고개를 저었다.

"아니야. 하지만 보스가 이쪽 소식을 듣고 있을 거라는 건 확신해. 신경이 쓰이는 사람이 여기에 있는데 소식조차 모르고 지낼 사람이 아니거든."

"그건 그렇죠. 대장이 그렇게 허술한 사람이 아니죠. 분명히 정보원 하나 심어놓고 우리 소식 다 듣고 있을 겁니다. 어쩌면 지금 우리가 이렇게 만나서 술 마시고 있는 것도 알고 있을지도 모르죠."

진호가 오징어를 질겅질겅 씹으며 말했다.

서연은 웃음이 났다. 어쩌면 감시자라고 생각했던 그 눈들 속에 차동준이 보낸 눈도 있었을지도 모른다고 생각하니 웃음이 난다. 그래, 그 사람이 지켜보고 있다. 그걸 얼마 전에 확인했지. 김영민이라는 사람, 그 사람이 증거다.

"자자, 동거 문젠 차차 생각하고 오늘은 코가 삐뚤어지도록 마시자. 3차는 우리 집이야. 미리 답사한다, 생각하고 내 아파트에 가서 밤새도록 마시자고. 건배."

안나가 잔을 들어 올렸다. 진호가 신이 나서 잔을 들었다. 서연도 웃으며 잔을 들자 세 사람의 잔이 동시에 부딪쳤다.

정말로, 정말로 오랜만에 맛보는 행복한 시간이었다.

"3차 갑시다, 3차!"

나이 어린 동기들이 3차를 노래 불렀다. 하지만 서연은 슬그머니 가방을 챙겨 나갈 준비를 했다.

"어머! 언니. 설마 도망가는 거, 아니죠?"

옆에 앉아 있던 여자애가 서연을 붙잡았다.

"언니, 나 오늘 성인 된 기념으로 모인 자린데 그냥 가는 거 아니죠?"

성인식 한 번 요란하게도 한다. 중학교를 중퇴하고 이제야 검정고시를 준비한다는 이 여자애는 나이는 스무 살인데 만으로 이제 미성년자를 탈출했다고 한다. 같은 반의 나이 어린 사람이나 많은 사람이나 다 붙잡고 살갑게 구는 성격이었다. 같이 공부를 시작한 지 이틀째부터 '언니, 언니' 하며 어찌나 들러붙는지 처음에는 정말 어색했었다. 이제는 완벽 적응했지만.

"미안. 난 그만 가봐야 돼. 집에서 언니가 기다려. 지금도 안 들어오냐고 난리야."

"진짜요? 언니가 뭐 그래요? 그것도 다 큰 성인인데. 우리 엄마도 안 그러는데."

그건 사정이 있어서 그렇단다.

서연은 속으로만 되뇌었다. 안나는 완전히 반전이었다. 정말 오픈된 마인드로 개방적인 성격일 거라고 믿어 의심치 않았는데 실상은 달랐다.

　'세상이 험해. 여자가 밤늦게 돌아다니는 건 날 잡아 잡숴, 라고 하는 거랑 똑같다니까.'

　'내가 인주 씨한테 철석같이. 약속을 했잖아. 서연이, 너 잘 보살핀다고. 그러니까 난 널 안전하게 보살필 의무가 있어.'

　'윤서연! 너, 진짜 이럴 거야? 너, 이러다가 무슨 일이라도 생기면 내가 보스를 어떻게 봐? 나, 보스한테 찍히기 싫거든?'

　인주 언니보다 더했으면 더했지, 절대 덜하지는 않았다. 거기다가 밤늦게 들어가고 난 다음 날엔 어김없이 진호가 쳐들어왔다.

　'서연 씨, 난 진짜 서연 씨 편이거든요. 근데요, 이건 아니거든요. 밤늦게 돌아다니지 마요. 어쩔 수 없이 늦게 되면 꼭 날 부르라고요. 우리, 진짜 불안해요. 서연 씨한테 문제 생기면 대장이 우릴 찢어 죽일 거라고요.'

　정말 다들 왜 그러는지 알 수가 없다. 물론, 위험한 상황들을 같이 겪어서 안전에 대해서는 과민반응을 한다는 건 안다. 하지만 자기들은 밤늦도록 술 마시고 잘만 다니면서 나한테는 그러지 말라는 건 말이 안 되는 거였다. 안나와 진호는 내가 아이처럼 느껴지는 모양이었다. 세상 물정 모르고 그저 맑고 순수하기만 한 아이라서 언제나 불안한 모양이었다. 하지만 난 이제 그렇지 않다. 위험한 세상을 홀로 이겨내면서 겪을 건 다

겪어봤다. 사람들과 어울리는 법을 몰랐을 뿐이다. 이젠 그 모자란 부분도 채우려 이렇게 사람들과 어울리는 건데 그걸 몰라준다.

"나, 먼저 갈게. 다른 사람들한테 먼저 간다고 말해주라."

서연은 자신을 붙잡은 여자애를 떼어내고 술집을 나섰다. 문을 나서자마서 울리기 시작하는 전화기를 가방에서 꺼내어 보니 역시 안나였다.

"언니."

걸으면서 전화를 받았다.

[어디야?]

걱정이 가득 묻은 목소리다.

"이제 나왔어요. 버스정류장으로 가고 있어요."

[홍대야?]

"네."

[택시 타.]

"막차 있을 거예요."

[그냥 택시 타라. 제발 말 좀 들어라.]

서연은 피식, 웃었다. 할 수 없었다. 이럴 땐 말 잘 듣는 아이 코스프레를 할 수밖에.

"알았어요. 택시 타고 갈게요."

[내가 시간 잴 거야.]

"알았어요."

[조심해서 와. 아파트 앞에 도착하면 다시 전화해.]

"네."

서연은 전화를 끊고 길가에 섰다. 마침 지나가는 택시를 손을 흔들러 세웠다.

"홍제동 현대아파트로 가주세요."

택시가 출발했다. 서연은 서울의 밤거리를 구경하며 기분 좋게 취한 느낌을 즐겼다. 술도 제법 세졌다. 이젠 소주 한 병을 마셔도 끄떡없다.

1년…… 그렇게 긴 세월도 아닌데 나는 참 많이도 변했다. 1년 전의 서울 거리나 지금의 서울 거리나 별로 달라진 것이 없어 보이는데 나는 변했다.

그도 변했을까?

서연은 혼자가 되면 늘 그렇듯 이번에도 어디에 있는지 모를 그를 떠올렸다.

보고 싶다. 그를 떠올리면 같이 떠오르는 그리움. 이젠 습관처럼 되어버려서 가슴이 아픈 건 아니다. 그냥 그립다는 감정이 전부였다. 이대로 잊혀질 수도 있겠다는 생각도 해본다. 목소리조차 듣지 못하고 1년이라는 시간을 보내는 동안 나는 나의 삶을 만들어가고 있다. 내가 만든 1년의 생활에는 그가 없다. 어쩌면 이대로 더 지내면 그가 없는 삶에 완벽히 적응할지도 모른다.

서연은 차창 밖을 물끄러미 응시했다.

그 사람도 그럴까? 내가 없는 시간에 물들어 나를 잊어가고 있을까? 어쩌면 다른 여자가 생겼을지도 모른다.

서연은 눈살을 찌푸렸다.

그건 아직 안 된다. 그 생각을 하니까 가슴이 아프다. 그래, 거기까진 아직 생각하지 말자. 그냥 서로가 없는 삶을 살아가고 있는 거라고, 적응하고 있는 거라고 믿자. 지금은 거기까지만 생각하자.

서연이 상념에 젖어 있는 동안 택시가 아파트 입구로 들어서려고 한다.

"여기서 세워주세요."

"예? 아, 예."

시연은 택시비를 지불했다. 술을 조금이라도 더 깨려면 걷는 게 좋을 것 같아서 아파트 입구에서 내렸다. 이제 곧 여름인데 밤공기는 아직 싸늘했다. 가방에 넣어두었던 점퍼를 꺼내 입고 걷기 시작했다. 공기는 차갑지만 달빛은 참 밝고 따뜻하게 느껴졌다.

저벅저벅, 천천히 산책하듯 걷던 그녀는 문득 등골이 오싹해지는 기분을 느꼈다.

누군가 따라오고 있다.

서연의 심장이 빠르게 뛰기 시작했다. 맨 처음 머릿속에 떠오른 건 '괴물'이었다. 하지만 그럴 리가 없다.

'기쁜 소식인지, 나쁜 소식인지, 잘 모르겠는데……'

'뭔데요?'

안나가 머뭇거리며 운을 뗐을 때 서연은 긴장했었다. 혹시 차동준에 대한 나쁜 소식일까 봐. 하지만 아니었다.

'윤주철 박사 말이야. 해외로 추방됐다고 하던데 이틀 전에 멕시코 어디에서 총에 맞아 숨진 게 발견됐대. 마태용 차장이 말해주더라. 너한테 전해주라고.'

그 소식을 들은 게 한 달 전이다. 그러니까 지금 내 뒤를 따라오고 있는 누군가는 그 '괴물'이 아니다. 그럼 누구지? 아니, 내가 착각하는 걸까? 아니다. 착각이 아니다.

서연은 오랫동안 쫓기고 도망치며 살았기에 위험감지에 대해선 예민했다. 그녀는 흘깃 뒤를 보았지만 따라오는 사람이 어느 정도 거리를 두고 있어서 볼 수가 없었다.

서연은 여유 있는 걸음을 유지하려고 애썼다. 눈치챈 걸 들키지 않으려고 최대한 일정 보폭을 유지했다. 하지만 어깨에 절로 힘이 들어가는 건 어쩔 수가 없었다.

이제 조금만 더 가면 안나와 그녀가 사는 동이다. 그런데 지금 이대로 그쪽으로 가도 되는 걸까? 누군지 확인도 되지 않았는데 안나가 있는 곳으로 위험을 안내하는 꼴이 되지 않을까?

서연은 심호흡을 했다. 이대로는 안 된다. 방향을 틀었다. 그리고 걸음을 빨리 하기 시작했다. 우선 사람들이 많이 있는 곳으로 가서 놈을 따돌린 다음…….

"헉!"

그녀는 소스라치게 놀랐다. 자신의 팔을 잡고 홱 돌리는 놈을 향해 가방을 날렸다. 하지만 헛스윙이었다. 이번에는 발길질을 했다. 마찬가지로 발에 닿는 것이 없었다. 보통 놈이 아니다. 팔을 잡은 손아귀의 힘과 재빠른 몸은 그냥 여자의 지갑을 노리는 좀도둑이 아니라고 말하고 있었다.

서연은 놈의 손에서 벗어나려고 팔을 확, 당겼다. 하지만 어림도 없었다. 도리어 와락 끌려가서 놈의 품에 가두어졌다. 빠져나오려고 버둥거리던 그때였다.

"나야."

귓가를 스치는 낮은 목소리. 서연은 얼어붙었다.

"날 잊은 건 아니겠지?"

어떻게…… 어떻게 잊을 수가 있겠는가?

그가 천천히 포옹을 푼다. 서연은 충격을 받아 얼어버린 눈동자를 그를 올려다보았다.

차동준…… 그다. 그 사람이다.

정신이 멍했다. 아무 생각도 나지 않는 백지상태.

"설마 정말 날 잊은 건가?"

그가 웃는다. 미소를 짓는다. 이제 와놓고, 사람을 이토록 기다리게 해놓고 웃는다.

서연은 자신의 뺨 위를 흐르는 물기를 느꼈다. 1년 전, 이 사람과 헤어진 이후로 단 한 번도 울지 않았다. 울면 헤어짐을 인정하는 것 같아서 울지 않으려고 애썼다. 그런데 지금 눈물이 난다. 만났는데, 그토록 그리워했던 남자를 눈앞에 두고 눈물이 난다.

서연은 손바닥에 얼굴을 묻고 흐느끼기 시작했다.

"이런."

그가 다가와 가만히 그녀를 안는다. 택시에서 생각했던 건 취

소다. 그가 없는 삶에 적응하고 잘 이겨내고 있다고 생각했는데 착각이었다. 이렇게 그의 품에 안기는 순간 분명히 알겠다.

나는 이 사람 없는 삶을 살고 싶지 않다고. 그 시간들은 의미가 없다는 걸.

"미안……."

그가 사과를 한다. 서연은 그를 때리기 시작했다. 드라마나 영화에서 보면 그렇게 유치하고 낯간지러운 장면이라고 생각했는데 막상 이렇게 그 상황에 닥치니 이렇게밖에 못하겠다.

그녀는 그의 가슴팍을 마구 때렸다. 하지만 그가 다시 꽉 끌어안자 품에 얼굴을 묻고 엉엉, 울기 시작했다. 그가 그녀의 등을 부드럽게 어루만진다. 우는 아이를 달래듯 그렇게 부드럽고 따뜻하게 감싸준다.

돌아왔다. 내 사랑이, 내 유일한 안식처가 돌아왔다!

흔들, 흔들, 그네에 탄 그녀의 마음도 이리저리 널을 뛴다. 이상하다 1년 만에 만났으니 계속 쳐다보고 또 쳐다봐도 모자를 것 같은데 이상하게 눈이 가지 않는다. 어색해서인가? 아니면 불안해서인가.

사람들 오가는 길거리를 피해 단지 안에 있는 놀이터로 올 때만 해도 너무 좋아서, 너무너무 좋아서 눈물이 그치지를 않았다. 그런데 이게 무슨 조홧속인지, 그를 바로 옆에 세워놓고도 시선만 피하고 있다.

멈칫, 흔들거리던 그네가 멈췄다. 그리고 그가 그녀의 앞에 몸을 낮춰 앉았다. 이제 어쩔 수 없이 눈을 마주칠 수밖에 없었다. 아직도 눈이 뜨거운 거 보니 빨갛게 충혈이 되어 있을 것 같다.

훌쩍거리는 그녀를 보며 그가 웃었다.

"나 없이 잘 살았나?"

"……그럭저럭."

살짝, 그의 미간이 찌푸려진다.

"서운한데?"

내가 더 서운하다. 소식 한 번 안 전해준 당신한테 내가 더 서운해. 아무리 감시가 삼엄해도 문자 한 통, 아니 누군가를 통해 살아 있다는 소식만이라도 전해줄 수 있는 거였잖아.

"그쪽도 사는데 문제없었던 것 같은데요?"

서운함이 심통을 불렀다. 목소리가 잔뜩 불퉁해져 나가는 건 어쩔 수 없었다.

"틀렸어."

서연이 빤히 쳐다보자 그가 쓴 미소를 지었다.

"난 문제 있었어. 아주 많이."

지난 1년 동안 겪었던 시간들이 떠오르는지 그의 눈빛은 어두워졌다. 왠지 심장이 시큰해진다. 그런데 말이 나오지 않는다. 나도 많이 외로웠다고, 나도 많이 그리웠다고. 가만히 생각해보면 그가 더 힘들었을 것 같다. 나는 그래도 안나와 인주 언니도 있었고 진호도 있었다. 낯선 세상에 홀로 던져지진 않았었다.

서연은 그를 가만히 쳐다보았다.

외로움…… 아무에게도 의지하지 못하고, 그리운 이를 만나지도 못하고 심지어 연락조차 하지 못하는 고독함을 내가 잊었던가? 왜 미처 몰랐을까? 이 남자가 지난 1년을 그렇게 지냈을 거라는 걸. 내가 바로 그렇게 살아온 중인이면서 왜 거기까진 생각 못했을까? 아마도 괴로워서 그랬나보다. 생각하면 더 가슴이 아프고 견디기 힘들어질 것 같아서 애써 외면했었나 보다.

"많이…… 힘들었어요?"

"음."

"감시 피해서 연락이라도 좀 하지……."

서운함을 표현했지만 그게 최선이 아니었을 거라는 건 안다. 그는 무엇보다도 여기에 있는 사람들의 안전을 생각했을 것이다. 국정원의 요구대로 잘 지켜주면 감시에서 더 빨리 풀려날 수 있으니까 위험을 감수하지 않았던 거겠지. 그래서 스스로를 억눌렀겠지.

"미안."

그가 사과를 한다. 잘못도 없으면서. 서연은 마음이 조급해졌다.

"왜 왔어요?"

그가 인상을 쓴다. 서연은 서둘러 질문을 정정했다.

"그러니까 내 말은 어떻게 왔어요? 그들이……."

"감시 해제. 물론 완전히는 아니겠지만."

"다행이네요. 우린 몇 달 전부터 해제됐어요."

"알아."

역시. 그는 다 알고 있었구나.

"시험 준비는 잘 돼 가나?"

이것도 이미 알고 있다. 서연은 미소를 지었다.

"그럭저럭."

"……."

그가 쳐다보기만 한다. 서연은 갑자기 또 어색해졌다. 다시 조
급해진다.

"어디…… 갈 데는 있어요?"

이 사람은 또 떠날까?

"그러니까, 지낼만한 곳 말이에요."

여기서 정착할까? 한 번도 그와 미래에 대해 이야기를 나눈 적
이 없었다. 그래서 불안하다. 그동안 그리움을 억누르느라 몰랐
는데 이제는 미래가 불안하다. 그의 약속이 목마르다.

"있지. 오피스텔도 있고."

아, 그렇지. 그는 꽤 여러 곳의 집을 갖고 있었지.

'보스? 보스, 부자야. 돈 걱정은 안 해도 돼. 지금 사는 세상은
정보력만 탁월하면 떼부자가 된다니까. 정보가 곧 돈이니까. 그
런 면에선 보스는 빼도 박도 못하는 부자지.'

그런데 나는 지금 돈 걱정을 하는 것이 아니다. 돈이 없어서
그가 떠날 거라고 걱정하는 게 아니다.

"우리, 말이에요."

"……."

"참 어려운 시기에 만나서 힘든 시간을 같이 보냈잖아요."

나는 말하고 싶은 게 있다. 확인하고 싶은 게 있다.

그녀는 그를 빤히 쳐다보았다. 그가 기다리고 있다. 그녀가 진짜 말하고 싶은 걸 말하기를.

서연은 시선을 아래로 늘어트리며 침을 삼킨 후 진지하게 말을 이었다.

"같이 힘든 일을 겪으면 서로 동지애도 생기고 의지도 하게 되고…… 그러다 보니까 자신들도 모르게 감정이라는 것도 생기고…… 지난 1년 동안 그 감정들이 일시적인 것들이 아니었나, 생각을 해보게 됐어요. 그런 거, 있을 수 있잖아. 전우애 같은 건데 그게 그건 줄도 모르고……."

"결론은?"

그가 묻는다. 서연은 고개를 들었다. 그리고 어색하게 말했다.

"모르겠어요. 나는……."

거짓말이다. 나는 잘 알고 있다. 지난 1년 동안 많은 사람을 만났다. 그중에는 남자도 있었다. 나에게 대시를 하는 남자도 더러 있었다. 하지만 그들 중 누구에게도 이 사람에게 느껴졌던 그런 감정을 느껴본 적이 없었다. 힘든 상황에서 정이 깊어졌던 거라도 좋다. 그 감정이 일반적인 상황에서는 느낄 수 없는 특별한 것이고 그건 사랑이 아닐지도 모른다. 하지만 그럼에도 불구하고 나는 이 남자에게 느껴졌던 그 감정만이 소중하고 그리웠다. 그 어떤 감정보다 깊고 강했다. 그래서 원하는 거다. 확인하고 싶은 거다. 이 남자도 나와 같기를.

"당신은……요? 당신은 어떤 것 같아요?"

서연은 자신 없는 목소리로 물었다. 침묵이 흐른다. 침묵이 길어지자 불안감이 극대화되더니 이내 좌절감이 일기 시작했다. 그러다가 슬픔이 느껴지기 시작한다.

아닌 건가? 이 사람은 나와 같지 않았던 건가?

그때였다.

서연은 갑자기 부딪쳐 오는 그의 입술에 숨을 멈췄다. 그가 그녀의 머리를 감싸고 깊게 키스를 하기 시작했다. 저도 모르게 벌어진 입술 사이로 거친 숨결이 파고들었다. 몸을 일으킨 그의 입술이 그녀를 누르듯 압박한다.

서연은 그넷줄을 꽉 움켜잡았다. 그가 천천히 고개를 들었다. 이글거리는 눈빛이 그녀를 깊게 응시하며 말했다.

"이제부터 제대로 연애 좀 해볼까? 그럼 알게 되겠지. 우리가 느끼는 감정이 뭐였는지."

그가 다시 고개를 숙였다. 서연은 눈을 감았다. 눈꽃처럼 살포시 다가온 입술이 사납게 호흡을 빼앗으며 파고들었다.

그래, 그러면 되는 건데. 처음부터 다시 시작하면 되는 것을. 괜히 마음을 졸였다. 이 사람과 나는 다시 시작하는 거야.

그는 아는 것이다. 내게 '평범'이라는 것이 얼마나 소중한 것인지. 그래서 다른 연인들처럼 연애를 하자고 하는 거겠지. 나를 위해, 내 잃어버린 시간을 조금이라도 더 찾아주려고.

그가 그녀의 몸을 일으켜 안았다. 서연은 그의 허리를 끌어안았다. 전화벨이 울렸다. 안나 언니일 것이다. 걱정할 텐데. 서연은 그의 품에서 빠져나와 메고 있던 가방에서 전화기를 빼냈다.

역시 안나였다. 전화를 받으려는데 갑자기 그가 손을 내민다. 잠시 어리둥절한 표정을 짓던 서연은 웃으며 전화기를 건넸다. 그가 전화기를 귀로 가져다 대고 말했다.

"해리는 늦을 겁니다."

전화기를 통해 안나가 '보스!' 하고 비명을 지르는 소리가 들려온다. 믿을 수 없다는 듯 기쁨에 찬 목소리가 서연의 귀에까지 들려왔다. 환호성을 지르는 안나의 목소리를 뒤로하고 동준이 전화기를 내리고 그녀를 지그시 응시했다.

그가 웃으며 팔을 활짝 벌렸다. 서연은 기꺼운 마음으로 그의 품에 뛰어들었다.

바람이 시원해서 상쾌한 봄밤이었다.

　학교 정문 앞에 차를 멈춰 서자 서연은 운전석에 앉은 남편을 쳐다보았다.

　"갈게요. 오늘 하루도 수고해요."

　"어. 잊어버린 거, 없지?"

　"응. 없어요."

　서연은 남편에게서 눈을 돌려 뒷좌석에 앉아 있는 딸을 보았다.

　"딸."

　"네."

　똘망똘망한 눈동자가 자신을 향하자 서연은 함빡 웃음을 지었다.

　"오늘도 파이팅."

　"파이팅."

"유치원 가서 선생님 말씀 잘 듣고 친구들과 사이좋게 지내고."

"네."

큰소리로 대답하는 아이가 너무 예뻐서 몸을 일으켰다. 그러자 딸아이도 몸을 쑥 내밀어 엄마와 뽀뽀를 한다. 쪽, 쪽, 쪽, 소리가 세 번 크게 울릴 때까지 뽀뽀를 한 두 모녀는 아쉬운 듯 손을 흔들었다.

서연은 차문을 열려고 손을 뻗었다. 그러자 남편이 불퉁한 목소리로 말한다.

"나는?"

남편의 어리광 섞인 목소리에 서연은 웃으며 몸을 기울였다.

"아들이야, 아들."

남편의 뺨에 키스를 해주고 몸을 돌리면서 투덜거렸다.

"처형 댁에 도착하면 전화해."

서연은 남편에게 고개를 끄덕였다.

"알았어요. 운전 조심해요."

차에서 내린 서연은 손을 연신 흔들었다.

"어? 누나."

누군가 자신을 부르는 소리에 서연은 고개를 돌렸다.

"어, 정욱아."

같은 과, 같은 동아리 동생이었다.

"과제 다 했어요? 난 어젯밤 샜는데도 못했어요."

보자마자 죽을상을 하는 정욱을 보며 서연은 호호, 웃었다.

"한 번에 다하려고 하니까 그렇지."

"역시. 누나는 다했구나. 빨리 가서 좀 도와줘요. 제가 점심 쏠게요."

"알았어."

서연은 몸을 숙여 남편을 향해 말했다.

"어서 가요. 지은이, 유치원에 늦겠어."

남편이 뭔가 못마땅한 표정으로 고개를 끄떡인다. 그때 정욱이 서연의 옆으로 다가와 몸을 숙이더니 쾌활하게 인사를 했다.

"안녕하십니까. 또 뵙습니다."

정욱의 인사에 남편도 미소를 지으며 고개를 까닥인다. 뭔가 근엄한 표정이다. 서연은 풋, 웃음이 났지만 겨우 참았다. 이상하게 정욱이에게 신경을 곤두세우던 남편의 태도가 떠오른다. 다른 남자애들한테도 신경을 쓰지만 정욱이에겐 유별났다. 물론 정욱이가 대학 내에서 소문난 킹카고 여자애들한테 인기를 한 몸에 받고 있긴 하다. 잘생겼고 키도 크고 운동도 잘한다. 뭐, 학과 점수는 별로지만 그것조차 상쇄시킬 만큼 다른 모든 게 뛰어난 친구였다. 그런 킹카, 정욱이 유달리 서연을 잘 따랐다. 늦은 나이에 대학에 입학한 그녀를 챙겨주고 감싸주던 최초의 동기이자 친구였다.

'누나하고 있으면 편해요.'

그 말뜻은 곧 이성적인 감정으로 발전할 리 없으니 편하다는 의미였다. 워낙 인기가 많다 보니 편한 이성 친구를 사귀고 싶은 마음인 거다. 동성 친구도 좋지만 가끔은 이성 친구가 도움이 될 때도 있으니까. 그런 속사정을 말했는데도 남편은 정욱을 경계하고 있었다.

서연은 남편에게 다시 한 번 손을 흔들어 보이고 돌아섰다. 정욱이 가까이 다가와 말한다.

"형님은 제가 별론가 봐요."

"아니야."

맞아. 너, 눈치 무지 빠르다.

"맞는 것 같은데요? 절 보는 눈이 아주 무서워 죽겠어요. 하긴, 누나가 이렇게 예쁘니까 형님이 신경을 곤두세울만하죠. 아, 부럽다. 나도 누나 같은 여자친구 얼른 만들고 싶다."

"여자가 없어서? 너, 좋아하는 여자애가 캠퍼스에 차고 넘치는데?"

"걔들 다 한때죠. 겉만 보고 좋아하는 거, 얼마 못 가요. 전 진짜 저를 알고 저를 좋아해줄 그런 여자친구를 원한다고요."

진짜…….

서연은 뒤를 돌아보았다. 차가 아직도 서 있었다. 미소를 지으며 손을 크게 흔들었다.

진짜라는 거, 정말 그런 진짜를 갖는다는 건 쉬운 게 아니다. 난 아주 힘든 시간을 겪은 후에야 저 남자를 만났으니까. 목숨처럼 소중한 아이를 얻었고 그리고 또 한 아이가 뱃속에서 자라고 있다.

"누나, 오늘 한 잔 어때요? 종강 기념으로."

"미안. 난 오늘 선약 있어."

"예? 그럼 내일은요? 내일 동아리에 나와서 애들이랑……."

"미안하지만 난 당분간 술 금지야."

"왜요?"

정욱이 천진한 표정으로 물었다. 서연은 아무렇지도 않게 웃으며 대답했다.

"임신했거든."

정욱이 입을 딱 벌리고 멈춰 선다. 서연은 그대로 걸었다. 겨울이 깊어가는 캠퍼스는 앙상한 나무들로 가득했지만 그래도 상쾌했다. 이 겨울이 지나면 졸업반이다. 임신을 해서 1년 정도 졸업이 미뤄지겠지만 그래도 상관없었다.

어차피 늦은 만학도의 길이니까 지금에서 더 늦어진들 뭐가 어떠랴. 내 앞에 놓인 시간은 아직도 무궁무진한데.

동준은 멀어져가는 아내의 뒷모습을 보다가 조용히 입을 열었다.

"딸."

"네."

유치원에 다니기 시작한 후로 부르면 참 명랑하게 대답을 잘한다. 유치원에서 잘 가르치는 것 같았다.

"엄마한테 남자친구가 있는 거, 어떻게 생각해?"

그때였다.

"엄마, 바람펴?"

동준은 흠칫, 놀라 고개를 홱 돌렸다.

"뭐? 너, 그런 말 어디서 배웠어?"

"대영이가 그랬어."

"대영이?"

"옆새반."

같은 반 친구인 모양이다. 이런.

"그런 말 하는 거, 아니야."

"대영이가 티비에서 봤대. 엄마한테 남자친구 생기면 바람난
거래. 엄마랑 아빠랑 이혼도 한대. 엄마, 아빠, 이혼할 거야?"

그런 말을 참 천진하게도 묻는다. 이혼이 뭔지나 알고 묻는 건
가 의심스럽다.

"이혼이 뭔지나 알아?"

"엄마랑 아빠랑 같이 안 사는 거."

요즘 애들 무섭다. 너무 똑똑하다.

동준은 기어를 넣으며 말했다.

"엄마 아빠 절대 이혼 안 해. 엄마가 바람난 것도 아니야. 어린
애는 그런 말 하는 것도 아니고."

"왜?"

뭐가 왜냐는 거지? 이혼? 바람? 아니면 어린애가 말하면 안
되는 거? 젠장, 무슨 질문이든 간에 대답하기가 난감하다.

"엄마는 아빠를 아주 사랑해."

전혀 다른 대답을 내놓고 말았다. 동준은 자신이 한심했다. 애
한테 괜한 말을 해서…….

"아빠는?"

"아빠도 엄마를 많이 사랑하지."

"지은이는?"

"당연히 지은이도 사랑하지."

"엄마 뱃속에 든 아기는?"

"지은이 동생도 당연히 사랑하지."

그제야 아이가 만족한 미소를 짓는다. 동준은 웃었다. 뭐든 물어대는 난감한 여섯 살이지만 단순하다. 대화가 복잡하지 않아서 조금만 조심하면 된다.

"근데 엄마는 왜 남자친구가 있어?"

동준의 얼굴이 얼어붙었다. 슬쩍, 백미러를 보니 똘망똘망한 눈동자가 자신을 향하고 있었다.

젠장, 단순한 게 아니다. 벌써 단순함을 넘어서는 나이가 된 건가?

"친구는 많으면 많을수록 좋은 거니까. 지은이도 남자친구 있지?"

"응."

"그런 거야."

"아빠도 있어?"

여자친구? 아니면 남자친구? 모르겠다. 그냥 대답하면 되지.

"있지."

"그렇구나."

휴, 이제 끝이다. 아이가 그림책에 시선을 돌리자 동준은 안도

했다. 그러자 다시 아내의 뒷모습이 떠오른다. 그 옆에서 떠들어 대던 그놈도.

동준의 인상이 굳어졌다.

질투? 아니다. 뭐, 그런 애한테 질투를. 하지만 선을 그을 필요 는 있다. 원래 뭣 모르는 어린놈들이 사고를 치는 법이니까.

"어? 대표님! 안녕하십니까?"

사무실로 들어가자 진호가 제일 먼저 인사를 건넨다. 새로 뽑은 여직원과 노닥거리느라 입구에 떡하니 서 있다가 동준을 맞닥뜨린 것이다. 화들짝 놀라서 인사를 하는 폼이 이젠 우습지도 않다.

동준은 고개를 까딱하는 걸로 인사와 경고를 동시에 날려주고 사무실 안쪽으로 들어갔다. 들어가자마자 총을 쏘는 소리가 요란하게 들려온다. 뭔가가 터지고 부서지는 화면이 정통으로 보였다. 안나는 게임 삼매경이었다.

"에이, 진짜. 저 아줌마가……."

진호가 냉큼 달려가 버럭 소리를 질렀다.

"아, 진짜! 아줌마. 아침부터 무슨 게임이에요!"

"뭘?"

안나는 쳐다도 안 보고 건성으로 대꾸했다. 진호가 옆구리를 쿡, 찌르며 말했다.

"대장 출근했어요."

그제야 안나가 뒤를 핵 돌아보더니 인사를 꾸벅한다.

"오셨어요?"

그게 다였다. 안나가 하는 둥, 마는 둥, 인사를 하자마자 건너편에 있던 검은 머리의 남자가 번쩍 고개를 들더니 환하게 웃었다.

"어이, 차 대표. 왔어?"

한경식 대표였다. 저 양반은 걸핏하면 이쪽으로 출근이다. 멀쩡한 자기 사무실 놔두고.

동준은 속으로 혀를 차고 대표실이라고 적힌 방으로 걸음을 옮겼다. 뒤에서 진호와 안나가 대화하는 소리가 들려왔다.

"근데 새로 뽑은 여직원 있잖아요. 좀 별론데요?"

"왜? 남자친구 있대? 인마, 골키퍼 있다고 골 안 들어가냐? 해 보고나 말해."

안나가 핀잔을 주자 진호가 대거리를 한다.

"아뇨. 난 남의 거, 뺏는 거 딱 질색인데."

"그럼 말든가."

"그래도 포기하기엔 너무 예쁘잖아요."

"그럼 하든가."

둘의 옥신각신 대화 소리는 방 안으로 들어가자 더 이상 들리지 않았다. 동준은 책상 앞에 앉아 컴퓨터를 켰다. 오늘 통관되어 들어올 물건 리스트와 주문 현황, 그리고 미팅 약속까지 일목요연하게 정리된 파일이 곧바로 그의 눈앞에 펼쳐졌다.

동준의 입가에 미소가 걸렸다.

딩동. 작고 경쾌한 소리와 함께 진호의 쪽지가 도착했다. 마우스를 움직여 쪽지를 열었다.

'한동상사로 외근 나갑니다. 어제 들어온 물건 확인하고 공장 들러서 오겠습니다.'

다른 사람들이 보면 개판인 사무실 모습이지만 저들은 제 할 일은 확실하게 하는 직원들이었다. 무역업, 그동안 그가 경험한 수많은 직종 중 가장 자신 있는 사업 아이템이었다. 7년 전, 준비를 시작함과 동시에 안나와 진호가 당연한 듯 합류했고 그 후로 지금까지 사업은 승승장구하고 있었다. 몇 번이나 크게 번창할 기회가 있었지만 동준은 사업을 확장하지 않았다. 그는 지금의 인원으로 조용하고 평화롭게 사는 것이 목표였으니까. 물론 진호의 성화에 못 이겨 잡다한 업무를 볼 여직원은 필요하다고 해서 뽑긴 했지만. 뭐, 앞으로 몇 명의 직원은 더 뽑아야 할 것 같았다. 안나가 아무리 전천후 자동시스템을 계속 만들고는 있지만 사람 손이 반드시 필요한 업무도 있으니까.

동준은 키보드에 두 손을 얹고 빠르게 타자를 쳤다.

'수고.'

진호의 쪽지에 답장을 보내고 리스트를 점검하려는데 노크 소리가 울렸다.

"네."

문이 열리고 한경식 대표가 양손에 머그잔을 가지고 들어온다.

"모닝커피 한 잔 하자고."

살가운 미소를 보아하니 뭔가 부탁이 있는 듯싶었다. 떨떠름

한 얼굴로 잔을 건네받고 한 모금 들이켜려는데 한 대표가 말한다.

"건수 하나가 들어왔는데 말이야."

그럴 줄 알았다.

"도무지 오리무중이야. 마누라가 없어져서 찾아달라더라고. 근데 아무리 뒤져봐도 가출할 이유는 없고 실종이라는 확신도 서지 않고. 없어지기 전 일주일간의 행적을 샅샅이 뒤졌거든? 근데 도대체가 모르겠단 말이야."

동준은 잔을 내려놓고 서류를 읽기 시작했다. 중국에서 온 통관 내역서였다.

"어이, 차 대표."

"한 달 전에 그 일이 마지막이라고 했습니다."

동준은 고개도 들지 않고 말했다. 한 대표가 우는소리를 시작한다.

"그래, 그랬지. 나도 알아. 근데 진짜 이번이 마지막이야. 내가……."

"안 합니다."

심부름센터를 운영하며 무슨 일이든 다 하는 사람이 언제부터인가 경찰이 해결 못하는 미제 사건에 손을 대기 시작했다. 거기까지는 좋았다. 근데 그 대부분의 일을 그에게 가져온다는 게 문제였다. 지금껏 나서서 해결해준 사건이 셀 수도 없을 지경이었다. 이러다간 무역업 때려치우고 한 대표와 동업을 할 판이었다.

그런데 말이다.

"아주 이상한 건 말이야."

한 대표는 동준의 말을 무시하고 자기 할 말만 한다. 웃기는 건, 내가 한 대표가 물어오는 사건을 은근히 즐긴다는 거다.

"그 여자를 찾는 사람이 남편 말고 또 있더라는 거야. 내가 조사하는 과정에서 알아냈는데……."

동준은 시선을 들고 한경식을 쳐다보았다.

"오늘 제가 아주 바쁜데……."

"국정원."

순간, 동준은 말을 멈췄다. 그러자 한경식이 눈을 빛내며 말한다.

"국정원에서도 그 여자를 찾더라는 거야. 어때? 이상하지 않아?"

"남편은 뭐 하는 사람입니까?"

젠장, 동준은 자신이 또 한 대표에게 말린다는 걸 알면서도 사건에 흥미가 가는 걸 어쩔 수가 없었다. 역시, 오랜 습관은 고쳐지지 않는 것인가.

"장난감 만드는 회사 대표. 중국에 공장이 있어서 일 년의 반은 중국 출장이라더군. 사라진 아내와도 거의 떨어져 지내고. 나도 처음엔 여자가 바람이 났나, 싶었는데 국정원이 개입되니까 이거, 좀 이상하다 싶은 거야. 안 그래?"

동준은 갈등했다. 이제 더 이상 한 대표의 일에 끼어들지 않겠다고 아내에게 약속도 했다. 더군다나 국정원과 관계되었다면 아내의 걱정은 하늘을 찌를 것이다. 안 그래도 임신해서 예민해 있는데.

"혼자 해결하세요."

동준은 거절했다. 한 대표가 울상을 짓는다.

"이러기야? 아, 좀 도와줘. 자네, 내가 예전에 자네 목숨과 다를 바 없는 지은이 엄마를 구해줬던 거, 기억나? 안 나? 엄밀히 말하면 내가 자네 목숨의 은인이잖아. 지은이 엄마가 그때 잘못 됐어봐, 자네가 지금 이렇게 살아 있겠어?"

참, 오래도 우려먹는다. 동준은 7년 내내 그 일을 들먹이는 한 대표가 어이가 없었다. 그땐 분명히 의뢰인으로서 대가도 충분히 지불했었다. 그런데 한 대표는 그건 다 잊어버리고 자신이 목숨을 걸고 도움을 줬다고 주장한다.

"이번 한 번만. 응?"

동준은 한숨을 내쉬었다. 아무래도 이번 건도 나설 것 같은 예감이 든다.

"조만간 연락드리죠."

한경식의 얼굴이 환하게 밝아졌다.

"되도록 빨리. 알았지?"

신이 나서 나가는 한경식의 뒷모습을 보며 동준은 고개를 절레절레 저었다.

"아이고, 우리 지은이 왔네."

서연은 딸아이를 반갑게 맞이하는 인주 언니를 흐뭇하게 바라

보았다. 지은이를 안아 올린 인주 언니가 뒤따라 현관을 들어서
는 동준을 보더니 함빡 웃음을 지었다.

"차 서방, 왔나?"

"안녕하셨습니까."

"나야 늘 안녕하지. 우리 지은이, 왜 이렇게 나날이 이뻐지나?
이모가 볼 때마다 깜짝 깜짝 놀라겠네."

익살스러운 이모의 표정을 보고 지은이가 까르르, 웃음을 터
트렸다.

"와, 지은이 왔다!"

조카들 둘이 동시에 나오는 걸 보고 인주가 엄하게 말했다.

"이모부한테 인사 안 해?"

"안녕하세요."

둘이 동시에 허리를 꾸벅 숙여 인사를 하는 걸 보니 웃음이 난
다. 조카들이 지은이를 데리고 방으로 데려갔다. 인주가 동준을
보며 물었다.

"밥은? 저녁, 전이지?"

"예."

"어서 들어와. 대충이라도 먹어. 제사 지내려면 아직 두 시간
도 더 남았으니까."

인주가 동준을 데리고 식탁 앞으로 가서 앉히더니 오후 내내
부친 전을 접시에 담아왔다.

"서연아, 나물도 좀 내와. 산적도 구운 거, 있지? 그것도 내오
고. 아, 맞다. 우리 차 서방, 시원한 물김치 좋아하는데. 내가 오늘

주려고 담가 놨지. 기다려봐. 내가 얼른 꺼내 올게."

인주가 서둘러 주방 옆 다용도실로 들어갔다. 서연은 그 모습을 보고 말했다.

"언니, 조금만 내자. 제사 지내고 형부랑 또 한 잔 해야 하는데 너무 많이 먹으면 안 되잖아."

"알았어."

다용도실에서 대답하는 소리가 들렸지만 못 믿을 대답이었다. 저렇게 대답해놓고 먹을 걸 잔뜩 내올 게 틀림없었다.

"조금만 먹어요. 나중에 형부랑 술 마시려면."

"오케이."

그가 젓가락을 들고 잡채를 한 입 집어올려 먹는다. 서연은 웃으며 말했다.

"지은이가 아빠 식성 닮았나봐. 애가 잡채를 너무 좋아해. 한 접시를 다 먹었어."

"잘 먹으면 좋지."

"그렇긴 해."

"안 서운해?"

"뭐가?"

서연은 갑작스러운 남편의 질문에 되물었다.

"어머니하고 목사님하고 제사 합치는 거."

서연은 웃었다.

"서운하긴. 오히려 반갑구만."

"그래? 그럼 다행이고."

그가 웃는다. 서연은 다용도실 쪽을 슬쩍 보다가 고개를 숙여 남편에게 속삭였다.

"그런 기분이 들어."

"어떤?"

"제사를 합치니까 두 분이 합친 것 같은…… 왜 있잖아, 그런 거. 영혼결혼식인가? 맞다. 그거."

남편이 피식 웃는다. 서연도 웃었다. 그때 마침, 인주가 물김치를 한 대접 퍼서 나왔다.

"잘 익었네. 딱 먹기 좋아. 어서 먹어봐."

인주가 신이 나서 재촉하자 동준이 국물 한 숟가락을 떠서 먹었다.

"맛있네요. 딱 제가 좋아하는 맛입니다."

"그렇지? 그렇다니까. 내가 이번엔 마음 딱 먹고 자네 줄려고 담았어."

"역시 처형뿐입니다."

"에이, 뭘."

입바른 칭찬에 인주의 입이 찢어진다. 그때 문득 동준이 서연을 쓱, 쳐다보았다. 서연은 '뭐?' 하는 표정을 지었다. 그러자 동준이 인주를 보고 말한다.

"이 사람, 단속 좀 시켜야겠어요."

"어? 왜?"

인주가 무슨 소리냐는 듯 묻는다. 서연도 놀랐다.

"학교에서 동생뻘 되는 놈들과 너무 허물이 없는 것 같아서 말입니다. 아무래도 제가 학교에 한 번 찾아가서 유부녀라고 소문을 좀 내볼까, 하는데 처형 생각은 어떠세요?"

멍하게 있던 인주가 깔깔 웃음을 터트렸다.

"아유, 서연이 너 왜 그랬어? 너, 젊은 놈들한테 막 쉽게 보이고 그러는 거야? 너, 그럼 안 된다. 차 서방 같은 사람이 세상에 없어요. 아무리 젊고 잘생긴 놈이 와도 차 서방한테 턱도 없어."

"언니, 그만해라."

서연은 동준을 노려보았다.

"당신, 지금 질투해요?"

"어."

헐. 너무나 당연하다는 듯 대답한다. 인주가 또 숨넘어가게 웃는다.

"난 차 서방, 이런 점이 너무 좋아. 아유, 서연이 넌 무슨 복에 이런 남자를 꿰찼니? 복 받은 줄 알아. 남편한테 잘하란 말이야. 알았어? 쓸데없는 걱정시키지 말고."

동준이 적극 동조한다는 듯 크게 고개를 끄덕인다. 서연은 어이가 없어 피식, 웃을 수밖에 없었다.

"뭐가 그렇게 재밌어? 당신 웃음소리가 아파트 밖에까지 들린다."

마침 들어오는 형부를 향해 서연은 활짝 웃어 보였다.

"형부, 오셨어요?"

"어, 그래. 처제."

"안녕하셨습니까? 형님."

"어, 왔나? 사업은 잘되지?"

형부가 악수를 청하자 그가 맞잡고 웃는다.

"예, 덕분에 잘 되고 있습니다."

"자네 능력이 좋아서 그렇지. 요즘 같은 불경기에 무역업도 쉽지 않을 텐데 말이야."

"당신, 차 서방한테 좀 배워야겠어요."

"또 뭘?"

인주가 끼어들자 형부가 또 우거지상을 지었다.

"차 서방이 서연일 얼마나 사랑하는지, 젊은 동기생한테도 질투를 하고 그러네. 둘이 아직도 신혼 같잖아."

"애가 하나면 원래 신혼이야."

"우린 아니었거든?"

"아이고, 허리야. 오늘 무리를 했나?"

형부가 갑자기 허리를 두들기며 자리를 피해 도망간다. 인주는 기가 막힌다는 표정을 짓고 서연은 허튼소리를 한 남편을 흘겨보았다. 동준이 먼 산을 본다. 서연은 남편의 옆구리를 쿡, 찌르며 속삭였다.

"나중에 봐요."

"형님, 제가 허리에 약 좀 발라드릴까요?"

그가 서둘러 자리를 피하는 걸 보고 서연은 헛웃음을 지었다.

"둘이 척척이네."

인주가 웃으며 말했다. 서연도 마주 웃었다.

"서운해?"

인주가 묻는다.

"뭐가?"

"제사 합친 거."

서연은 웃었다.

"왜 웃어?"

"그이도 그렇게 묻더라."

"그래?"

"어."

"그래서, 네 대답은?"

"난 좋다고 그랬어. 은근히 설레기까지 한다고."

"설렌다고? 뭐가?"

인주가 영문을 모르겠다는 표정을 지었다.

"두 분이 영혼결혼식이라도 하는 것 같은 기분이 들어서."

서연의 대답에 인주가 황당한 표정을 짓는가 싶더니 깔깔, 웃음을 터뜨렸다.

"듣고 보니 그러네. 아예 이참에 결혼시켜 드릴까?"

"됐거든."

서연은 웃으며 대꾸했다.

"근데 그렇게 되면 우리 아빠는 부인이 둘인 거잖아. 우리 엄마도 있으니까."

아뿔싸. 서연은 거기까지 생각을 못했던 자신을 쥐어박고 싶었다. 엄마와 이지씨에 대해서만 생각했었던 자신의 무심함이 한심스럽다.

"미안해, 언니. 그 생각을 못했어."

"뭐가?"

"언니 어머니……."

"됐어. 괜찮아. 우리 엄마, 내가 아주 어렸을 때 돌아가셔서 난 기억도 잘 안 나. 솔직히 기억은 아줌마가 더 많이 나지."

"그래도……."

"그래, 네 말대로 영혼결혼식까지는 못 시킨다. 아무리 저승이라지만 일부다처제는 반대거든."

인주의 농담에 서연은 결국 웃었다. 그리고 오늘이 제사를 같이 지내는 건 마지막이라고 다짐했다. 이 일은 언니에게 서운함을 안겨줄 수 있으니까.

인주가 커다란 상 위에 올려져 있는 사진을 보고 중얼거렸다.

"아줌마랑 아빠랑 살아계셨으면 참 좋아하셨을 텐데."

"어."

서연은 짧게 동조했다. 많이 좋아하셨겠지. 불쌍한 엄마, 당신은 아무것도 누리지 못하고 가셨다. 늘 두려워하고 긴장하고 쫓기면서 여유 같은 걸 가져본 적 없이 세상을 떠났다.

미안해, 엄마.

서연은 홀로 이 모든 행복을 누리는 것이 미안했다.

"시간이 벌써 이렇게 됐네. 상 차리기 시작하자."

인주가 서두른다. 서연도 상념을 떨쳐 내고 인주를 돕기 시작했다.

"언니, 힘들게."

"아유, 됐다. 힘들긴 뭐가 힘들어? 오랜만에 둘이 데이트 좀 해. 지은인 우리가 잘 데리고 잘 테니까."

안 그래도 된다는데 굳이 고집을 부리는 인주를 막을 수가 없었다.

"애들이 지은이 놔두고 가라고 난리다. 지은이가 예뻐서 죽어. 네 조카들이 저렇게 성환데 억지로 데려갈래? 지은이도 언니 오빠랑 잔다고 난린데."

어쩔 수 없었다.

"울면 전화해."

"내가 애 키우는 걸로는 너보다 훨얼씬 선배다. 애 하나 못 돌볼까 봐? 걱정 말고 어서 가. 차 서방 피곤하겠다."

"응."

서연은 돌아섰다. 그가 기다리고 있었다.

"지은이, 놔두고 가래."

"그래?"

"응. 지은이도 안 간다고 떼쓰고."

"그럼 그렇게 하지 뭐."

갑자기 좋아하는 것 같은 느낌이 든다. 서연은 남편을 쳐다보았다.

"좋아?"

"뭐가?"

"애 떼어놔서."

"꼭 그런 것보단 우리 둘만 있을 생각을 하니 좋긴 하네."

"그게 그거지."

차가 있는 곳까지 온 그녀는 손을 내밀었다.

"키 줘요."

그가 자동차 키를 주며 인상을 쓴다.

"대리 부르지?"

"됐거든? 나도 이제 운전 잘해요."

서연은 재빨리 운전석에 올라탔다. 보통 때 같으면 절대 키를 주지 않는 남편도 술을 먹으면 어쩔 수 없었다.

"벨트."

조수석에 앉은 그가 말한다. 또 잔소리가 시작됐다.

"네."

서연은 두말하지 않고 벨트를 맸다.

"깜빡이 잊지 말고."

초보 시절, 깜빡이 넣는 걸 몇 번 잊어먹는 걸 보곤 지금껏 저 소리다.

"네, 네."

군소리 안 하고 대답만 잘하면 싸울 일은 없다. 7년간 부부로 지내면서 터득한 노하우였다. 어쨌든 운전에 대해선 내가 더 초보니까.

차가 서서히 도로로 진입했다. 서연은 능숙하게 차선을 바꾸며 도로의 흐름을 타기 시작했다.

"제법이네."

남편이 웃으며 말한다. 칭찬이다. 서연은 활짝 웃었다.

"거봐. 나, 이제 잘한다니까."

"자만은 금물."

"네."

서연은 밤이라 차가 별로 없는 도로를 신나게 달렸다. 남편이 옆에 있으니 무서울 것도 없었다. 물론 신나게 달리는 수준이 시속 60킬로를 안 넘는 거지만.

거의 막힘없는 도로를 달려 집 앞 주차장에 차를 세운 후, 서연은 남편을 돌아보며 의기양양한 미소를 지었다.

"어때?"

"좋아. 잘했어."

"몇 점?"

"백 점."

그가 웃으며 말한다. 서연은 만족하는 미소를 지었다. 그녀는 차에서 내렸다. 그도 내려서 그녀의 옆으로 왔다. 두 사람은 나란히 현관문 안으로 들어섰다. 거실의 불을 켜고 가방을 내려놓고 소파에 앉은 서연은 발을 쭉 뻗었다. 그가 등 뒤로 다가와 어깨를 주물러 준다.

"아, 시원하다."

서연은 고개를 젖히며 중얼거렸다. 그때였다.

"아무리 생각해도 그 자식, 안 되겠어."

놀란, 서연은 눈을 동그랗게 떴다. 머리 위에서 그가 내려다보고 있었다.

"뭘?"

그녀가 묻자 그가 인상을 쓴다.

"누나라고 부르던 그 제비."

제…… 푸핫!

서연은 웃음을 터트렸다. 분명히 정욱일 두고 하는 말이다. 제비라니, 너무 웃겼다.

"웃지 말지?"

그녀는 몸을 휙 돌려 그를 쳐다보았다.

"진짜 질투?"

그가 뚱한 표정을 짓는다. 진짠가 보다.

"그런 어린애한테?"

"어린애도 남자지."

"말도 안 돼."

"말이 왜 안 돼?"

서연은 기분이 좋았다. 결혼생활 7년이면 서로에게 무뎌지는 게 맞다. 서로 '내 것'이 되었으니 긴장할 것도 없는 게 당연하다.

그런데 이 남자한테 난 여전히 못 잡은 물고기인가 보다. 아니면 잡아놓고도 안심이 안 되는 물고기던가.

"씻어요."

갑자기 그녀가 말하자 그가 황당한 표정을 짓는다. 서연은 인심 쓴다는 듯 말했다.

"10분 사용권, 오늘 쓰게 해줄게."

그의 얼굴이 대번에 환해졌다. 그럴만했다. 얼마 전 그의 생일에 선물을 미처 준비 못한 그녀는 침실에서 10분 동안 원하는 대로 해도 좋다는 '10분 사용권'을 선물했다. 하지만 그건 그녀가 허락할 때 사용할 수 있다는 전제가 따랐다. 그걸 이제 사용하게 해주는 것이다.

"뭐든지?"

그가 음흉하게 묻는다. 서연은 살짝 겁이 났다.

이 남자, 무슨 생각을 하는 걸까?

그래도 물러서면 안 되지.

"그래요. 뭐든지."

설마, 변태 같은 행위를 요구하기야 하겠어?

그의 웃음이 의미심장했다. 서연은 진짜 걱정이 되기 시작했다. 그래서 한발 물러섰다.

"어, 정상적인 범위 안에서."

"정상적인 범위? 그게 어떤 건데?"

그가 묻는다. 어쩐지 웃음을 참고 있는 것 같았다.

"그냥 그런 거. 막 이상한 거, 말고."

"막 이상한 건 뭔데?"

확실하다. 이 남자, 지금 날 놀리고 있는 거야.

서연은 어깨를 쫙 폈다.

"나, 임신 중이야. 그거 감안해서 하라고요."

그제야 남편이 '아차' 하는 표정을 지었다. 그리고 언뜻 '젠장' 하는 소리가 들린다.

"먼저 씻어요."

서연은 웃으며 소파에 몸을 뉘었다. 그가 투덜거리며 욕실로 들어가는 소리가 들렸다. 그녀는 웃으며 기지개를 폈다.

"아, 피곤하네."

물소리가 들린다. 서연은 소파에서 일어나 베란다로 나갔다. 보름달이 떠있었다. 달을 물끄러미 바라보던 서연은 문득 중얼거렸다.

"엄마. 오늘, 마음에 들었어요?"

'그래.'

왠지 그렇게 대답하는 소리가 들리는 것 같은 기분이 든다.

"목사님, 오늘 괜찮았어요?"

'아주 좋았다.'

목사님도 그렇게 대답해줄 것 같았다.

두 분의 사진을 나란히 놓고 제사를 지낸 건 참 잘한 일인 것 같다. 두 분이 지금쯤 만나서 편안하고 평화로운 시간들을 보내고 계실 것 같아서 좋다.

서연은 뒤를 돌아보았다. 여전히 물소리가 들린다. 휘파람소리도 들려온다. 웃음이 났다. 다시 고개를 돌려 밤하늘을 올려다보았다.

"엄마, 목사님. 저, 진짜 행복해요. 계속 이렇게 행복해도 되죠?"

그럼, 당연하지.

"고마워요. 두 분 다."

엄마의 희생이 없었다면, 목사님의 바다와 같은 배려가 없었다면 오늘의 행복은 없었을 것이다. 서연은 지금은 없는 두 분에게 한없이 고마웠다. 문득, 며칠 전 남편의 회사에 갔다가 우연히 엿들은 대화가 생각난다.

'아줌마. 나, 진짜 궁금한 거 하나 있는데.'

진호의 목소리였다.

'뭔데?'

안나가 건성으로 대꾸하는 소리였다.

'윤주철 박사 말이에요.'

'이미 죽은 사람은 왜?'

'그때 말이에요. 윤 박사가 멕시코에서 죽었을 때.'

'근데?'

'그 당시에 내가 언뜻 들은 말이 있거든요.'

'무슨 말?'

'마태용 차장, 아니 지금은 부장이죠. 마 부장이 그때 누군가와 통화를 하더라고요. 윤주철 박사가 죽었을 당시에 우리 대장이 멕시코에 있었다고.'

'……'

'대장이 한 걸까요?'

'글쎄.'

'난 그게 좀 궁금하더라고요.'

'시간이 철철 남아도냐? 그런 생각을 왜 해? 행여나 서연이 앞에선 절대 실수하지 마라.'

'에이, 안 하죠. 근데 만약에 진짜라면 해리가 어떤 기분일까요? 찜찜하겠죠? 아무리 그래도 생물학적 아버진데.'

'몰라. 일이나 해!'

서연은 희미한 웃음을 머금었다.

진호가 틀렸다. 그 사람은 내게 생물학적 아버지라는 존재도 될 수 없었다. 그 사람은 그냥 괴물이었다. 두려워서 피하고 도망치고 싶은 괴물. 이 세상에 존재하지 않아서 너무나 다행인 존재. 그 이상도 그 이하도 아니다.

물소리가 그친 것 같았다. 곧 남편이 나올 것이다.

서연은 돌아서서 욕실 앞으로 갔다. 옷을 하나씩 벗어 알몸이 된 그녀는 욕실 문손잡이를 잡고 돌렸다. 문이 열리자 안으로 들어간 그녀에게 그가 활짝 웃는다. 서연은 천천히 다가가 뒤꿈치를 들고 그의 목에 팔을 둘렀다.

"10분 사용권 시작이에요."

그리고 입술을 가져갔다. 그가 흔쾌히 그 입술을 맞이한다.

행복……한 때는 너무나 먼 단어였었다. 이룰 수 없는 것, 꿈도 꿀 수 없는 것, 너무나 먼 세상의 것이라고 생각했었다. 그런데 아니었다. 이 사람을 만나는 순간부터 내게는 행운이었다.

키스가 깊어지자 서연은 머리를 기울여 더 깊게 그를 받아들였다. 아무런 거리낌 없이. 이 남자가 멕시코에서 그 일을 했다고 해도 상관없다. 내 사랑은 변하지 않는다. 아니, 오히려 더 깊어진다.

그가 허리를 감아 당겼다. 서연은 기꺼운 마음으로 빨려 들어
갔다.

세상에서 가장 안전한 남자의 품속으로.

– 해리 마침. –